あなたなら、
どんな結末にしますか？

당신이라면 어떤 결말로 하시겠습니까?

감사합니다

이야기의 끝

# 이야기의 끝

物語のおわり

**미나토 가나에** 지음

민경욱 옮김

**소미미디어**
Somy Media

목차

아바시리(網走)

시레토코(知床)

아사히카와(旭川)

비에이(美瑛)

오타루(小樽)

후라노(富良野)

삿포로(札幌)

마슈코(摩周湖)

도야코(洞爺湖)

|  |  |  |  |  |  |  |  |  |  |  |
|---|---|---|---|---|---|---|---|---|---|---|
|  |  |  |  |  | 하 | 늘 |  | 저 | 편 |  |
|  |  |  |  |  |  |  |  |  |  |  |
|  |  |  |  |  |  |  |  |  |  |  |

저 산 너머에는 무엇이 있을까. 철들 무렵부터 나는 이미 저 멀리 펼쳐진 경치를 바라보며 그런 생각만 했습니다. 깊은 산간 분지의 작은 마을에서 태어난 내 눈에 비친 것은 마을을 둘러싼 거대한 벽 같은 산과 그 위로 펼쳐진 푸른 하늘뿐이었습니다. 작은 빵집을 함께 운영하는 부모님은 오전 2시에 일어나 빵을 만들기 시작해 오전 6시부터 오후 6시까지 가게를 열었고 모든 일을 마치면 오후 9시에는 잠자리에 드는 일상을 보냈습니다. 가게 이름은 〈베이커리 라벤더〉. 하지만 이 마을에서 태어나고 자란 아버지와 어머니는 보라색 꽃이 카펫처럼 펼쳐진 홋카이도의 라벤더 꽃밭은 본 적이 없답니다. 험상궂은 아버지가 동네 아줌마들이 들르고 싶을 세련된 가게 이름을 지으려고 동네의 '척척박사 집'에서 식물 사전을 빌려서는 이거다 싶은 외국어 꽃 이름을 전단지 뒷면에 베꼈고 어머니가 그 가운데 고른 이름이랍니다. 그런데 부모님의 의도가 먹혔는지 〈베이커리 라벤더〉는 마을 사람들의 사랑을 받아 부부는 주말은 물론 휴일에도 쉬지 않고 빵을 만들어야 했습니다. 덕분에 외동딸인 나를 돌볼 틈도 없었고 나는 그저, 멀거니 산 너머 세계를 상상하며 시간을 보내는 수밖에 없었습니다.

산 너머에는 이곳과 같은 마을이 있고 나와 같은 나이에 똑같은 얼굴을 가진 여자아이가 있을지 모른다. 하지만 그 아이는 빵집 아이가 아니다. 아버지는 원양어선 선원이라 일 년에 몇 번 집에 올 때마다 온 세상의 귀여운 인형과 아름다운 옷감을 사 오고, 어머니는 바느질에 뛰어나 아버지가 사 온 옷감으로 예쁜 원피스를 만들어준다. 여자아이는 매일 그 옷을 입고 학교에 가서 모두의 부러움을 받지만, 사실 그 옷을 그리 좋아하지 않는다. 그건 왜냐하면, 다른 아이들과 함께 강에서 놀고 나무도 오르고 싶으니까. 여자아이는 하루라도 좋으니 옷 같은 거 신경 쓰지 않고 맘껏 놀고 싶었다. 그러던 어느 날, 어머니와 함께 찾은 이웃 마을 빵집에서 자신을 빼닮은 아이와 만나는데……

이렇게 지어낸 이야기를 같은 반 아이에게 들려준 적 있습니다. 초등학교 6학년 때 은행원 아버지를 따라 이사 온, 오노 미치요라는 아이입니다. 예전부터 나를 알아온 아이들은 수업 중이나 방과 후에 내가 멀거니 먼 곳만 바라보는 모습을 봐도 늘 있는 일이라 익숙하게 넘겼는데 미치요에게는 아주 이상하게 보였나 봅니다.

"네 머릿속에는 뭐가 있어?"

호기심 가득한 얼굴로 내게 물었습니다. 나는 조금 부끄러웠으나 머리가 돈 아이로 오해하면 곤란하므로 조금 전까지 머리를 채우고 있던 세계를 미치요에게 털어놓고 말았습니다.

"너무 재밌다! 앞으로 어떻게 돼?"

손뼉까지 치며 그런 말을 해도 곤란할 뿐입니다. 내 공상은 언제나 그 정도가 한계지 하나의 이야기로 완결되지 않았기 때문입니다. 솔직히 사실을 말하자 미치요는 그건 너무 아깝다며 내게 공상을 적어 이야기를 완결하라고 권했습니다. 문득 떠오르는 상념을 그저 생각하는 게 즐거운데. 조금 성가신 마음에 "그러네"라고 정확하게 대답하지 않고 얼버무렸음에도 다음 날, 미치요는 예쁜 꽃무늬 노트까지 선물로 주었습니다. 그러니 안 쓸 수가 없었습니다. 그런 이유로 똑같은 얼굴을 지닌 여자아이가 신분을 바꾸는 이야기를 겨우 썼는데 미치요는 아주 재미있다며 칭찬해주고 저더러 작가가 되어야 한다고 말해주었습니다. 무슨 저런 요란을 떨까 싶어 웃어넘겼습니다. 이런 시골 빵집 딸이 작가가 되다니, 말이 되나.

"적어도 내게 너는 이미 작가야."

미치요는 진지한 표정으로 단언하고 다른 이야기도 써달라고 했습니다. 게다가 이번에는 살인사건이 일어나는 이야기를 읽었으면 좋겠답니다. 세상에 추리 소설이라는 장르가 있다는 것은 알았으나 읽어본 적은 없었습니다. 부모님은 내게 책 같은 것을 사준 적 없고, 학교 도서실에는 문학 전집이라 불리는 것만 있었습니다. 그런 책에는 자살이나 동반 자살은 나와도 살인 사건이 일어나는 일은 없습니다. 읽은 적이 없는 이야기를 쓸 수 있을 리 없다고 하자 미치요는 내게 요코미조 세이시의 『혼진 살인사건』이라는 책을 빌려주었습니다. 제목에 살인사건이 붙은 책이었죠. 무서운 이야기가 틀림없다. 밤에 화장실에도 못 가게 되면 어쩌지? 어른들이나 보는 책을 끝까지 볼 수는 있을까? 그런 걱정은 기우에 불과했습니다. 부모님이 일찍 잠자리에 들어 지루하기만 한 긴 밤, 시곗바늘이 12시를 넘겨도 전혀 졸음이 오지 않아서 하룻밤 만에 읽고 말았습니다.

고택 별채에서 벌어진 살인사건. 참혹하게 살해된 신랑 신부의 머리맡에 가보인 거문고와 혈흔이 묻은 불가사의한 금 병풍. 내려 쌓인 눈 때문에 살인 현장은 밀실이……

아니, 내가 사는 이 마을이 무대인 것 같지 않다. 작가가 되려면 도쿄로 나가야 할지 모르겠으나 이야기의 무대는 시골이어도 되는구나. 오히려 그러는 편이 이야기에 독특한 분위기를 가져올 수 있구나. 그렇게 느낀 순간 내 머릿속에 오랜 저택이 떠올랐고 그곳에 사는 아름다운 세 자매의 낭랑한 웃음소리가 들려왔습니다. 살해 방법은 아무래도 피가 많이 나지 않는 편이 좋겠다. 농약을 먹일까. 미녀에게 농약은 어울리지 않아. 독초는 어떨까. 학교 도서실에서 독이 있는 식물을 조사해 이야기를 그려나갔습니다. 노트에 열 페이지. 단편 소설이라고도 할 수 없는 어린아이의 생각에 불과한 이야기이었으나 미치요는 진심으로 기뻐해주었습니다.

"차에 독을 넣지 않고 찻잔에 독을 칠하다니, 끝까지 생각도 못 했네."

그런 감상을 들으니 뭔가 해낸 것 같은 기분이 되어 다음에는 어떤 방법으로 죽일까, 같은 흉측한 생각을 하기에 이르렀습니다. 그런데 이야기란 읽어주는 사람이 있어야 문자가 될 가치가 생기는 법입니다. 중학교 1학년 말에 미치요가 다른 곳으로 이사한 뒤로는 상상은 해도 글로 옮기지는 않았습니다. 이야기를 쓰는 노트는 미치요에게 줬습니다. 언제든 읽게 필사해서 가져가겠다고 했는데 나는 머릿속에 있으니까 필요하지 않았습니다. 미치요는 고맙다며 요코미조 세이시의 책을 세 권 줬습니다. 이렇게 많이 받으면 안 될 것 같아 한 권만 고르려고 했는데 서점에만 가면 언제든 살 수 있는 것보다 이 세상에 딱 하나만 있는 내 이야기책이 훨씬 가치 있다며 내 손에 세 권을 다 쥐여주고 갔습니다. 이야기를 계속 만들라며.

중학교 2학년이 되자 이야기의 세계에 몰두하는 게 힘들어졌습니다. 빵집 계산대에서 일하던 고마쓰 씨라는 여성이 결혼해 남편이 출근할 때까지는 집에 있어야만 하는 사정이 생기는 바람에 오전 6시부터 8시까지는 내가 가게를 지켜야 했습니다. 가게를 지키면서 학교 갈 준비까지 해야 하니 5시에는 일어나야 해서 밤새워 책 읽을 여유 같은 것은 사라졌습니다. 게다가 내가 가게를 지키는 두 시간은 통근이나 통학하는 사람들이 찾아오는 가장 바쁜 시간대이기도 합니다. 그러니 멀거니 있을 시간은 조금도 없었습니다. 빵을 종이봉투에 넣고 계산하고 돈 받고 잔돈을 주는 일을 쉴 새 없이 되풀이해야 합니다. 모두가 화사한 표정으로 등교하는데 나만 완전히 지쳐 학교에 도착하는 겁니다. 그러니 수업 중에도 공상에 빠지기보다는 꿈의 세계에 완전히 빠지고 맙니다. 하지만 가게를 돕는 일이 싫지는 않았습니다. 손님은 거의 단골이라서, 이 마을에 이런 사람이 사는구나, 하며 관찰할 수 있고 그들이 저마다 좋아하는 빵을 기억해 독일 빵 아저씨, 초콜릿 소라 빵 씨처럼 별명을 붙이거나 아주머니들이 사가는 빵의 수와 종류를 통해 그 집을 상상하는 등 즐길 요소가 헤아릴 수 없이 많았기 때문입니다.

햄 씨도 그런 단골 가운데 한 사람이었습니다. 이 동네에서 보지 못한 교복을 입고 매일 아침 오전 6시 50분에 가게를 찾아와 햄 샌드위치와 햄 롤을 사 가기 때문에 그의 이름을 모르는 나는 속으로 그를 '햄 씨'라 불렀습니다. 매일 똑같은 빵을 사니까 쟁반에 놓인 빵을 제대로 보지도 않고 봉투에 넣고 계산기를 두드리게 되었습니다. 그런데 막 중학교 3학년이 되고 어느 날, 평소처럼 햄 씨에게 종이봉투와 거스름돈을 건넸는데 그가 가게를 나가고 조금 지난 뒤 그가 오기 직전 햄 샌드위치가 다 팔렸다는 것을 깨달았습니다. 동아리에 간식으로 넣겠다며 근처 학교 선생님이 잔뜩 사 갔기 때문입니다. 햄 씨가 샌드위치를 쟁반에 올려놓은 것만은 분명합니다. 그렇다면 달걀 샌드위치일 텐데 그것은 햄 샌드위치보다 삼십 엔 싸니까 잘못 계산했다는 소리입니다. 내일 아침, 돌려주자고 생각했는데 돈을 잘못 받았다는 사실을 알고 그가 찾아와 항의하면 아버지에게 혼날 테니까 오늘 안으로 어떻게든 해결하는 게 좋을 것 같아 그를 기다리기로 했습니다.

학교에서 친구에게 교복의 특징을 설명하자 이웃 마을에 있는 게이세이고교라고 했습니다. 그렇다면 버스로 통학하리라 생각하고 방과 후 오후 4시쯤부터 가게에서 백 미터쯤 떨어진 곳에 있는 버스 정류장에서 기다렸습니다. 햄 씨는 5시 반에 도착한 버스에서 내렸습니다. 달려가 주머니에 넣어둔 삼십 엔을 건네자 의아한 표정을 지었습니다. 계산대에 설 때는 하얀 작업복을 입고 머리에 삼각건을 쓰고 있으니까 내가 빵집 아이인지 알아차리지 못한 것 같았습니다. 가게에서는 어떤 손님이 와도 싹싹하게 대응할 수 있었는데 버스 정류장의 나는 완전히 긴장해 우물쭈물하며 계산 실수를 설명했습니다.

"고작 삼십 엔 때문에 내내 여기서 기다렸어?"

햄 씨는 조금 어이없는 표정을 짓고 말했습니다. 잘못 계산했는지 그도 모르고 있었습니다.

"책을 읽고 있어서 금방 지나갔어요."

옆구리에 낀 책을 보여줬습니다.

"여학생이 추리 소설을 읽네. 신기하네. 좋아해?"

고개를 끄덕이자 이것 말고 어떤 책을 가지고 있냐고 물어 친구가 이사 갈 때 준 세 권이 전부라고 밝혔습니다. 그러자 햄 씨는 자기 책을 빌려주겠다고 했습니다. 에도가와 란포 책을 많이 가지고 있다면서요. 빵집 손님에게, 게다가 연상의 남자에게 책을 빌려도 좋을지 몰라 주저했으나 추리 소설을 더 읽고 싶다는 마음이 이겼습니다. 미치요에게 받은 세 권은 시간 날 때마다 수없이 읽었는데 역시 처음 읽을 때의 놀라움은 다시 맛볼 수 없었습니다. 아! 그렇구나! 이렇게 생각하며 무릎을 치거나, 아하! 라며 웃는 쾌감을 맛보고 싶어서 그에게 부탁한다며 고개를 숙였습니다. 햄 씨는 다음 날 아침에 일찌감치 에도가와 란포의 『고도의 귀신』을 가져다줬습니다. 그런데 계산대 앞에 줄이 길게 늘어서 있어 제대로 고맙다는 말도 건네지 못했습니다. 그래서 돌려줄 때는 다시 버스 정류장에서 기다렸습니다. 오후에는 햄 샌드위치와 햄 롤이 매진이라 크림빵이 담긴 종이봉투를 함께 내밀었습니다. 그가 그 자리에서 빵을 반으로 자르는 바람에 우리는 버스 정류장 벤치에 앉아 빵을 먹으면서 책 이야기를 나눴습니다. 그리고 다음 날 아침, 햄 씨는 다시 다른 책을 가지고 왔습니다.

다 읽는 게 아까워 천천히 음미하고 싶은 마음과 빨리 다 읽고 햄 씨와 책 이야기를 하고 싶은 마음이 늘 다투는 듯했습니다. 어느 날, 버스 정류장에서 기다리는데 5시 반 버스에서 햄 씨가 내리지 않았습니다. 아침에 얼굴을 봤고 다음 날 아침이면 또 볼 텐데도 오랜만의 재회를 끝내 하지 못한 듯 쓸쓸한 기분이 들었습니다. 벤치에 앉아 멀거니 먼 곳을 바라보면서 햄 씨는 지금 뭘 하고 있을까, 그의 모습을 상상해보기도 했습니다. 그러자 순식간에 시간이 흘러 6시 반 버스가 도착하고 햄 씨가 내렸습니다. 만난 게 너무 기뻤는데 그는 입을 열자마자 해가 저물었는데 이런 데 있다니 너무 위험하지 않냐며 혼냈습니다. 너무 놀라고 무서워 울었더니 오늘은 학생회 모임이 있어서 늦어진 것이라며 앞으로 늦는 날은 아침에 미리 알려주겠다고 했습니다. 그러나 계산대에서 그런 대화를 나누면 부모님에게 햄 씨와 만나고 있음을 들킬지 모릅니다. 그런 말을 하자 햄 씨는 암호를 정하자고 제안했습니다. 평소대로 돌아올 때는 늘 먹는 빵을, 늦어질 때는 다른 빵을 사겠다고.

"늦게까지 바쁜데 좋아하는 빵을 안 먹어도 괜찮아요?"

가장 궁금했던 것이었습니다. 햄 씨를 위해 몰래 햄 샌드위치와 햄 롤을 빼놓을까 생각할 정도로.

"어머니도 자주 사 오는데 너희 집 빵은 다 맛있어."

빵집 딸인 게 이토록 자랑스러운 적이 없었습니다. 가게 일을 돕느라 치즈를 잘게 썰거나 식빵 틀에 얇게 버터를 바르는 작업은 늘 해왔는데, 처음으로 아버지에게 빵 만들기를 본격적으로 배우고 싶어졌습니다.


여름이 끝나갈 무렵, 햄 씨와 둘이 버스 정류장 벤치에 앉아, 멀거니 저 멀리 펼쳐진 풍경을 바라보고는 했습니다. 햄 씨와 둘이 있으면 늘 긴장하면서도 오히려 차분해지는 느낌도 들었습니다. 강바닥의 돌이 물의 흐름에 따라 이따금 수면에 모습을 드러내듯 그런 느낌이 이따금 들었습니다. 남자 히나 인형(일본 전통 인형)처럼 새하얗고 말간 얼굴 탓인지, 차분한 목소리에 정중한 말투를 쓰는 탓인지, 손과 손이 닿지 않는, 혹시 아는 사람이 지나가더라도 따로따로 버스를 기다리는 사람들이 잠깐 수다를 떠는 것처럼 보일 만한 거리를 유지하고 있는데도 햄 씨로부터 흘러나오는 온화한 공기가 나를 감쌌습니다.

"가끔 그렇게 먼 곳을 보는데 뭘 보는 거야?"

"산 너머 세계요. 가보고 싶지만 안 되니까 상상만 하는 거예요."

"가보면 되잖아. 무서우면 내가 같이 가줄까?"

산 너머 마을에는 햄 씨가 다니는 고등학교가 있고 버스를 타고 한 시간 정도면 도착합니다. 그렇게 내 오랜 바람은 어이없이 이루어질 참이었습니다. 일요일, 여자 친구들과 학교에서 공부할 거라고 말하고 집을 나와 정류장에서 햄 씨와 만나 함께 버스를 탔습니다. 태어나 처음으로 타는 버스였습니다. 초등학교와 중학교 수학여행으로 두 번, 마을에서 나갈 기회가 있었는데 두 번 다 전날 고열이 나는 바람에 어쩔 수 없이 가지 못해 이 마을에서 한 번도 나가지 못하는 저주에 걸렸다고 생각했는데, 그래서 공상만 할 수밖에 없다고 생각했는데, 버스는 마을을 통과하며 두 개의 정거장에서 손님을 태우고 마을 바깥, 산길로 향했습니다. 가늘고 구불구불한 길이 이어진 비탈길, 처음 보는 경치를 눈에 꼭 담아두려고 마음먹었는데 구역질을 참느라 애쓰느라 무릎 위에 꼭 쥔 두 손에서 눈을 뗄 수 없었습니다. 역시 나는 저주를 받았구나. 악령에 씌어 마을에서 나가지 못하는 거야. 이마에 살짝 땀이 배고 무릎이 덜덜 떨리기 시작했습니다. 그러나 산속에는 정류장이 없는지, 버스는 정차할 기척이 전혀 없었습니다. 위에 든 음식물이 다 올라오기 전에 내려달라고 소리칠까 생각할 때였습니다. 햄 씨의 팔이 내 앞으로 쓱 뻗어오더니 창문을 열어줬습니다. 시원한 공기가 흘러 들어오자 속이 조금 편해졌습니다.

"도착하면 깨울 테니까 좀 자."

내가 멀미 중이라는 사실을 햄 씨가 알았다는 사실에 부끄러움이 차올랐으나 시키는 대로 눈을 감고 시트에 기대자 머리가 혹 가벼워지더니 의식과 함께 저주도 스르르 사라졌습니다.

역 앞 정류장에서 버스를 내렸습니다. 멀미에는 이게 상책이라며 햄 씨가 역 매점에서 사이다를 사줘서 매점 옆 벤치에 앉아 마셨습니다. 멀미라는 증상이 있다는 사실을 처음 알았습니다. 역에 열차가 들어왔습니다. 열차를 보는 것도 처음이었습니다. 허둥지둥 오지에서 왔는데, 그곳은 내가 사는 마을보다 크기는 했으나 대도시는 아니었습니다. 역시 마을을 감싸듯 산이 있었습니다. 저 산 너머는 더 번화한 마을이 있나요? 햄 씨에게 묻자 그곳은 우리가 사는 마을과 그다지 다르지 않다며 이 부근에서는 이 마을이 가장 크고 대도시로 나가려면 여기서 더 오래 열차를 타야만 한다고 알려줬습니다.

"나는 틀림없이, 평생 그 마을에 살 거예요. 나가더라도 여기까지가 한계예요."

"여기라면 웬만한 것은 다 손에 넣을 수 있으니까 뭔가 필요한 게 있으면 내게 말해."

새삼 햄 씨가 이 거리를 왕복한다는 데 감탄했습니다. 그렇게까지 하며 다니는 학교가 어딘지 묻자 햄 씨는 바로 게이세이고

교로 안내해줬습니다. 중후하고 현대적인 벽돌 건물은 그 모습만으로 이곳이 우수한 학생들이 모이는 장소임을 드러내는 듯했습니다. 휴일에도 동아리 활동을 하는 듯 학교 건물에서 합주부 연주가 들려왔고 건물 안쪽의 운동장에서는 야구부가 연습하고 있었습니다.

"뛰어난 사람들이 모이는 학교에서 학생회 임원이라니, 햄 씨는 아주 우수한 사람인가 봐요."

"그 반대야. 그다지 우수하지 않아서 심부름이나 시키려는 거지. 그런데 햄 씨라니, 그게 나야?"

이거 큰일 났다 싶었습니다. 속으로만 부르는 이름이었는데. 하지만 햄 씨의 이름을 몰랐던 터라 그렇다면 어떻게 불러야 했을까요. 햄 씨는 나를 '너'라고 부르는데 '당신'이라고 대답하는 것은 영 아닌 것 같았습니다.

"……죄송해요."

"아니야. 햄 씨도 괜찮아. 마음에 들어. 고이치로의 고에서 따왔나?"(고이치로의 고의 한자 공公이 일본어의 햄ハム 표기와 표기 모양이 비슷해서 한 농담)

햄 씨는 웃으면서 그렇게 말했습니다. 이름이 고이치로구나, 처음 알았습니다. 햄 샌드위치와 햄 롤 때문이라고는 말할 수 없어 잠자코 고개를 끄덕였습니다. 햄 씨는 학교 안을 안내해줬습니다. 정돈된 교실, 복도 벽에는 학생들의 유화 작품이 걸려 있었습니다. 매일 이런 곳에서 공부하다니 부럽다고 하자 너도 이 학교에 오면 되지 않냐고 했습니다.

"책을 좋아하는 네게 딱 맞는 문예부도 있고."

문예부라는 동아리도 처음 들었습니다. 어떤 일을 하는 곳인지 묻자 책을 읽고 다 같이 감상을 말하거나 직접 시나 소설을 쓰는 곳이라고 알려줬습니다. 이런 시골에 자신 말고도 소설을 쓰는 사람이 있고 동아리까지 하고 있다니 놀랐습니다. 들어가 보고 싶었습니다.

"하지만 나는 안 될 거예요. 매일 버스를 타고 다닐 자신도 없고 머리도 나빠서. 오늘 이렇게 견학한 것만으로도 충분히 행복해요."

햄 씨는 더는 게이세이고교 수험을 권하지 않았습니다. 학생회실 앞에서 햄 씨와 같은 반이라는 남학생을 만났는데 그 사람이 저 아이는 누구냐며 햄 씨를 놀리자 중학교 3학년인 친척에게 학교를 안내해주고 있다는 얘기를 낯빛 하나 바꾸지 않고 하는 모습에 아주 조금 실망했습니다. 사람이나 안내하고 있을 처지가 아니지 않냐는 이야기를 듣는 것을 지켜보며 햄 씨가 고3이라는 사실을 알았습니다. 버스 정류장에서 책 감상을 얘기하는 것도, 이렇게 멀리 나오게 하는 것도 모두 햄 씨에게 큰 결례가 된다는 사실을 알았습니다.

학교를 나오자 햄 씨는 책방으로 데려갔습니다. 요코미조 세이시의 신간이 나와 있고 에도가와 란포 작품이 모두 진열된 차분한 공간이었습니다. 책 숫자만큼의 놀라움이 준비되어 있으니까요. 그러나 부모님 몰래 나온 탓에 날마다 조금씩 모은 용돈 정도만 가지고 있었습니다. 요코미조 세이시의 신간과 마쓰키 류세이라는 작가의 『안개 낀 밤의 살인사건』을 샀습니다. 처음 읽는 작가라도 제목에 '살인사건'이 붙으면 기대감이 커집니다. 햄 씨는 에도가와 란포의 책을 두 권 샀는데 수험 준비를 해야 하는 사람이 저런 걸 읽을 시간이 있나 싶어 걱정되었습니다.

책방을 나오자 이번에는 문구점으로 데려갔습니다. 내가 다니는 중학교 건너편에 있는 문구점은 약 10제곱미터 정도의 공간에 기본적인 것을 하나씩만 진열한 게 전부인데 이 문구점은 크기도 열 배 이상이고 상품도 다양한 데다 세련된 만년필이나 가죽 노트까지 이제까지 한 번도 본 적 없는 멋진 물건들이 아주 많았습니다. 편지지와 봉투를 사기로 했습니다. 귀여운 일러스트가 그려진 것과 편지지 가장자리에 덩굴장미가 그려진 외제 편지지 등 모든 게 마음에 들어 책방과 마찬가지로 이곳에서도 좀처럼 물건을 고르지 못해 햄 씨에게 어느 게 더 좋냐고 물으면서 간신히 결정했습니다. 저녁이 되기 전까지는 돌아가야 해서 가게를 나와 버스 정류장으로 향하는데 햄 씨가 누구에게 편지를 쓰냐고 물어서 이사 간 친구에게 쓴다고 대답하며 소설을 쓰고 있다는 말만 빼고 오노 미치요에 관해 말했습니다. 미치요와는 한 달에 한 번 정도 편지로 소식을 전하고 있었습니다.

"미치요는 지금 도쿄에서 사는데 햄 씨도 도쿄 대학에 갈 건가요?"

"몇 군데 치기는 할 텐데 내가 제일 가고 싶은 곳은 홋카이도 대학이야."

도쿄보다 훨씬 먼 곳입니다. 북쪽의 추운 곳이라는 인상 정도가 전부입니다.

"그런데 너희 집은 홋카이도와 무슨 인연이 있어?"

왜 그런 질문을 하는지 의아해 고개를 기울이다가 가게 이름 〈베이커리 라벤더〉 때문이라는 것을 깨달았습니다.

"연이 있기는커녕 부모님 다 홋카이도 여행도 가본 적 없어요. 라벤더라는 발음이 마음에 들어서 가게 이름으로 썼을 뿐이죠. 햄 씨는 왜 홋카이도예요?"

햄 씨는 꼭 배우고 싶은 선생님이 그 학교에 있다고 했습니다. 책을 통해 친해져서 당연히 문과이리라 생각했는데 이과 쪽이랍니다. 이래서는 더 책이나 빌리고 있을 때가 아니라는 생각이 들어 새 책을 직접 산 데다 이제까지 많이 빌려줬으니 이제는 됐다고 말하려 했습니다. 그런데 좀처럼 입이 떨어지지 않았습니다. 빵을 사러 올 테니 완전히 못 만나는 것도 아닌데 역시 섭섭했습니다. 울어버리면 큰일이니까 버스에서 내려 헤어질 때 말하고 그대로 도망쳐 집으로 돌아가자고 정했습니다. 그런데 속이 울렁이기도 전에 잠들어버린 내가 눈을 떴을 때는 〈베이커리 라벤더〉 앞, 그것도 햄 씨의 등 위에서였습니다. 아버지의, "무슨 짓이야!"라는 고함에 퍼뜩 눈이 떠져 등에서 뛰어내렸습니다. 정류장에 도착해 어깨를 흔들어 깨웠는데도 일어나지 않아 어쩔 수 없이 햄 씨는 나를 업고 집까지 온 것입니다.

"부모를 속이고 어디 갔었니?"

아버지의 질책에 게이세이고교를 견학했다고 솔직히 말했습니다. 문예부가 있다고 들어 관심이 생겼다고. 산 너머 마을에 가보고 싶어서가 아니라 분명한 목적이 있었다고 설득하려 했는데 역효과였습니다.

"빵집 딸 주제에 무슨 문예부! 네 머리는 여기 학교면 충분하지. 그리고 애당초 그럴 마음이었으면 솔직히 말하고 갔어야지. 여자 친구들과 공부한다고 해놓고 실제로는 이상한 짓이나 하고 다닌 거 아니냐?"

아버지는 그렇게 말하고 힐끗 햄 씨를 노려봤습니다. 그러나 햄 씨는 어떤 순간에도 꿈쩍하지 않고 따님을 허락도 없이 데리고 나가 죄송하다며 깊이 고개를 숙였습니다. 게다가,

"하지만 저는 따님과 교제하고 싶다는 생각을 진지하게 하고 있습니다. 저는 대학 수험, 따님은 고교 수험으로 그럴 상황도

아니고 대학에 합격하면 저는 이 마을을 떠납니다. 하지만 졸업 후에는 다시 이 마을로 돌아와 취직할 생각입니다. 그러니 허락 여부는 그때 알려주십시오."

아버지도, 중재에 나선 어머니도, 나도 너무 놀라 멀거니 서서 아무 말도 건네지 못했습니다. 햄 씨는 그런 우리에게 인사하고 자기 집으로 돌아갔습니다.

"그런데 저 녀석은 어느 집 자식이야?"

"척척박사 집 아이예요. 수재라던데요."

"수재가 왜 우리 집 딸을 좋아해?"

"그러게요. 늘 넋을 놓고 있는 앤데."

햄 씨의 뒷모습을 바라보면서 아버지와 어머니는 그런 대화를 나누었고, 나로 말할 것 같으면 햄 씨의 말을 머릿속으로 되새기면서 아니, 따님이라는 게 도대체 누구인지 같은 쓸데없는 것들을 생각하고 있었습니다. 며칠 뒤 햄 씨의 부모님까지 우리 집에 인사하러 찾아와 햄 씨와 나는 부모님들까지 공인한 사이가 되었는데 이 지경에 이르자 정말 이래도 되나 싶은 생각이 솟아올랐습니다. 햄 씨를 좋아하는 마음을 품은 것은 사실이나 이렇게 아주 먼 미래까지 결정내려 버리는 게 좋은가. 내 의사는 너무 무시되는 게 아닌가. 그런 상황에서는 어쩔 수 없었을지 모르나 햄 씨도 부모님보다 먼저 내게 언질을 줬으면 이런 기분은 들지 않았을 텐데. 마음 둘 곳을 찾으려고 산 너머, 그리고 더 먼 하늘 저편을 멍하니 바라보게 되었습니다.

　나는 집에서 가까운 고등학교에 입학했고 햄 씨는 제1지망
인 홋카이도대학에 합격했습니다. 마을을 떠나기 전날, 햄 씨는
자신이 가지고 있는 추리 소설을 전부 내게 가져왔습니다. 아직
읽지 못한 작품이 많았는데 그것을 읽은 감상과 근황 편지를 써
보내기로 약속했습니다. 아버지는 역까지 나가 배웅하라고 허
락했으나 햄 씨는 내 몸을 걱정하며 버스 정류장이면 충분하다
고 했습니다. 우리는 발차 시각 30분 전에 일찌감치 버스 정류
장에 도착해 어깨가 닿을 정도로 가까이 벤치에 앉았습니다. 감
기에 걸리지 말라는 둥 해주고 싶은 말이 많았는데 눈물이 방해
해 제대로 된 말은 하나도 하지 못하고 시간만 흘러버렸습니다.
그런 내게 햄 씨는 고교 생활은 즐거우니까 순식간에 시간이 흐
를 것이고 좋아하는 것을 발견하고 거기에 몰두하면 즐거울 거
라는 위로의 말을 건네고 다정하게 손을 잡아주었습니다.

　"편지, 기다리고 있을게."

　햄 씨는 그렇게 말하고 버스를 타고, 가버렸습니다.

　일주일에 한 번, 햄 씨에게 편지를 썼습니다. 햄 씨의 답장은
한 달에 한 번 정도였으니 이를 편지 왕래라고 부를 수 있을지
모르겠습니다. 고교 생활이 막 시작되었을 무렵에는 학교 모습
이나 새로운 친구, 문예부 동아리가 없어서 대신 신문부에 들어

간 것, 처음 쓴 기사 「유도부 여자 주장, 좀도둑 퇴치 경위서」의 평판이 아주 좋았다는 것, 빵집에 새로 들어온 계산대 직원이 미인이라 빵집이 번창 중이라는 것, 그런데도 어머니의 기분이 나쁘다는 것 등 쓰고 싶은 게 너무 많아 햄 씨의 답장을 기다릴 수 없어, 모든 편지에 답장해주지 않아도 괜찮다고 덧붙였습니다. 하지만 반년도 안 돼 쓸 이야기가 떨어지고 말았습니다. 학교생활이 지루해졌다는 말은 아닙니다. 친구들의 사랑 이야기로 들썩이고 다른 친구들보다 글을 조금 잘 쓴다는 이유로 연애편지 상담도 받고, 반에서 누가 제일 잘 생겼다는 등 체육대회 포크 댄스에서 누구랑 춤을 출지 등 화제는 끊이지 않았으나 햄 씨에게 쓸 만한 내용은 아니었습니다. 좋아하는 사람과 오늘 눈이 마주쳤다, 돌아오는 길에 같이 왔다. 이런 이야기로 잔뜩 들뜨는 친구들이 부러울 때도 있었습니다. 어디서 새어나갔는지 약혼자가 있냐는 질문을 받고 언제 그렇게 엄청난 일이 되었나 싶어 초조하기도 했으나 그런 말이야말로 햄 씨에게 전할 수 없는 이야기였습니다.

햄 씨 역시 대학과 홋카이도 생활을 적어 보냈습니다. 도착한 날에도 아직 눈이 쌓여 있었다는 것과 벚꽃이 한 달 늦게 핀다는 것, 아파트에는 일본 전국에서 온 학생들이 있어서 매일 밤 고향 자랑대회가 열린다는 것. 마치 외국에 간 것 같은, 모든 게 내가 경험해보지 못한 것들뿐이라 편지 내용의 소재가 마를 날은 없을 것 같았습니다. 먼 하늘을 바라보면서 햄 씨의 생활을 상상해본 적도 있습니다. 햄 씨가 그림엽서를 보내준 적도 있습니다. 온통 보라색 라벤더로 가득 찬 밭을 담은 엽서를 부모님에게 보여줬더니 그것을 액자에 넣어 가게에 걸어놓았습니다. 그 일을 보고하자 이번에는 은방울꽃 그림엽서를 보내줬습니다. 너를 꽃으로 비유하자면 은방울꽃이 아닐까 해. 부모님이 보면 부끄러울 문장을 덧붙여서. 가슴이 콩닥거렸습니다. 그러면서도 은방울꽃과 관련해 한 가지 생각이 머리에 떠올랐습니다.

마침 비슷한 시기에 미치요의 편지도 도착했습니다. 수험 공부도 있고 햄 씨에게 자주 편지를 보내다 보니 미치요와는 좀 멀어져 일 년 만의 편지였습니다. 미치요는 도쿄의 유명 고교에 합격했고 문예부에 들어갔다고 적었습니다. 요즘 화제인 추리 소설 작가 마쓰키 류세이가 같은 학교 출신이라 선배 중에는 자기 작품을 마쓰키 선생에게 첨삭 지도를 받는 사람도 있다는, 완전히 별세계의 꿈같은 이야기였습니다. 그리고 마지막으로 이렇게 끝을 맺었습니다.

「책을 좋아해 문예부에 들어갔는데 글 쓰는 게 이렇게 어려운 일인 줄은 몰랐어. 내 요청에 흔쾌히 응해주고 재미있는 이야기를 잔뜩 써준 에미를 요즘 들어 더 존경해. 소설, 물론 요즘도 쓰고 있지? 언젠가 서로의 작품을 바꿔 읽을 수 있도록 최선을 다할게.」

미치요가 이사한 뒤로는 신문부 기사는 써도 소설은 한 줄도 쓰지 않았습니다. 빵집 계산대에 설 필요도 없어졌으니 밤에 시간은 충분했습니다. 햄 씨에게 받은 책도 다 읽었습니다. 소설을 써볼까 생각하다가도 햄 씨에게 편지를 써야 한다는 생각에 멈추고는 하다가 좋은 생각이 떠올랐습니다. 조금씩 소설을 써서 햄 씨에게 읽히자. 내가 쓴 글을 아는 사람, 그것도 좋아하는 사람에게 보여주는 일은 부끄러웠으나 햄 씨라면, 바로 앞에서 읽는 것도 아니니 감상을 대놓고 할 일도 없습니다. 마침 잘됐다고 생각했습니다. 또 햄 씨에게 읽혀보자고 생각한 것은 마침 은방울꽃을 이용한 살인사건을 쓸 생각이었기 때문입니다. 미치요에게 소설을 써주려고 도서관에서 식물을 조사했을 때 은방울꽃이 맹독을 품고 있다는 내용을 봤습니다. 조금씩 이야기를 보내고 마지막에 범인이 살인에 이용한 것이 은방울꽃이라는 사실을 알았을 때 햄 씨는 어떤 표정을 지을까, 상상만으로도 즐거웠습니다. 그래도 여전히 나를 은방울꽃에 비유해줄까?

바로 『오전 세 시의 차 모임』이라는 제목의 소설을 쓰기 시작했습니다. 전에 썼던 것처럼 시골 마을을 무대로 세상과 동떨어진 이상한 사람들이 전설과 인습에 얽힌 사건을 일으킨다는 이야기가 아니라 시골을 무대로 하면서도 더 현실적인, 내 주변에서 일어날 듯한 이야기를 쓰기로 했습니다. 미치요의 편지에 마쓰키 류세이의 이름이 나왔기 때문입니다. 마쓰키의 소설은 사회파 추리 소설이라고 불리는데 그 섬뜩함은 또 다른 인간의 공포를 내포하고 있어, 자신이 이런 상황에 놓인다면 어떨까 생각하며 읽는 재미가 있습니다. 만약 내가 가해자라면. 그것은 어떤 사건일까. 살인자? 왜 죽여야만 하지? 어떤 상황이 되면 나처럼 평범한 사람이 살의를 품고 실행에 옮길까? 어떤 수단을 쓸까? 망설이지는 않을까? 다른 이에게 협력을 요청할까? 혼자 죽인다면 다른 누군가에게 그 사실을 털어놓을까? 숨겨도 햄 씨라면, 햄 씨 같은 사람이라면 알아차리지 않을까? 햄 씨 같은 사람은 주인공과 어떤 관계일까? 내 편이라면 든든하겠으나 적이라면…… 무섭겠다.

광고 전단 뒤에 등장인물과 상관도를 쓰고 전체적인 줄거리를 대충 정하자 머릿속에 영상이 떠올랐고 그것을 문장으로 바꿔 나갔습니다. 닷새 동안 계속 쓰다가 일단락된 시점에서, 오탈자는 없는지, 표현이 잘못된 것은 없는지, 이상한 비유를 쓰지는 않았는지, 내용에 억지가 없는지 등을 확인하고 원고지에 베끼니 딱 열 장이었습니다. 여기에 책을 다 읽어버려 직접 써봤다는 짧은 편지를 덧붙여 평소보다 더 많은 우표를 붙여 햄 씨에게 보냈습니다. 햄 씨도 놀랐는지 편지를 보낸 지 아직 일주일밖에 안 됐는데 답장이 도착했습니다.

「이제 시작일 뿐인데 완전히 몰입하고 말았어. 앞으로 어떻게 전개될까? 다음을 손꼽아 기다릴게.」

햄 씨가 이제까지 보내준 어떤 편지보다 기뻤습니다. 햄 씨니까 화를 내지는 않겠으나 이런 짓을 할 여유가 있으면 요리라도 배우라고 에둘러 말하지 않을까 싶어 내심 불안했습니다. 햄 씨가 칭찬해주니 자신감도 붙어 매일 밤 책상 앞에 앉아 소설을 쓰고 학교에서나 집에서나 늘 소설 이야기만 생각했습니다. 늘 멍한 나를 보며 학교 친구나 부모님은 멀리 있는 햄 씨를 생각하는 것으로 해석한 듯합니다.

"네가 그렇게 멍하니 있으면 고이치로가 돌아와도 정나미 떨어져 더 멀리 도망가겠다."

어머니에게 이런 말을 들었으나 개의치 않고 이야기만 생각했습니다. 여주인공은 아버지의 빚 탓에 억지로 결혼해야 하는 상대를 은방울꽃 독을 이용해 죽이고 따로 사랑하는 사람과 마을을 떠나려 한다. 그러나 역에는 유능한 형사가 기다리고 있고……. 여기까지는 정해놓았는데 아직 살해 장면까지 이야기를 끌어가지 못했고 은방울꽃 독을 어떻게 먹일지를 생각하느라 애를 먹었습니다. 꽃잎을 띄우는 홍차처럼 은방울꽃을 띄워 마시게 하면 어떨까. 그런데 독은 어디에 넣어야 하나. 성인 남성 한 명을 죽이려면 어느 정도의 양을 먹어야 하나. 이상한 맛이 나지는 않을까. 한 모금을 마신 순간 죽는다면 어느 정도 맛이 나더라도 괜찮겠지만, 한 잔을 다 마셔야 죽는다면 홍차보다 커피가 맛을 숨기기 쉽지 않을까. 오히려 빵에 섞으면 어떨까. 생각할 것도 조사할 것도 아주 많았습니다.

매주 열 장, 다만 시험 기간이나 축제 등 학교 행사가 있을 때 쓰지 못한 것을 빼고 꼬박 일 년에 걸쳐『오전 세 시의 차 모임』을 완성했습니다. 햄 씨는 우선 원고지 약 사백 장의 장편 소설을 완성한 점을 치하하고 너를 은방울꽃에 비유한 것은 철회한다고 덧붙인 다음 결말은 이걸로 충분했냐는 의문을 덧붙였습니다. 고민하고 또 고민한 끝에 역에서 기다린 형사에게 여주인공이 체포되는 것으로 끝을 맺었습니다. 사실은 형사들의 눈을 피해 사랑하는 남자와 열차를 타게 하고 싶었습니다. 하지만 그렇게 하면 둘의 시련은 계속 이어질 테니 오히려 이야기는 끝나지 않고 시작인 것 같아 영 마음이 찝찝해져, 추리 소설을 읽은 뒤의 후련한 기분을 얻고 싶어 체포되는 것으로 했습니다. 대신 여자를 태운 경찰차를 바라보는 남자에게 소리치게 했습니다. 기다리겠다고. 아주 좋은 대사라고 생각했는데 햄 씨는 해피엔딩처럼 보이지 않았나 봅니다. 그러나 기뻐할 만한 내용도 분명 적혀 있었습니다.

「신작도 또 쓸 거지? 1호 팬으로서 손꼽아 기다릴게.」

햄 씨가 내 팬! 도대체 햄 씨는 나 같은 존재의 어디를 봐주었는가 싶어 불안할 때가 있습니다. 시골 동네에서 공부만 하다 보니 여자아이와 어울릴 기회가 없어 어쩌다 책을 빌려주게 된 내게 흥미를 지녔을지 모르나, 대학에는 머리 좋고 예쁜 사람이 아주 많으니 괜한 약속을 했다 싶어 후회하지 않을까. 그런 불안이죠. 하지만 소설 칭찬을 받으니 불안이 조금씩 옅어졌습니다. 햄 씨를 이야기의 힘으로 흥분시키는 사람은 여성 작가를 빼고는 주위에 나밖에 없다는 자신감마저 솟았습니다.

두 번째 작품, 세 번째 작품, 학년이 올라가도 시간만 나면 소설을 썼습니다. 덕분에 학교 성적은 형편없었습니다. 이과 과목은 햄 씨가 봤다면 기절할 수준이었고 국어도 현대문은 그럭저럭 점수를 받았는데 고전은 완전히 엉망이었습니다. 그러나 부모님은 그리 크게 화를 내지 않았습니다. 졸업하면 가게 일을 돕다가 가게를 잇는 것으로 정했기 때문입니다. 혹여 햄 씨와 결혼하더라도 햄 씨가 이 마을로 돌아오겠다고 했으므로 신혼집에서 가게로 출퇴근하면 된다는 계획을 부모님 마음대로 세워놓았습니다. 일 년 과정의 제과·제빵 전문학교는 산 너머 옆 마을에 있고 햄 씨가 돌아올 때까지는 일 년이 남으니까 그곳을 다니면 딱 좋겠다며 아버지는 안내서를 건넸습니다. 매일 버스로 왕복할 자신이 없다고 하자 인맥을 통해 학교 근처의 싸구려 아파트를 찾아 자취해도 좋다는 허락도 했습니다. 아버지는 정말 거침없이 모든 준비를 끝내주었습니다. 그렇게 햄 씨를 기다린다는 길이 정해진 것입니다. 전문학교 일을 햄 씨에게 보고하자 네가 만든 빵을 먹는 날을 기다리겠다며 소설 때와 같은 응원의 말을 써 보냈습니다. 전문학교에서 빵 만드는 공부를 하고 졸업한 뒤에는 〈베이커리 라벤더〉에서 일하고 결국은 햄 씨의 아내로. 내 인생은 행복이라는 형태로 거의 정해진 듯 보였습니다.

전문학교에 들어가고 한 달쯤 되었을 때, 아파트에 미치요의 편지가 도착했습니다. 도쿄의 유명 여대 국문과에 들어갔다는 보고에 이어 내 자취가 부럽다고 하니 약간의 우월감을 느끼며 다음 장을 넘겼는데 눈을 부릅뜰 만한 이야기가 적혀 있었습니다. 마쓰키 류세이 선생의 집에 도우미 겸 제자로 들어가 그 집에 살게 되어 학교에 다니면서 작가를 꿈꾸겠다는 겁니다. 제자는 다섯 명인데 자신 외에는 다 남성이라 그들보다 더 노력하겠다는 결의를 표하는 글도 있었습니다. 같은 세계에 존재하지 않는 천상의 존재 같은 마쓰키 류세이와, 시골에서 나와 이 년을 보낸 미치요가 한 지붕 아래에서 살다니. 게다가 제자라니. 부러움이라는 감정을 넘어 그저 굉장하다는 생각만 들었습니다. 마치 미치요마저 손에 닿지 않는 존재가 된 것만 같은. 이 편지가 마쓰키 류세이의 집에서 썼다는 생각이 들자 편지지를 든 손이 덜덜 떨릴 지경이었습니다. 그런데 미치요는 이런 이야기를 썼습니다.

「계속 소설 썼지? 괜찮으면 서로의 작품을 한번 바꿔 읽어보지 않을래?」

마쓰키 선생의 제자가 된 사람에게 내 어떤 작품을 보여준단 말인가. 거절 편지를 쓰려다가 문득 손을 멈췄습니다. 앞으로 일 년은 꼬박 빵 공부를 해야만 하니 소설을 쓸 여유는 없으리라. 졸업하고 일하기 시작하면 시간은 더 없어지겠지. 그러면 더는 소설은 못 쓰게 될지 모른다. 그렇다면 소설 쓰기를 졸업한다는 의미를 담아 미치요에게 보여주는 것도 나쁘지 않겠다. 미래의 작가에게 작품을 읽게 한다면 영광이 아닐까. 그렇게 다시 생각하고 미치요에게 곧 작품을 보내겠다는 답장을 쓰고 고등학교 때 완성한 세 작품을 정리하기 시작했습니다. 원고는 언제든 다시 읽고 이어서 쓸 수 있도록 햄 씨에게 보내기 전에 신문부실에서 인쇄해두었습니다. 잔뜩 긴장해 주소에 「마쓰키 류세이 댁」이라고 쓴 소포를 보낸 날, 『카나리아』라는 제목 아래 미치요가 다니는 고등학교 이름이 적힌 문집이 세 권 도착했습니다. 문집에는 다 한 작품씩 미치요의 단편 소설이 실려 있었습니다. 문장은 아름다웠으나 재미가 없어서 김이 좀 샜는데 본격적으로 작가 수업을 하는 사람들은 일단 문장 연습부터 하나 생각했습니다. 대뜸 장편 소설부터 쓴 자신이 얼마나 아마추어 같은가 싶어 너무 우스워 혼자 깔깔대고 웃은 다음 이유도 없이 눈물을 흘렸습니다. 사실은 미치요가 너무나 부러워서 견딜 수 없었습니다.

전문학교 바로 근처에 책방이 있었는데 이제 책이란 완전히 쓰기보다 읽는 것이 되었지만 읽고 싶은 책을 읽고 싶을 때 가질 수 있는 생활은 아주 사치스럽게 느껴졌습니다. 특히 마쓰키 류세이의 작품은 영화화되어 크게 흥행해 언제 가도 서점 선반 제일 눈에 띄는 곳에 놓여 있었습니다. 그러던 어느 날, 여름이 다가오고 있을 무렵, 햄 씨의 편지에 여름방학에 이리로 돌아온다고 적혀 있었습니다. 모교인 게이세이고교에 이과 교사 채용 시험을 보려고. 약 삼 년 만에 햄 씨와 재회하는 것입니다. 이대로 그냥 있을 수는 없어 안절부절못하다가 미용실에 가고 새 원피스도 한 벌 사고 아파트에 들를지도 모르겠다 싶어 구석구석 청소하고 꽃무늬가 있는 예쁜 천을 사 와 방석 커버를 만들고 학교 조리장을 빌려 빵을 굽는 등 햄 씨가 탄 전차가 도착하기 직전까지 동분서주했습니다.

햄 씨가 나오면 저도 모르게 달려갈 것 같다고 생각하면서 저녁 무렵의 역 개찰구 앞에 서 있는데 온갖 사람이 나왔습니다. 햄 씨다! 두세 걸음쯤 내딛다가 그만 멈추고 말았습니다. 햄 씨 같기도 그렇지 않은 것 같기도. 체격은 햄 씨 같은데 얼굴이 저랬나? 그렇게 생각하면서 눈으로 그 사람을 좇는데 뒤에서 "여기"라는 소리가 들렸습니다. "나는 여기 있어." 돌아보니 분명 햄 씨가 서 있었는데 내가 아는 햄 씨와는 완전히 다른, 적당히 그을린 단단한 체격의 남성이었습니다.

"홋카이도에서도 피부가 타요?"

인사를 건네기도 전에 그런 말을 해버리자 햄 씨는 웃으며 홋카이도에도 여름은 있다고 알려줬습니다. 다만 이런 분지의 찜통 같은 더위는 아니라며. 커다란 배낭을 짊어진 햄 씨에게 바로 버스에 타겠냐고 묻자 내가 어떤 곳에 사는지 보고 싶다고 해서 아파트로 안내했습니다. 청소하길 잘했다고 생각하는 한편으로 혼자 사는 집에 남자 들일 준비를 다 끝냈다고 생각할까봐 부끄러워 여름방학 과제 정도는 테이블 위에 놓아둘 걸 그랬다고 후회했습니다. 약 8제곱미터 크기에 싱크대만 놓인 아파트가 좁다고 느낀 적 없었는데 테이블에 햄 씨와 마주 앉아 있으니 두근대는 심장 소리가 들리지 않을까 걱정될 정도로 좁은 상자 안에 둘이 갇힌 것만 같았습니다. 햄 씨는 선물이라며 배낭 주머니에서 작은 상자를 꺼내 건넸습니다. 은으로 만든 은방울꽃 브로치가 들어 있었습니다.

"설마, 독살에 쓸지는 몰랐지만."

햄 씨는 그렇게 말하고 웃더니 "신작은?"이라고 물었는데 나는 고개를 젓고 전문학교 과제가 너무 많아 쓸 틈이 없다고 전했습니다. 햄 씨는 생활이 안정되면 다시 쓰면 된다고 말했습니다. 혹시 저녁을 같이 먹을 수도 있을 것 같아 장을 좀 많이 봤다고 변명 같은 이야기를 늘어놓으면서 스튜가 있다고 전하자 햄 씨는 아주 기뻐하며 함께 내놓은, 굳이 말하자면 이쪽이 메인 요리인 햄 롤과 함께 맛있다는 말을 연발하며 밥까지 더 달라며 먹었습니다. 햄 롤을 먹는 햄 씨를 보면서 중학생이 처음 대화한 세 살 위 고등학생을 '햄 씨'라고 불렀다니 정말 무례한 아이였음을 새삼 깨달았습니다. 왜 나 같은 애를 선택했을까. 줄곧 의문으로 품고 있던 질문을 던지자 햄 씨는 얼굴이 좋았다며 어이없는 대답을 건넸습니다. 너무나 평범한 이 얼굴 어디가 좋단 말일까.

"문득 보면 먼 곳을 보고 있지. 그럴 때의 얼굴이 좋아. 시골에 갇힌 비장감 같은 게 전혀 없어. 네 눈에, 머릿속에 무엇이 보이는지 들여다보고 싶어질 만큼 꿈과 기대로 가득한 얼굴이, 너는 몰라?"

전혀 몰랐습니다. 거울에 비친 내 얼굴을 보고 그런 얼굴이라고 생각해본 적도 없고 부모님이나 친구들에게는 멍한 표정이라는 말만 자주 들었는데, 햄 씨와 비슷한 말은 아무도 해주지 않았습니다.

"네가 머릿속에 그리고 있는 것을 나도 보고 싶어. 그렇게 생각해 데리고 나왔더니 뭘 봐도 너무 좋아해서. 앞으로도 계속 네게 많은 것을 보여주고 싶었어."

햄 씨가 나를 산 너머로 데려간 이유를 알았습니다.

"하지만 나는 멀미가 심하고 수학여행 전날에는 고열이 나고. 어딘가 나가게 되더라도 햄 씨에게 폐만 끼칠 거예요."

"걱정하지 마. 의사에게 멀미약을 처방받으면 되는 일이고 그게 안 들면 수면제를 받아 차를 탈 때는 자면 돼. 걸어서 이동해야 할 때는 내가 업고 가면 되고. 그 정도는 폐도 아니야. 아르바이트로 토목 작업을 했으니까 너 정도는 가벼워. 네가 잠에서 깨면 목적지에 도착해 있겠지. 그때 얼굴을 보고 싶어."

"……살인사건을 생각할지도 몰라요."

"그렇다면 더 대환영이지."

산 너머로 데려가주었던 햄 씨는 나를 다음 산 너머로도, 그리고 또 다른 산 너머로도 데려가주겠단다. 몇 개의 산 너머에는 바다가 있으리라. 바다 너머로도 데려가줄까.

"그러면 언젠가 홋카이도로 데려가줘요."

내가 새끼손가락을 내밀자 "약속할게"라며 햄 씨가 손가락을 걸었습니다.

그날 밤, 햄 씨는 버스에 타지 않았습니다.


봄이 되어 햄 씨도 나도 태어나고 자란 마을로 돌아왔습니다. 햄 씨는 약속대로 내 집을 찾아와 정식으로 결혼을 신청했고 내가 스무 살이 되는 9월까지 기다려 식을 올리기로 했습니다. 그때까지는 서로의 집에 살며 나는 〈베이커리 라벤더〉에서 아버지와 함께 빵을 만들고 햄 씨는 새로 산 중고 승용차를 타고 산을 넘어 게이세이고교에 다녔습니다. 매일 아침, 출근 전에 햄 씨가 가게에 오면 어서 오라고 인사한 뒤 미리 준비해둔 햄 샌드위치와 햄 롤을 건네고 배웅하는 것이 일과가 되었습니다. 햄 씨가 퇴근길에 책을 사 왔기 때문에 추리 소설과 전혀 인연이 없었던 것은 아니나 내게 소설은 완전히 읽는 것이 되어, 마쓰키 류세이 같은 사람은 천상의 존재나 다름없었고 미치요와도 소설을 보낸 이후 재밌었다는 짧은 편지가 도착한 이후로는 소원해졌습니다. 그런데 여름이 가까워진 어느 날, 미치요에게 편지가 왔습니다.

편지에는 일단, 미치요가 마쓰키 선생 집을 나오게 되었다고 적혀 있었습니다. 선생의 집에 드나드는 편집자와 관계한 것이 드러나 파문당한 것입니다. 다만 미치요는 장편 소설을 좀처럼 완성하지 못해 자신의 재능에 한계를 느꼈고 그 편집자에게 어떻게 선생님에게 말을 꺼낼지 상담하다가 그런 관계가 되었으므로 파문당한 것은 그다지 안타깝지 않다고 합니다. 하지만 제자는 그렇다고 해도 도우미 후임이 정해질 때까지는 마쓰키 선생을 돌봐야 하는데 그 일을 내게 해달라는 것이었습니다. 게다가 마쓰키 선생이 내 작품을 이미 읽었다고 적혀 있었습니다.

「선생님은 『오전 세 시의 차 모임』을 아주 크게 칭찬했어. 몇 군데만 손보면 바로 간행할 수 있을 정도의 수준이라고 했어. 도우미로서만이 아니라 제자로서 받아줄지도 몰라. 분하지만, 에미는 역시 재능이 있어. 이 기회를 이용해 프로 추리 작가가 되기 위해서라도, 부디 긍정적으로 검토해줘. 좋은 답변 기다릴게.」

꿈을 꾸는 게 아닐까, 편지에 적힌 내용이 머릿속에 들어오지 않아 수없이 다시 읽었습니다. 마쓰키 류세이가 나를 제자로 삼는다. 게다가 『오전 세 시의 차 모임』이 발간될지도 모른다. 내가 쓴 글이 활자가 되어 책이 되고 일본 전역의 책방에 놓인다. 작가가 된다…… 당장이라도 짐을 싸서 뛰쳐나가고 싶은 심정이 뜨겁게 가슴을 채웠습니다. 하지만 바로 그 가슴속에서 금방 그 마음이 차갑게 식었습니다. 도쿄 같은 데 나갈 수 있을 리 없다. 햄 씨와 결혼해야 하는데. 빵집 일도 해야 하고. 하지만…… 뜨거워진 가슴은 쉽게 사그라지지 않았습니다. 한 권이라도 좋다. 한 권이라도 좋으니까 자신의 책을 세상에 내놓고 싶다. 한 권이라면 햄 씨도 허락해주지 않을까. 결혼을 기다려주지 않을까. 삼 년만 기다려달라고 부탁하자. 꿈을 좇게 해달라고.

그러나 햄 씨는 허락해주지 않았습니다. 어떻게 설명해야 좋을지 몰라 빵집 2층의 내 방으로 불러 미치요의 편지를 보여주며 한 권이라도 좋으니까 내 책을 세상에 내놓고 싶으니 삼 년만 시간을 달라고, 무릎을 꿇고 고개를 숙이자 "바보 같은 소리 좀 하지 마"라며 조용하지만, 분노를 담은 목소리가 돌아왔습니다. 부탁이라며 이마가 다다미에 닿을 정도로 고개를 깊이 숙였는데도 햄 씨로부터 알았다는 대답은 돌아오지 않았습니다. 하지만 무턱대고 거부한 것은 아닙니다. 내게 고개를 들라 하고 학교 선생답게, 학생을 가르치듯 이렇게 말했습니다.

"내가 반대하는 것은 네가 책을 내는 게 싫어서가 아니야. 이 이야기를 믿을 수 없기 때문이야. 마쓰키 류세이는 여자 문제가 복잡한 것으로 유명해. 그것이 재미있는 소설을 쓰는 에너지가 된다고 스스로 공언할 정도로 스캔들이 끊이지 않아. 그와 관련된 여자 가운데 그와 자지 않은 여자가 없다는 소문이 돌 정도야. 그런 녀석의 집에 너를 보낼 수 있겠어? 네가 쓴 이야기는 확실히 재미있어. 하지만 돈을 내면서까지 읽겠냐고 물으면 너무한 말일지 모르나 그 정도는 아니라고 생각해. 미치요가 네게 후임을 맡기려는 것은 한시라도 빨리 자신이 풀려나고 싶어서가 아닐까? 무엇보다 제자가 편집자와 관계를 맺었다고 왜 파문하지? 원래 둘이 그런 관계였기 때문에 화를 산 게 아닐까? 그렇다면 솔직히, 너는 책을 세상에 내기 위해서라면 그에게 몸을 던질 수도 있는 거야? 그렇게까지 해서 작가가 되고 싶다면 가도 좋아. 하지만 나는 너를 기다리지 않아."

무엇이 슬픈지도 모를 정도로 눈물이 솟아 오열이 멈추지 않았습니다. 그저 하염없이 울었습니다. 무슨 일인가 싶어 부모님이 살피러 왔을 정도입니다. 햄 씨는 두 사람에게 편지를 보여 줘도 되냐고 물었습니다. 이렇게까지 되었으니 부모님이라면 내 마음을 알아주지 않을까 내심 기대한 나는 살짝 고개를 끄덕였습니다.

"죄송하지만, 저는 이 건에 동의할 수 없습니다."

햄 씨는 그렇게 말하고 아버지에게 편지를 건넸습니다. 조금 있다가 아버지는 멍청한 짓 좀 그만하라는 말을 했습니다.

"네가 작가 선생이 될 리가 있겠냐? 꼬맹이라도 사기인 줄 알 만한 이런 얘기를 진심으로 받아들이다니. 고이치로 씨에게 가게 해달라고 한 거니? 이 멍청한 녀석아!"

등을 발로 차는 바람에 햄 씨와 어머니가 끼어들어 말렸습니다. 어머니는 햄 씨에게 수없이 미안하다고 했습니다. 아버지가 폭발한 게 미안한 건지, 바보 같은 딸 때문에 미안한 건지. 틀림없이 후자겠죠. 둘 다 내 작품을 읽어본 적도 없으면서.

"됐어."

뭐가 됐다는 건지도 모른 채 저절로 말이 나왔습니다. 됐다는 말을 내뱉으면 정말 모든 게 끝날 것만 같았습니다. 이제 됐다는 말을 짜내어 외치자 꿈 이야기는 안개처럼 흩어진 것만 같았습니다. 햄 씨에게 몸을 돌려 미안하다고 정중하게 말했습니다. 그리고 편지를 들고 부엌에 가 화롯불에 태웠습니다. 타들어 가는 편지를 놓으려 하지 않는 내 팔을 햄 씨가 붙잡고 수도 밑에 대고 수도꼭지를 힘껏 틀었습니다. 그것을 보며 왈칵 울음을 터뜨린 나를 햄 씨가 다정하게 안아줬습니다.


빵을 만들고 햄 씨를 배웅하고, 다음 날 아침부터 평소와 다름없는 하루가 시작되었습니다. 햄 씨가 떠나면서 "오늘 밤은 같이 밥 먹자"라고 해서 "맛있는 스튜를 만들어 놓고 기다릴게"라고 대답하자 새끼손가락을 내밀어 손가락을 걸고 헤어졌습니다. 일터에서는 아버지도 나도 전혀 입을 열지 않고 피차 자신이 담당한 빵을 만들었습니다. 이걸로 됐어. 머릿속으로 하염없이 되풀이하면서 하얗고 부드러운 반죽을 계속 치댔습니다.

그리고 며칠 뒤, 오후에 어머니가 심부름을 시켜 3시에 일을 끝내고 가게를 나왔습니다. 제대로 된 옷을 입고 가라는 말을 듣고 일 년 전에 산 원피스로 갈아입고 액세서리 함을 열었는데⋯⋯. 햄 씨에게 받은 은방울꽃 브로치가 눈에 들어왔습니다. 애써 예쁜 꽃과 닮았다고 해줬는데 그 꽃의 독으로 사람을 죽이는 이야기나 생각하다니. 술 같은 거 마시지도 않는데 은방울꽃 술이라고 속여 위스키에 섞어 마시게 하는 방법을 생각해냈을 때는 머리가 뻥 뚫린 것처럼 상쾌했다. 마쓰키 류세이는 이 트릭에 대해 어떻게 생각할까. 자네 말이야, 이런 아이 같은 방법이 먹힐 거 같나, 하고 웃어넘길까. 그래도 좋다. 한 번이라도 만나, 한 번이라도 좋으니까, 내 작품에 관해 이야기를 듣고 싶다. 어차피 마쓰키 류세이는 내 얼굴도 모르잖아. 말도 안 되는 추녀일지도 모르는데 제자로 삼겠다고 했다는 것은 작품을 평가했다는 소리다. 좀 우쭐해도 되는 거 아닐까. 햄 씨는 나를 산 너머, 바다 너머로는 데려가줄지 모르나 하늘 저편의 세계를 보여주지는 못하리라. 한 번이라도 큰 꿈을 꾸면 안 되는 것일까? 이루어지길 바라면 안 되나? 그럴 기회는 지금밖에 없다.

가슴에 은방울꽃 브로치를 달고 핸드백에 통장과 도장을 넣고 집을 나왔습니다. 다녀오겠다고 어머니에게 인사하고 보자기 꾸러미를 들고나와 심부름으로 가야 할 곳에 전해주고 그대로 근처 정류장에서 버스를 탔습니다. 창문을 열고 머릿속까지 닿도록 공기를 들이마셔 올라오는 구역질과 싸우면서 간신히 역 앞 정류장에 스스로 내렸습니다. 구역질을 가라앉히려고 심호흡을 되풀이하며 양손으로 뺨을 짝짝 때리고 매표소로 향하는데…….

햄 씨가 있었습니다. 마치 내가 그곳에 올 줄 안 것처럼.

*

이 이야기에 다음은 없다. 결말은 독자의 상상에 맡긴다고 해야 할까. 경황없는 일상 속에서 소설 결말까지 생각할 여유가 없을지 모르겠으나 결말 없는 이야기는 여행의 동반자로 안성맞춤일지 모른다.

과 거 로　미 래 로

오전 0시 30분, 배가 출항했다.

동해 쓰바사 페리 「해바라기」(총 길이 224.5미터, 중량 16,810톤, 항해 속도 30.5노트)는 약 칠백 명의 승객과 트럭, 승용차, 오토바이를 싣고 마이즈루항을 떠나 오타루항으로 향한다.

도착 예정 시각은 오후 8시 45분. 20시간 15분의 긴 여행이다. 그러나 지난번 탔을 때는 서른 시간이나 걸렸으므로 열 시간이나 단축했으니 엄청난 발전처럼 느껴진다. 이십 년이라는 세월은 지나고 보면 순식간이나 아주 작은 것들이 쌓이고 쌓여 어느새 모든 모습을 바꿔버리는 것이리라.

지난번에는 오전 6시쯤 도착했다. 도착하기 직전 뱃머리에 나와보니 하늘이 벌써 하얗게 밝아오고 있어 일출을 보며 하선

했다. 바다 위에서 일출을 보며 열다섯의 나는 자신과 태양이 하나의 바다로 이어져 있는 것 같아, 이대로 수평선까지 한없이 나아가면 태양에 도달할 수 있을 것 같다는 생각에 잠겼다.

서른다섯이 된 나는 어떻게 느낄까. 이번에는 바다 위에서 일출을 볼 텐데 그 시간에 맞추려면 지금부터 네 시간 뒤에는 일어나야 한다. 일출을 볼 수는 있겠으나 홋카이도에 상륙할 때의 기분은 지난번과는 다를 것이다.

그때는 새로운 하루의 방문을 지켜보면서 북쪽 대지에 발을 내디디며 여행을 시작하니 다른 세계에 온 것 같은 생각이 들었었다.

집에는 여전히 침대 안에서 숙면하는 내가 있지 않을까. 7시가 되어 어머니가 두들겨 깨우면 아침부터 덥다며 투덜대면서 수험 공부를 하러 도서관으로 향하는 일상의 자신이 존재하지 않을까. 번잡한 일은 다 그 애에게 맡기면 되겠다. 그런 공상 덕분에 현실을 잊고 여행의 세계에 몰두할 수 있었다.

이번에도 같은 기분을 맛보게 될까, 그때는 참 상상력도 풍부했었다며 과거의 자신에게 애틋함을 느낄지 확인할 바 없어 유감이나 해 떨어진 뒤의 북쪽 대지는 어떻게 나를 맞아줄지도 흥미롭다.

일출에 대비해 일단 자자.

지난번에는 열 명이 바닥에서 그냥 자는 선실이었다. 이번에는 침대가 딸린 개인실이다. 최대한 이십 년 전과 똑같은 여행을 하고 싶었지만, 연약한 동승자와 내 몸을 고려해 느긋하게 쉴 수 있는 공간을 확보해야 한다는 류이치의 조건은 받아들여야 했다.

주위 걱정 없이 불을 켜고 이렇게 일기를 쓰는 것도 가능하다. 헤아릴 수 없을 만큼 여행을 많이 했으나 일기를 쓰는 것은 처음이다. 추억은 늘 기억에 담아왔다. 하지만 이번에는 꼬박꼬박 기록으로 남겨야 한다. 비디오도 사진도 최대한 찍어야지.

새로운 가족과의, 첫 여행이니까…….

가족에는, 타고 난 가족과 자신이 만든 가족의 두 종류가 있다.

이십 년 전의 배 여행은 앞의 가족, 부모님과 나 셋이었다.

철들 무렵부터 아버지와는 함께 있는 시간이 거의 없었다. 아버지와 어머니는 모두 방송국에서 일했는데 아버지는 도쿄, 어머니는 오사카에서 일해 아버지 혼자 도쿄에서 살고 어머니와 나는 오사카에서 함께 살았다. 아버지가 오사카 집에 오는 것은 석 달에 한 번, 사흘 정도 머물면 그나마 긴 것이고 심할 때는 반년 이상 오지 못할 때도 있었다.

하지만 아버지는 원래 그런 존재라고 생각했던 터라 섭섭한 마음은 없었다. 어머니가 늘 이게 아버지가 만든 방송이라고 알려줘서 존재를 알고 있었던 것도 섭섭하지 않은 이유 가운데 하나였을 것이다. 초등학생이 되어 글을 읽게 되자 엔딩 크레디트에 나오는 아버지 이름을 찾아보는 게 좋아 내용도 모르는 어른용 드라마를 졸린 눈을 비비며 필사적으로 시청했다.

어머니는 녹화하니까 나중에 봐도 된다고 했으나 그건 다르다며 고집을 부리기도 했다. 제시간에 보는 아버지의 이름은 아버지를 직접 만나는 것 같은데 녹화는 사진 속 아버지를 보는 것 같다고.

그 말을 들은 어머니는 내가 아버지를 지독하게 그리워한다고 해석하고 하루라도 좋으니 만나러 오라고 연락했다. 커다란 다크 서클을 단 아버지가 커다란 곰 인형을 안고 집에 왔는데 그런 뜻이 아니었던 터라 너무 죄송했다.

유소년기의 내게 아버지는 살아 있는 인간이 아니라 사사베 도시로라는 글자로 존재했을지 모른다. 아버지를 떠올릴 때 글자가 아니라 사람으로 변한 것은 중학교 3학년 여름 이후였다.

―홋카이도로 가자!

석 달 만에 집에 오자마자 아버지는 그렇게 말했다…….


알람이 울리자마자 머리맡에 놓인 휴대전화를 잡고 몸을 일으켰다.

알전구 불빛 속에서 휴대전화를 열어 4시 30분이라는 표시를 확인했으나 어느 버튼을 눌러야 소리를 멈출 수 있는지는 모른다.

류이치가 이 모습을 봤다면 쓴웃음을 지었을 게 분명하다. 결혼하고 이 년, 매일 아침 휴대전화 알람을 아무리 큰 소리로 맞춰놔도 먼저 일어나는 것은 류이치라 내 휴대전화임에도 스스로 끈 적이 한 번도 없었으니까. 류이치가 끄고 나를 흔들어 깨우는 게 일상의 습관이었다.

그러나 그리 어렵지 않게 일어날 수 있었다. 달리 깨워줄 사람이 없다는 것을 자각하고 있기 때문일까. 아니다. 예전부터 여행지에서는 의외로 잘 일어나고는 했다.

아니면 잠들지 못한 걸까. 아버지 꿈을 꾼 것 같은 느낌이 드는데 실은 눈을 감은 채 설핏 아버지를 계속 생각했을지도 모른다. 닥치는 대로 버튼을 누르자 소리가 꺼졌다.

옷을 갈아입는다. 7월이라 해도 동해의 공기는 싸늘하다. 반소매 옷으로 갑판에 나가면 추워서 몸을 떨 것이 분명하다. 반소매 티셔츠에 데님 점퍼스커트, 두꺼운 양말을 신고 겨울용 플리스 파카를 입는다. 숄더백 속을 확인하고 어깨에 사선으로 메고 방을 나왔다.

갑판은 뱃머리와 선미 두 곳이 있다. 일출을 보려면 당연히 뱃머리 쪽이다.

내 선실은 4층이고 갑판은 5층이라 계단을 올라 무거운 문을 열고 나왔다. 동쪽 하늘은 이미 하얗게 밝았다. 바람이 세다. 불빛 몇 개가 있었으나 뱃머리에 다가갈수록 빛이 거의 닿지 않았다. 넘어지지 않도록 난간을 잡고 동쪽 수평선이 보이는 곳까지 가자, 두 손으로 꼽기 어려울 정도의 사람들이 있었다.

다들, 목적은 같으리라. 일상에서 일출은 너무나 당연한 일이라 새해 때 말고는 의식하지도 않으나 여행지에서는 당연한 현상도 생경한 경치와 평소와는 다른 기분이 하나가 되어 신선하고 특별한 것이 된다.

일출을 보는 데는 의외로 시간이 걸린다. 새카만 하늘이 하얘지기 시작할 때부터 치면 여름철이라면 새벽 3시부터 지켜봐야 한다. 그러나 태양이 나타날 때까지는 그로부터 두 시간 가까이 걸린다.

몸이 차가워지는 것을 피하려고 태양이 모습을 드러내기 조금 전을 택했는데 대부분은 더 이른 시간에 나왔으리라. 대학생처럼 보이는 그룹이 자리 잡은 중앙에는 파티가 끝난 뒤처럼 과자 부스러기와 빈 맥주 캔이 구르고 있다. 젊고 건강한 데다 같은 목적을 지닌 친구들이 모이면 시간이 오래 걸리는 일도 즐겁겠지.

아마 시간은 더 걸릴 것이다. 천천히 앉아 있을 자리가 없을까.

"여기, 앉으실래요?"

갑판을 둘러보고 있는데 푸마 운동복을 위아래로 입은 중학생 정도의 여자아이가 말을 걸어왔다. 뱃머리에 등을 돌린 채 난간에 기대앉아 있다. 오른쪽 옆 사람 사이를 조금 벌려주었다.

"그럴게요. 고마워요."

앉자 엉덩이에 설핏 온기가 느껴졌다.

"얼마나 여기 있었어?"

"3시 반쯤부터인가."

"혼자?"

그녀 옆에는 이십 대 후반쯤으로 보이는 남자가 있었는데 반대편 여성과 다정하게 어깨를 대고 있는 것으로 보아 이 아이의 동행은 아닌 듯하다.

"혼자이기도 하고 아닌 듯하기도 하고…… 뭐, 그래요."

얼버무린다. 생글생글 웃고 있어 심각해 보이지는 않는다. 하지만 혹시 가출이라면……. 아니, 여행하다 만난 사람에게 괜한 참견은 예의가 아니다.

"그쪽……, 언니는? 아니, 이것도 영 아닌가."

"도모코라고 해요."

호칭 때문에 곤란해하는 것 같아 먼저 이름을 댔다.

"저는 모에라고 해요. 도모코 씨는 혼자 여행 중이세요?"

"아뇨. 둘이요."

"남편분과?"

반지 낀 손을 주머니에 넣고 있음에도 모에가 나를 기혼자로 알아본 것은 어스름한 불빛 속에서도 내 배가 조금 나와 있는 것을 봤기 때문이리라. 그래서 일찍 나와 확보한 자리를 내주며 온기가 남은 쪽을 양보했나.

"아니. 남편은 이 페리에 타지 않았어. 내 동행은 이 아이."

주머니에서 손을 빼 천천히 배를 쓰다듬었다.

"그렇구나. 그런 둘이구나. 태어난 다음에는 힘드니까 지금 자유를 구가하려는 작전인가요?"

임신 경험자 같은 소리다.

"가까이에 그런 사람 있어?"

"사촌 언니가 반년 전쯤에 아이를 낳았어요. 임신 중에는 그때가 가장 힘든 줄 알았는데 막상 태어나니 온종일 아이를 돌보느라 정신이 없어 원하는 일은 하나도 못 한다며 늘 투덜대요. 제일 좋아하는 영화를 당분간 못 볼 것 같다며, 이럴 줄 알았으면 임신했을 때 실컷 볼걸 그랬다고요."

"그렇구나. 낳으면 그렇게 되는구나."

"아! 그렇다고 아주 심각한 상황은 아니에요."

모에는 서둘러 수습에 나섰다. 사촌 언니는 아기를 온종일 동영상으로 촬영해 나중에 아이가 결혼할 때 틀겠다며 앞으로 수십 년 뒤의 일을 얘기해 주위를 어이없게 하고 있단다.

한없이 부러워하며 모에의 이야기를 들었다.

"하지만 언니보다 내가 더 심할지도. 배 속에 있을 때부터 찍고 있으니까. 페리에 타기 전에도 '해바라기'라는 글자가 제대로 들어오게 삼각대까지 세워놓고 이제부터 홋카이도에 간다는 대사까지 하며 찍었거든. 일출도 다 찍어야지."

모에의 양해를 구하고 백에서 비디오카메라를 꺼냈다. 삼각대를 설치하고 일어나 수평선 위치를 확인한 뒤 녹화 버튼을 누르고 다시 앉았다.

"아이가 커서 같이 보면 좋겠네요."

"그렇겠지." 같이 웃었다.

남색 물감에 물방울을 조금씩 떨어뜨리듯 하늘이 서서히 밝아졌다. 수평선 위에 옅은 구름이 걸려 있으나 하늘이 밝아지면서 구름의 높이도 올라갔다. 조금 더 지나 태양이 고개를 내밀기 전에 구름은 하늘로 사라질 것 같다.

모에 옆에 앉은 커플의 여성 쪽이 살짝 기침하자 남자가 몸을 따뜻하게 해주려는 듯 등에 손을 얹었다.

"안 추우세요? 자판기에서 코코아 사 올게요. 뭐 좀 마시고 싶지 않아요?"

모에가 일어나면서 말했다.

"그럼 따뜻한 홍차 부탁해. 스트레이트든 밀크든 레몬이든 다 괜찮아."

백에서 동전을 꺼냈다.

"저, 돈 있어요."

"그건 아니지. 여행지에서는 연장자가 사는 거야."

오백 엔 동전을 건네자 그럼 그렇게 하겠다면서 모에는 동전을 들고 자판기가 있는 배 안으로 달려갔다. 해가 뜰까 봐 걱정하면서도 나를 배려해 괜스레 본인이 코코아를 마시고 싶다고 말을 건넸으리라.

모에처럼 배려심이 있는 아이가 되면 좋겠네. 배에 손을 얹자 오케이라고 대답하듯 아이가 살짝 몸을 움직였다.

밀크티를 사 온 모에는 착실하게 잔돈까지 건넸다. 뺨과 양손을 덥히고 둘이 동시에 캔을 따 건배한 뒤 한 모금 마시자 몸이 확 따뜻해졌다. 홍차 덕분만은 아니었다. 수평선에 쓱 오렌지색 빛이 내려온 것이다.

태양이 나타난다는 신호. 갑판의 사람들이 일제히 환호성을 올렸다.

"달랑 한 줄기 빛인데 이렇게 따뜻하다니."

"정말 그러네요." 빛줄기를 바라보며 중얼거리자 모에가 맞장구쳤다.

오렌지색이 농도를 더해 빨간색으로 변한다. 짙게, 더 짙게……. 태양이 새빨간 모습을 아주 조금 드러냈다. 환호성이 더 커진다. 비디오카메라의 중심이 태양의 조각을 잡았는지 확인한다.

모에는 갑판을 한 바퀴 둘러보더니 좋았어! 라며 고개를 끄덕였다. 모에의 동행자가 나온 걸까. 그렇다면 함께 보고 감동을 나누고 싶은 게 아닐까 생각했는데 모에는 여전히 내 옆에 앉아 있다.

부끄러움을 많이 타는 태양은 일단 모습을 드러내면 결연하다. 무대 밑에서 등장하는 주연 배우처럼 바다로 하늘로 강한 빛을 쏘아대며 당당하게 모습을 드러낸다.

"카메라, 좀 봐도 되나요?" 모에가 말했다.

"그래."

태양에서 시선을 거두지 않고 대답했다. 이 경치를 렌즈 너머로 보는 게 너무 아까워 눈 한번 깜빡일 수 없었다. 여기 있는 대부분이 그럴 것이다. 태양이 모습을 드러냈을 때는 모두 소리를 질렀는데 지금은 모두 숨을 죽이고 있다. 그런 가운데 휴대전화와 카메라 셔터 소리가 이따금 들리는 것은 반은 이 경치를 형태로 남겨두고 싶기 때문이고, 반은 이곳에 없는 누군가에게 보여주기 위해서일 것이다.

갓 태어난 빛은 안구를 통과해 몸의 깊은 곳까지 데워준다.

이 빛을 기억해라. 속삭이며 배에 살짝 손을 얹었다.

수평선 위에 둥근 태양이 빛을 쏘아내며 완전히 모습을 드러내면서 새로운 하루가 시작되었다.

선실에 돌아와 비디오카메라를 확인하고 일기를 썼다. 태양은 직접 보는 것보다 크고 선명하게 빛나고 있었다. 선실에 돌아올 때 모에가 한 말을 떠올렸다.

—도모코 씨, 비디오 정말 잘 찍네요. 방송 못지않은 다큐멘터리가 되겠어요. 전문학교라도 다니셨어요?

영상과 관련해 전문적인 공부를 한 적은 한 번도 없다. 대학에서는 경제학을 전공하고 은행에 들어갔다. 카메라 다루는 법을 배운 것은 아버지와 함께 홋카이도를 여행했을 때뿐이다.

당일 여행조차 제대로 데려간 적 없는 아버지가 갑자기 홋카이도에 가자고 해서 놀랐다. 불경기라 유명 기업이 몇백 명씩 구조조정을 단행했다는 뉴스가 매일 나오던 터라 아버지도 회사에서 잘린 게 아닐까 의심했을 정도다.

끝내 아버지에게 물었더니 근속 이십 년 특별 휴가로 일주일 쉬는 거라며 웃으면서 말해 안심했다. 그렇다면 하와이가 좋겠다고 제안하자 아버지와 어머니가 만난 땅을 같이 가달라며 두 손을 모으면서까지 간청했다.

아버지는 입사 초기 도쿄 본사의 보도부에 속해 한 살인사건 범인이 홋카이도에 숨었다는 정보를 얻고 현지로 향했는데 감기에 걸리고 말았다고 한다. 그때 응원차 달려온 것이 오사카 지사 보도부 소속의 어머니였다.

—처참한 사건이었고 결국은 자살한 범인의 시체가 발견된

최악의 결말이었는데도 그것을 둘러싸고 있던 자연은 인간에게 일어난 일 같은 것은 상관없다고 말하듯 선명하고 웅대했어. 다음에는 일 없이 오고 싶다고 생각했는데 십칠 년이나 지났네.

—그러면 엄마와 둘이 가는 게 좋잖아. 나는 이제 혼자 집을 지켜도 괜찮고 게다가 수험생이니까.

배려하려는 마음으로 그렇게 제안하자 바보 같은 소리 하지 말라며 기각당했다.

—나는 네게 그 풍경을 보여주고 싶어.

가는 교통수단으로 페리가 선택된 것은 부모님이 결혼했을 때 언젠가 둘이 호화 여객선을 타고 여행하자고 약속했기 때문이란다. 동해 쓰바사 페리는 호화 여객선이라고는 할 수 없으나 기회가 있을 때 배 여행을 해보자는 것이 어머니의 제안이었다.

그리하여 이십 년 전 여름, 우리 가족 셋은 마이즈루항에서 쓰바사 페리 「뉴 해바라기」를 타고 홋카이도로 떠났다. 유감스럽게도 그때의 페리는 이미 없다. 그나마 '뉴'라는 글자가 떨어진 같은 이름의 페리 「해바라기」를 예약했다.

일 없이 오고 싶었다고 해놓고 아버지는 가방에 제일 먼저 카메라를 넣었다. 지금처럼 한 손으로 찍는 소형이 아니다. 그런데도 늘 어깨에 걸고 있다가 마음에 담고 싶은 풍경이 등장하면 카메라를 내게 건네 저걸 찍어보라며 함께 렌즈를 들여다보면서 지시를 내렸다.

과거로 미래로

63

아버지의 눈이 포착한 영상을 내가 카메라에 담다 보니 절로 방법을 터득했다. 그러나 아버지는 내게 카메라 기술을 알려주려고 그런 일을 했던 게 아니다.

부모와 자식이 똑같은 감동을 공유했다는 증거를 남기고 싶었기 때문이다.


매점에서 샌드위치와 야채 주스를 사서 다시 뱃머리 쪽 갑판으로 나왔다.

페리에는 큰 레스토랑이 있으나 날씨도 좋으니 바다를 바라보면서 아침을 먹고 싶었다. 갑판에는 간이 테이블과 의자가 많으니 빈자리에 앉아 아침을 먹기로 했다.

일출을 보고 다시 잠을 청한 사람이 많은지 갑판에는 사람이 적었다. 수평선 바로 위로 떠올랐던 태양은 이미 하늘 꼭대기 가까운 곳까지 솟아 있었다. 추웠던 게 거짓말처럼 햇살이 강하다. 동해와 하늘밖에 보이지 않는데도 여름이라는 게 느껴졌다. 플리스의 소매를 올린 것만으로는 너무 더웠으나 플리스를 벗고 반소매 티셔츠 한 장으로 버티기에는 바람이 너무 강하다.

그런 상황에서의 아침이니 우아하다고 할 수는 없겠으나 푸른 하늘 아래에 있으니 평소보다 식욕이 돋아 기분 좋게 아침을 마칠 수 있었다.

얇은 카디건으로 갈아입으려고 방으로 돌아왔다.

침대 옆에 놓아둔 휴대전화가 깜빡이고 있었다. 류이치에게 문자가 와 있다.

「몸은 어때?」

「나도 아이도 다 건강해.」 답장을 보냈다.

휴대전화와 일기장을 백에 넣고 방을 나온다. 이번에는 선미 쪽 갑판으로 향했다. 벤치가 몇 개 있는데 아무도 없다. 바다가 보이는 한가운데 벤치에 앉으니 나만의 지정석인 것만 같다.

푸른 바다에 페리가 토해내는 하얀 거품이 떠 있다. 답장이 왔다.

「꼬마 도모도 잘 부탁해.」

류이치는 우리 아이를 꼬마 도모라고 부른다. 나는, 앞으로 우리 아이라는 말을 몇 번이나 해볼 수 있을까. 딸이라는 것은 초음파 검사로 알았는데 이름은 아직 정하지 않았다. 둘이 몇몇 안을 내보기는 했으나 이거다 싶은 게 떠오르지 않아 정해질 때까지는 각자 부르고 싶은 대로 부르기로 했다.

하지만 빨리 이름으로 부르고 싶다는 마음도 있다.

이 여행 중에 이름이 정해질 것이라는 예감은 있는데 일찌감치 문제가 발생했다. 일출을 보며 '아키코曉子'가 어떨까 생각하다가 앞에 펼쳐진 깊고 푸르며 온화한 바다를 바라보고 있으니 바다에서 따온 이름도 괜찮을 것 같다. 짙은 푸른색을 가리키는 '미도리碧'는 어떨까? 아직 홋카이도에 상륙하지도 않았는데 후

보가 계속 등장하고 있다.

오타루의 야경을 보면, 후라노와 비에이의 꽃밭을 보면, 홋카이도 동부의 호수를 보면…….

그 가운데 하나로 줄이는 게, 가능하기나 할까.

"어머, 도모코 씨."

돌아보니 모에가 서 있다.

"어머. 좋은 아침! 이 인사도 좀 이상하네."

"졸리지 않으세요?"

모에는 말간 표정으로 이쪽으로 다가왔다.

"잠꾸러기인 주제에 일단 눈을 뜨면 잘 안 자."

말하면서 무릎에 펼쳐놓은 노트를 덮고 옆에 앉으라는 뜻으로 벤치 중심에서 조금 옆으로 몸을 옮겼다. 모에는 실례한다며 자리에 앉았다.

"저도 마찬가지예요. 그런데 도모코 씨는 이런 데서 뭐 하세요?"

"바다를 보기도 하고 일기도 쓰고."

무릎 위의 노트를 가리켰다.

"굉장해요! 영상만이 아니라 글로도 여행 기록을 남기다니."

"기록이라니 그렇게 대단한 건 아니야. 일출을 봤다거나 아침으로 뭘 먹었다거나 단순한 얘기들이야. 모에 정도의 나이라면 휴대전화에 써서 친구들에게 보내겠지?"

"저는…… 아주 게을러서. 휴대전화를 가지고는 있지만, 가방 안에 들어 있을 뿐이죠."

십 대 아이는 24시간 내내 휴대전화를 몸에서 떼어놓지 않는 줄 알았는데 그렇지 않은 아이도 있구나. 모에의 표정이 순간 흐려진 것을 모른 척하고 일단 그렇게 이해하기로 했다.

"그게 정답이지. 애써 여행 왔는데 일상생활과 연결되어 있으면 제대로 즐기질 못하니까."

"그렇죠? ……하지만 도모코 씨 남편분, 마음이 정말 넓네요."

"왜?"

"임신한 아내가 혼자 여행 가는 것을 허락하다니, 아! 혼자가 아니었구나. 사촌 언니는 아이가 생기는 바람에 신혼여행도 못 갔다고 했는데 괜찮은 거예요?"

류이치가 두말없이 허락한 것은 아니다.

"안정기에다가 의사와 다 상의하고 허락을 받았으니까 괜찮아. 게다가 아이와 둘이 여행하는 것은 배까지 포함해 고작 사흘이야."

"설마, 그대로 돌아가세요?"

"아니. 남편이 합류해. 오늘 밤 오타루에 도착해 그대로 일박하고 내일은 삿포로를 거쳐 후라노로 가. 다음 날, 아사히카와 호텔에서 만나지. 다음은 둘이 동쪽으로 가서 사흘을 묵고 오비

히로에서 비행기를 타고 돌아갈 거야."

"한 번의 여행에서 두 가지 즐거움을 누릴 수 있네요."

"남편은 휴가 날짜가 정해져 있으니까 왕복 다 비행기로 하자고 했는데 내가 꼭 페리를 타야 한다고 고집을 부려 어쩔 수 없이 생각을 접어준 거야."

"하지만, 그래도 이해해줬다고 생각해요."

"그렇게 생각해주니 고맙네."

너무 칭찬하니 모에의 부모님, 특히 아버지가 어떤 사람인지 궁금해졌다. 나이 정도는 물어봐도 될까, 여행 목적이나 경로는 어떨까. 혹시 물어봐주길 바라는 게 아닐까.

……겨드랑이에 식은땀이 흘렀다.

"미안. 내내 그늘에 있었더니 몸이 치가워진 것 같아. 자리를 옮겨도 될까?"

"좋아요. 뱃머리 쪽 갑판이 해가 잘 들고 앉을 자리도 많아서 훨씬 기분이 좋아요."

모에가 일어났다. 벤치에 손을 대고 영차 하며 몸을 일으켰다. ……그런데 순간, 눈앞이 캄캄해지더니 쓱 머릿속의 내용물이 빠져나가는 듯한 감각에 사로잡혔다. 그대로 주저앉았다. 눈을 감고 호흡을 가다듬은 후 천천히 눈을 떴다.

"괜찮으세요?"

"아마도 빈혈인 것 같아. 임신하면 자주 일어나는 일이니까 걱정하지 마. 약도 가져왔고, 방에 가서 잠깐 쉬면 괜찮아질 거야."

"그러면 방까지."

모에에게 짐을 맡기고 벽을 짚으면서 방으로 돌아왔다. 만약 류이치가 곁에 있었다면 응급 헬기를 부르는 것으로 여행은 강제 종료되었을 것이다. 아이에게 보여주는 싶은 것은 페리에서의 경치만이 아니다.

도착할 때까지 느긋하게 쉬자.


음료수와 가벼운 먹을거리를 사다 준다는 모에에게 문고판 한 권도 부탁했다. 여행지에서는 집에서 할 수 있는 일은 굳이 할 필요 없을 것 같아 책을 한 권도 가져오지 않았는데 한나절이나 누워 있으려면 책을 읽고 싶었다.

매점에서 아침거리를 살 때 마쓰키 류세이의 단편집 몇 권이 놓여 있는 것을 발견했다. 쇼와 시대 중반쯤에 활약한 추리 소설가인데 이름을 대자마자 모에는 바로 반응했다. TV 두 시간 드라마에서는 《마쓰키 류세이 서스펜스》라는 이름으로 지금도 일 년에 두세 편씩 방영되고 있고, 올해는 사망 삼십 주년이라 문고판에 띠지까지 둘러 선반 가장 눈에 띄는 곳에 놓여 있다. 시대를 초월한 인기 작가다.

마쓰키 작품을 읽기 시작한 것은 중학교에 들어가고 나서이다. 아버지가 드라마 몇 편을 담당하게 된 것이 계기였다.

—새내기 가쓰라기 형사가 순사로 순직한 아버지에게 배운 지식을 바탕으로 범인을 쫓는 게 재미인데 왜 책에도 없는 가쓰라기 형사의 연인이 등장해 사건에 슬쩍 관여하더니 대뜸 힌트를 주는 거야? 이상하잖아.

가끔 만나면 작품 비평을 일삼게 된 딸의 의견에 아버지는 어른들에게는 여러 사정이 있는 법이라고 술을 마시며 흘려버렸는데 실은 자신도 절대 양보하고 싶지 않은 부분을 딸이 똑같이 지적해 기뻐했다고 나중에 어머니가 전해주었다.

도모코가 납득할 만한 작품을 만들어야겠다고.

모에가 돌아왔다.

오래 기다리게 했다는 말을 건네고 스포츠음료와 주먹밥이 든 비닐봉지를 머리맡 테이블에 놓고 문고판을 건넸다.

"단편집인데 괜찮으세요?"

"응. 장편은 한나절로는 다 못 읽잖아. 너무 눈을 많이 쓰는 것도 좋을 것 같지 않으니까 단편이 딱 좋아. 매점, 사람 많아?"

두 가지만 사 온 것치고는 조금 시간이 걸린 듯해서 물었다.

"아뇨. 그렇게 많지 않았어요. 방에 잠깐 뭘 좀 가지러 갔었어요."

모에는 파카 지퍼를 열고 안에 숨겨온 A4 크기의 갈색 봉투를 꺼냈다.

"이거, 괜찮으면 읽어주세요."

받아 안을 보니 스무 장 정도의 종이 다발이 들어 있다. A4를 가로로 길게 사용한 복사지 중앙에 「하늘 저편」이라는 글자가 인쇄되어 있고 오른쪽 옆에 굵은 끈으로 묶었다. 휘리릭 넘겨보니 세로로 쓴 글자가 빼곡하게 늘어서 있는 게 보였다.

"소설?"

"맞아요."

"모에가 썼어?"

"그럴 리가요! ……사촌 언니에게 받았어요. 앗! 그렇다고 사촌 언니가 쓴 것도 아니에요. 그냥 도모코 씨가 읽어주셨으면 해서 가져왔어요."

"왜 내게?"

"글 속에 마쓰키 류세이가 나와서요. ……불편하세요?"

"아니야. 재미있을 것 같아. 하지만 오타루에 도착할 때까지 읽을 수 있을까?"

"돌려주지 않으셔도 돼요. 짐이 될 것 같으면 버리셔도 되고. ……하지만 혹시 재미있으시면 다른 사람에게 주세요."

"그러면 내가 이 단편 소설을 받을게."

아침부터 내내 신세만 진 모에에게 다시 감사 인사를 전하자 그런 말 말라더니 얼른 방에서 나가버렸다. 뒤를 쫓지는 않았으나 페리에서 내리기 전에 다시 만나면 좋겠다고 생각했다.

문고판을 침대 옆에 놓고 베개를 세워 독서 자세를 잡은 다음 「하늘 저편」이라고 적힌 종이를 넘겼다.

주인공, 에미는 산간의 작은 마을에 살고 있다. 빵집을 운영하는 부모님은 하루도 쉬지 않고 일하는 탓에 에미는 마을에서 나가본 적 없이 날마다 산 너머 세상을 상상했다. 어느 날, 에미는 전학생인 미치요로부터 소설을 쓰라는 권유를 받는다. 에미가 쓴 이야기를 미치요는 재미있게 읽어주는데 작은 마을에서 태어난 에미는 자신이 소설가가 된다는 꿈 같은 것은 전혀 없었다. 얼마 뒤 미치요는 전학 가고 에미는 요코미조 세이시의 책을 세 권 받는다. 에미와 추리 소설의 만남, 그리고 햄 씨와의 만남이었다. 에미는 햄 씨와 장거리 연애 중, 추리 소설을 써서 보냈다. 그것을 마쓰키 류세이의 제자가 되었다는 미치요에게도 보냈는데 마쓰키가 에미의 재능을 인정해 제자로 삼을 테니 도쿄로 오지 않겠냐고 제안하는 편지가 왔다. 에미는 하늘에라도 오를 듯 기뻤으나 이미 햄 씨와 약혼한 신세였다. 삼 년의 시간을 달라고 햄 씨에게 부탁하는 에미. 그러나 햄 씨는 이해해주지 않았다. 에미의 부모조차 햄 씨의 편이다. 그러나 하늘 저편의 세상을 보고 싶다는 마음이 가득한 에미는 아무도 몰래 역으로 향한다. 그곳에는 햄 씨가 있었다.

이야기는 여기서 끝났다. 하지만 아무리 생각해도 완결된 것 같지 않다. 봉투를 들여다봐도 남은 종이는 보이지 않는다. 쓰다 만 것을 준 것일까. 아니면 다음은 독자에게 맡긴다는 종류의 작품일까.

사실은 모에가 쓴 게 아닐까 생각하면서 읽기 시작했는데 몇 줄 읽자마자 아무래도 모에는 아닌 것 같다. 문체도 시대 설정도 너무 구식이다. 마쓰키 류세이가 살아 활약하고 있으니 지금으로부터 사오십 년 전일까. 그보다 이는 허구일까, 사실일까. 어느 쪽이든 내가 모르는 시대의, 모르는 사람들의 이야기다.

다만, 에미가 어떻게 되었을지 영 마음이 쓰인다.

에미가 나였다면, 류이치는 어떻게 했을까.

에미를 나로 바꿔놓으니 그대로 기차를 타고 도쿄로 가게 하고 싶다. 꿈을 이룰 기회는 인생에서 몇 번 찾아오지 않으니까. 게다가 스승이 될 사람이 마쓰키 류세이다. 아니, 그게 오히려 걸림돌일까.

햄 씨가 말리는 이유는 이해한다. 마쓰키 류세이의 회고록을 읽은 적이 있는데 당시 편집자와 동료 작가들은 모두 입을 모아 '마쓰키 류세이는 당대 최고의 호색한'이라고 밝혔다. 그런 사람에게 사랑하는 약혼자를 보내고 싶지 않은 것은 당연하다.

류이치도 당연히 반대할 것이다. 학창 시절, 배낭여행 얘기를 하다가 남녀가 같이 사용하는 유스호스텔에서 잔 적이 있다고 하자 너무 무방비한 일을 저질렀다며 십 년도 지난 일을 놓고 한참 설교했다. 역에서 발견하고 다시 집으로 끌고 가 포기할 때까지 기둥에 묶어둔 것은 아닐까. 너무했나. 그러나 허락하지 않았을 것은 뻔하다.

그렇다고, 에미가 남자였으면 좋았을 텐데, 라는 방향으로는 가고 싶지 않다. 그렇다면······.

에미가 병에 걸리면 어떨까.

에미는 심한 멀미가 있으나 큰 지병이 있는 것 같지는 않다. 소설가의 꿈은 끝났어도 다정한 햄 씨와 결혼해 마을 사람들의 사랑을 받는 빵집에서 부모님과 함께 맛있는 빵을 만들며 지낸다는, 행복한 생활을 얻을 수 있다.

햄 씨에게 억지로 끌려왔으니 한동안은 하늘 저편을 생각하며 울지도 모른다. 햄 씨를 원망할지도 모른다. 그러나 빵을 구우면서 햄 씨와 함께 생활을 영위함에 따라 조금씩 생각이 바뀌지는 않을까. 이 정도면 됐다고 받아들이고 그런 일도 있었다며 웃는 날이 올 게 분명하다.

아이가 생기면 더욱 이걸로 충분하다는 생각이 강해질 것이다. 혼자일 때의 행복은 자신의 것이지만, 배 속에 작은 생명이 깃들면 행복은 그 아이의 것으로 바뀐다.

그때 만약 도쿄로 가버렸다면 이 아이를 얻지 못했을지 모른다. 이 아이가 없는 인생은 생각할 수 없다. 이 아이와 바꿔 베스

트셀러 작가가 되라고 하면 바로 거절이다.

오히려 햄 씨에게 감사하는 마음이 생기지 않을까.

미래가 수십 년쯤 이어지리라 믿을 수 있다면 평온한 행복이 가득한 인생을 선택하고 싶다고, 나는 생각한다.

그러나, 에미의 남은 생이 얼마 남지 않았다면…….

햄 씨는 에미에게 실컷 좋아하는 일을 하게 하지 않을까. 특히 소설은 형태로 남는 것이다. 에미가 이 세상에 살았다는 증거로 에미가 쓴 이야기를 책으로 세상에 내고 싶다는 바람을 이루어주고 싶지 않을까.

꿈을 이루지 못하더라도 사랑하는 사람이 후회를 남긴 채 떠나기보다 할 수 있는 것은 다 해봤다고 만족한 상태로 보내고 싶다고, 일테면 그것이 남은 이의 이기심이더라도, 그렇게 생각하는 게 가족이지 않을까.


홋카이도 여행을 다녀온 그해 말, 아버지는 세상을 떠났다. 직장암이었다.

갑자기 여행을 가자고 한 것은 아버지의 여명이 반년 정도였기 때문이다. 그 사실을 내가 안 것은 아버지가 숨을 거두기 한 달 전이었다. 그때까지도 아버지는 일을 계속해서 아버지가 그런 중병인지 전혀 몰랐다.

홋카이도에서 돌아온 뒤에도 아버지는 전과 마찬가지로 오사카에 돌아오는 일 없이 몸이 허락하는 한 드라마 제작에 참여했다. 아버지는 그 일에 자긍심을 품고 있었기 때문이다.

아버지가 태어나고 자란 곳도, 에미와 마찬가지로 산간의 작은 마을이었다. 집이 농가였던 터라 여행도 한 번 가지 못했단다. 이것도 에미와 공통점이다.

단조로운 매일. 그런 속에서 아버지의 유일한 오락이 TV였다. 그중에서도 형사 드라마를 제일 좋아했다. 아무 일도 일어나지 않는 마을에서는 사건이라고 해봤자 이웃집 부부 싸움이거나 학교 운동장에 멧돼지가 들어왔다는 목가적인 것뿐이다.

일상 속에 가슴이 뛰고 손에 땀을 쥘 만한 일은 하나도 없다. 하지만 버튼만 누르면 작은 상자 속에 별세계가 나타난다. 격렬한 자동차 추격 장면에 폭발, 권총 대결. 게다가 심리전과 속임수. 우정, 애정, 신뢰. 피해자와 범인. 순직.

손에 땀을 쥐고 두근대는 심장을 부여잡은 채 하나의 세계를 보며 흥분하지만, 그 세계가 끝나고 돌아본 자신의 주위는 평화로우니 그것도 다행이다 싶어 안도감이 든다. 그러면 아무것도 없는 일상이 조금이나마 좋아진다.

게다가 작은 상자 속의 세상을 일본 사람들이 즐긴다. 시골에서도 도시에서도, 산간에서도 해변에서도. 가본 적도 없는 곳에 사는 사람들이 매주 같은 시간에 같은 세계를 공유하는 것에 아버지는 자신과 넓은 세계가 이어져 있다고 인식했다.

그리고 언젠가 자신도 많은 사람이 공유하는 세계를 만들고 싶다는 꿈을 꾸기 시작했다.

아버지는 꿈을 이뤘다. 그리고 죽는 순간까지 그 세계를 계속 만들기를 바랐다. 어머니는 아버지가 얼마 살지 못한다는 것을 알았다. 일을 그만두고 가족 셋이 조용하고 편안하게 지내며 하루라도 더 살기를 수없이 바랐다.

하지만 그것은 자신의 바람이지 아버지가 하고픈 일이 아니다. 어머니는 아버지에게 후회가 남지 않기를 바랐다. 아버지가 죽음을 맞이할 때 만족한 인생이었다고 생각할 수 있도록 최대한 돕기로 마음먹었다. 그것이 가령 자신을 외롭게 하는 일이더라도.

그 결단은 옳았다고 생각한다. 어머니는 아버지를 추모하며 좋아하는 일을 더 하게 해줄 것 그랬다는 말은 한 번도 하지 않았다. 그렇기에 나도 추억 속에서 아버지를 즐겁게 떠올릴 수 있었다.

아버지가 마지막으로 담당한 드라마는 마쓰키 류세이 작품이었다. 시대 설정을 현재로 옮겨야 했기에 존경의 마음으로 원작을 손보고 재구축한 그 작품에 꼬투리를 잡을 만한 것은 하나도 없었다.

엔딩 크레디트에 흐르는 아버지의 이름은 글자가 아니라 홋카이도에서 함께 카메라를 들여다보는 아버지의 모습으로 내 안에 각인되었다.

　—어떠니? 재밌지?

　그런 목소리와 함께.


　에미가 병에 걸리지 않았더라도 이런 선택을 할 수 있다는 점을 햄 씨가 깨닫기를 바란다. 「하늘 저편」의 내 엔딩은 정해졌다.


　역에서 끌려왔으나 후일, 에미는 햄 씨의 허락을 받고 도쿄로 갔다. 햄 씨가 에미의 꿈을 이루게 해주고 싶다고 다시 생각했기 때문이다. 매일 짧아도 좋으니까 연락할 것. 도우미 일은 밤 9시까지, 들이가 살지는 말고 근처 아파트에서 출퇴근할 것, 이라는 조건을 마쓰키 류세이에게 제시하고 결정된 사항은 서면으로 작성할 것. 햄 씨는 상당히 엄격한 조건을 내걸었는데 에미는 반드시 지키겠다고 약속했다.

　떠나는 에미에게 햄 씨가 말한다.

　—후회 없도록 최선을 다하면 돼. 하지만 이것 하나만은 꼭 명심해. 네게는 돌아올 곳이 있다는 것을.


　휴대전화 알람이 울렸다. 「하늘 저편」을 다 읽고 세 시간이 지났다. 낮잠을 자고 눈을 뜨면 일상, 여행지, 어디든 상관없다.

오후 6시. 오타루항에 도착할 때까지 침대에 누워 있는 게 나을지 모른다. 하지만 역시 꼭 봐두고 싶은 풍경이 있다. 조금 배도 고프다. 방을 나와 우선은 매점에 들러 컵라면을 사서 뜨거운 물이 있는 곳으로 가 물을 부었다.

컵라면을 든 채 선미 쪽 갑판으로 향한다. 오전과 마찬가지로 벤치는 비어 있다. 한가운데 앉아 컵라면 뚜껑을 열고 젓가락을 쪼갰다.

아이를 생각하면 저녁은 레스토랑에서 영양가 있는 음식을 먹는 게 좋으리라. 하지만 오타루항에 도착하면 어차피 식사를 한 번 더 할 테니까. 아이에게 양해를 구하고 라면을 먹는다. 맞바람 탓에 인스턴트 라면 특유의 진한 국물 향이 콧구멍을 통과해 뇌 깊이까지 전달된다.

컵라면, 이렇게 맛있었나?

지난번 페리에 탔을 때도 가족 셋이 갑판에 나와 바다를 바라봤다. 뱃머리에서도, 양쪽 측면에서도, 선미에서도, 한바탕 둘러본 다음에 아버지는 내게 물었다.

—어디서 보는 게 제일 좋니?

바로 대답했다.

—당연히 뱃머리지.

갑판 끝에서 바다를 내려다보면 배가 힘차게 파도를 가르며 나아가는 모습이 보인다. 그대로 곧장 수평선을 보면 마치 자신이 파도를 헤치며 돌진하는 것 같은 기분이 들었다. 아직 보지 못한 목적지, 미래를 향해.

어머니도 뱃머리라고 대답했다. 타이타닉 영화가 개봉된 것은 이후 일인데 셋이 뱃머리 끝에 서자 이 바다가 마치 우리 것 같은, 로맨틱한 기분이 된다며 우수에 젖은 표정으로 하늘을 올려다보며 말했다.

뱃머리 이외의 답이 있다고는 생각하지 못했다. 누구나, 가장 앞, 그것도 한정된 사람만 설 수 있는 끝이 당연히 좋지 않을까. 그러나 아버지의 대답은 달랐다.

—나는 선미가 제일 좋아. 배가 지나간 흔적을 볼 수 있잖아. 특히 해가 질 때가 좋아. 컵라면을 먹으면서 해가 질 때까지 한없이 바라보고 싶어.

인스턴트 라면은 아버지의 소울푸드였다. 유소년기는 부모님이 농사일에 나가면 점심으로, 중학교와 고등학교에서는 동아리가 끝나면 간식으로, 대학 때는 아침, 점심, 저녁 주식으로, 그리고 취직한 뒤로는 심야까지 이어지는 작업의 좋은 파트너로, 절대 빼놓을 수 없는 음식이었다. 아버지는 배 안 레스토랑의 진열장 앞에서 그렇게 말했다.

사람들과 섞여 자는 방에다 컵라면이라니, 호화 여객선과는 너무 동떨어져 있다는 불만을 품은 채 어머니를 올려다보니 즐겁게 웃고 있었다.

셋이서 컵라면을 먹으면서 선미에서 바다를 바라봤다. 저녁 노을은 나쁘지 않았으나 역시 뱃머리가 좋은 것 같았다. 멀미하는 체질은 아니었으나 진행 방향과 반대로 오래 앉아 있는 것은 역시 기분 좋은 일은 아니었다. 게다가 마치 몰래 숨어 컵라면을 먹는 것 같은 찜찜함도 있었다.

아버지는 왜 여기가 좋을까…….

이십 년이 지나, 지금, 그 대답에 도달한 듯한 느낌이 든다. 아버지는 항로에 자신의 인생을 빗댄 게 아닐까. 항로를 나타내는 하얀 물줄기는 짙었다가 멀어져가면서 넓고 얕게 흩어져 푸른 바다의 한 부분이 된다. 그렇게 인생에서 기른 경험과 추억도 마지막에는 사라지는 것이라고 눈앞의 풍경이 알려주었다.

이런 것을 알 수 있는 것은 내가 아버지와 같은 병을 선고받았기 때문일까.

아버지와 같은 병을 선고받았기에 아버지와의 추억을 떠올리고 같은 기분을 느낀다.

하지만 이 여행은 아버지와의 추억에 잠기려고 하는 게 아니다.

새로운 가족과의 추억을 만드는 여행이다.


직장암이 발견되었을 때 내 배에는 이미 새로운 생명이 깃들어 있었다. 임신 삼 개월, 낙태라는 선택도 있었다. 낙태하면 항암 치료를 바로 시작할 수 있다. 낳으려면 자연 치료를 지속하면서 태아가 칠 개월이 될 때까지 기다려 제왕 절개한 뒤 항암 치료를 시작해야 한다. 아버지처럼 손 쓸 수 없을 정도는 아니나 암은 기다려주지 않는다. 항암 치료를 늦추면 병을 극복할 확률도 낮아진다.

지금 태아를 포기하고 암을 치료하고 다 나은 다음에 다시 아이를 가지면 된다고 생각할 수도 있다. 하지만 지금 배 속의 생명과 다음에 가질 생명은 똑같지 않다. 아이를 포기하고 항암에 전념한다고 해서 꼭 극복한다는 보장도 없다.

아이를 포기하고, 자신은 살고, 새로운 아이를 갖는다.

아이를 포기하고, 자신은 살고, 새로운 아이도 갖지 못한다.

아이를 포기하고, 자신도 죽는다.

아이를 낳고, 자신은 죽는다.

아이를 낳고, 자신도 산다.

무엇을 어떻게 선택해야 좋을지 몰랐다. 류이치와 상의해야 한다고 생각했는데 그에게는 나와 다른 선택지가 있음을 깨달았다.

나는 가능하면 배 속에 와준 아이를 낳고 싶다. 새로운 생명 대신 내가 죽는다고 해도 괜찮다. 하지만 류이치는 어떨까.

아이를 낳고 내가 죽으면 나는 그걸로 끝이지만, 류이치는 아이를 길러야만 한다. 남자 혼자 아이를 기르다 보면 반드시 일에 지장이 생길 것이다. 건설회사에 근무하는 그는 새벽부터 출근해야 하는 날도 있는데.

그는 아직 서른여덟이다. 새로운 여자를 만날 수도 있다. 아이가 없는 게 새 가정을 꾸리기 쉽지 않을까. 아이가 없다면 류이치는 새 출발을 할 수 있고 행복해질 수도 있다.

낳을지 말지의 선택은 내가 해선 안 되는 것일지 모른다. 남은 가족이 해야 하는 게 아닐까. 그래서 당신이 하라며 그에게 결단을 맡겼다.

주말 휴일, 산책이나 하자고 류이치에게 제안해 집 근처 공원에 가서 말했다.

밖에서는 사람들 눈을 의식해야 하니 사고가 정지되는 일은 없을 테지만, 집에서는 말이 끝나기도 전에 머릿속이 엉망이 되어 울기만 할 것 같았기 때문이다. 그래서 아직 해가 높은 시간, 아이를 데리고 나온 사람들, 아이들이 모이는, 번잡한 장소를 선택했다.

벚나무 아래는 꽃이 진 다음이라 그런지 우리만 있었다.

내가 이야기를 끝내자 류이치는 숨을 멈춘 채 나를 응시하더니 시선을 돌려버렸다. 양손 주먹을 꼭 움켜쥐고 어깨를 떨었다. 혹시 얻어맞는 게 아닐까 싶어 몸을 굳히고 대비했다. 류이치의 주먹은 벚나무 줄기를 때렸다. 공원의 상징 같은 거대한 나무였다. 학창 시절, 럭비 선수였던 손이라도 가지가 조금 흔들렸을 뿐 내 두 팔로는 품을 수도 없는 나무 줄기에는 흔적조차 남지 않았다.

류이치는 주먹을 쥔 채 두 눈을 닦았다. 눈꺼풀 끝에는 눈물이 아니라 피가 남았다.

―괜찮아? 손에서 피 나.

―내 걱정은, 하지 마. ……나부터 우선해야 할 일은 하나도 없어. 도모코는 어떻게 하고 싶은데?

―나는…….

―앞으로의 일은 생각하지 않아도 돼. 지금 제일 바라는 게 뭔지, 알려줘.

―나는……. 아이를 낳고 싶어.

그때 띠오른 바람은 딱 한 가지였다.

류이치는 주먹에 밴 피를 바지 옆에 쓱쓱 닦고 이번에는 천천히, 그 손을 펼쳐 아직 커지지 않은 내 배에 얹었다.

―이 아이도 같은 것을 바랄 거야. 꼬마 도모는 도모코의 분신이니까.

눈물로 시야가 일그러진 채 나는 주먹을 맞고도 흔들림 없는 나무를 보며 오열했다.

류이치와 같이 병원에 가서, 아이를 낳은 뒤에 항암 치료를 시작하겠다는 뜻을 전했다. 그러나 그것으로 평온한 일상을 보내게 된 것은 아니었다.

괜찮아, 괜찮아. 그렇게 아무리 자신을 다독여도 어느 날 갑자기 훅, 검고 깊은 함정에 빠지고는 했다.

류이치를 만난 것은 오 년 전이다. 친구 결혼식 뒤풀이에서 소개를 받았고 그대로 사귀기 시작했다. 반년 뒤 청혼을 받았으나 아직은 자유를 누리고 싶다며 이 년이나 질질 끈 게 나였다. 혹여 그때 바로 결혼했으면 지금 나이에 발병했더라도 아이는 이미 낳았을 텐데. 아무런 망설임 없이 아이를 위해 항암 치료를 시작했을 텐데.

만약 좀 더 빨리 류이치를 만나 스무 살 정도에 결혼했다면 아이는 지금쯤 중학생이다. 그 정도 컸으면 바로 항암 치료도 할 테고 내가 없더라도 괜찮을 테니까 암을 극복할 수 없는 상황이 그리 두렵지 않겠지?

만약 지금도 독신이라면 죽음이 찾아오더라도 비관하지 않고 받아들일 수 있지 않았을까.

어둠 속에서 수없이, 만약을 쌓을 때마다 현실은 눈앞의 길들을 가로막았다. 그래서 울며 소리쳤다.

죽고 싶지 않아.

하지만 그것이 아이보다 내 목숨을 먼저 챙기고 싶다는 의미는 아니다. 아무것도 가지지 못한 내게 인생이 끝난다는 것은 무섭기는 해도 후회는 없다. 아버지의 죽음 이후 하고 싶은 일은 전부 하자는 생각으로 살아왔다.

지금 내 소원은 아이가 무사히 태어나는 것이다. 하지만 태어나면 이번에는 다른 소원이 생기리라는 것을 안다. 아이와 함께 살고 싶다. 아이의 성장을 지켜보고 싶다. 아이에게 엄마가 없다는 외로움을 주고 싶지 않다. 그러려면…….

살고 싶다.

죽는 게 두렵지는 않다. 다만, 다만, 슬프다.

부드러운 몸을 힘껏 안고 싶다. 젖을 주고 기저귀를 갈고 목욕을 시키고 한시도 떨어지지 않고 성장하는 모습을 보고 싶다. 어떤 얼굴로 웃을까. 어떤 목소리로 무슨 말을 할까. 앉고, 서고, 걷고, 달리고. 조금씩 세상을 알아간다.

그 인생에 나는 얼마나 관여할 수 있을까. 이 아이의 마음에 추억을 남기는 게 가능할까.

생각하고 절망하고, 생각하고 절망하는 일의 되풀이…….

그러고 있는데 별생각 없이 TV를 틀었다가 낯익은 영상을 봤다. 「마쓰키 류세이 서스펜스」 재방송, 아버지가 맡은 작품이었다. 멀거니 바라만 봤는데도 어느새 빨려들고 말았다. 그리고 엔딩 크레디트에 아버지의 이름을 발견한 순간, 바로, 떠올랐다.

미래에 추억을 남기지 못하는 것을 한탄하고 있을 바에는 지금의 추억을 남겨두면 되지 않을까. 그렇게 나는, 예전의 아버지처럼, 류이치에게 제안했다.

―홋카이도에 가자!

해가 저물고 하늘과 바다가 하나가 되었다. 하얀 물줄기는 더는 보이지 않는다. 어둠 너머로, 작은 불빛이 수없이 보인다. 북쪽 대지에 사는 사람들의, 일상의 불빛이다.

선실로 돌아와 하선을 준비한다. 「하늘 저편」도 비디오카메라와 일기장과 함께 숄더백 속에 넣었다.

휴대전화를 꺼내 류이치에게 문자를 보낸다.

「곧 도착해요. 여행할 수 있게 해줘서 고마워요.」

갑자기 무슨 일인가 놀랄지도 모르겠다. 지은이 불명의 끝나지 않은 소설을 받았다고 보고할까. 마쓰키 류세이의 제자 가운데 에미라는 이름의 여성 작가는 없는지 알아봐달라고 해볼까.

아니야, 「하늘 저편」은 이제 완결되었다.

낮은 엔진 소리와 함께 실내가 흔들린다. 접안한 모양이다. 선내 방송이 흘러나와 방을 나섰다. 통로는 승객으로 가득 차 있다. 다들 기대 가득한 표정이다. 내 얼굴도 그러면 좋을 텐데.

오 미터쯤 앞 계단 중간에서 모에의 뒷모습을 발견했다. 원고를 돌려줄까. 고맙다는 말이라도 다시 제대로 하고 싶다. 그러나 모에는 필사적으로 누군가의 뒷모습을 쫓고 있는 듯 보였다. 그것이 누군지는, 사람이 너무 많아 모르겠다. 모에는 누군가를 쫓아 여행을 떠났다. 하지만 그 누군가는 모에가 따라온 것을 모른다. 그런 일이 가능할까.

모에가 있는 곳으로 가지 않기로 했다. 모에에게는 모에의 여행이 있다.

나는 내 여행을 계속하자. 영상과 사진을 찍고 글을 써서 추억을 하나씩 형태로 만들자. 언젠가 이 아이와 함께 다시 찍을 수 있게.

배에 손을 얹고, 속삭여본다.

―엄마는, 살 거야.

이제야 알았어? 그렇게 되묻듯 아이가 빙글 돌며 배 속에서 깔깔거렸다.

꽃 피 는

언 덕

라벤더 꽃밭을 배경으로 사진 찍는 것이, 후라노, 아니, 홋카이도를 방문했다는 증거일까.

어제, 가미후라노초에 있는 히노데공원 라벤더 꽃밭을 오후 1시쯤에 방문하니, 언덕 가득 펼쳐진 라벤더 꽃밭을 둘러싼 사람, 사람, 사람들로 넘쳐났다.

여행사 배지를 단 사람들이 주차장에서 종종걸음으로 몰려와 곧장 언덕을 올라 전망대에 도착하면 일단 공원의 상징인 종 앞에서 사진을 찍는다. 다음은 라벤더 꽃밭을 내려다보는 구도로 공원 전경을 찍고 조금 내려가 라벤더 꽃밭을 배경으로 사진을 찍는다. 여기까지 끝내면 발걸음을 늦추고 보라색 꽃의 카펫을 바라보면서 언덕을 내려와 매점으로 향한다. 그리고 보랏빛의 라벤더 아이스크림을 주문해 손에 들고 찍으면 모든 의무를 다한 듯 카메라를 가방에 넣고 소프트크림을 한 입 베어 문다.

이십 년 전에는 없었던 풍경이다. 나도 누나도 형도 일반적인 하얀 아이스크림을 부모님이 사준 것으로 기억한다. 라벤더 맛이라니 어떤 맛일지 궁금하던 참인데 미묘하다는 소리가 들려와 '그렇구나' 하고 고개를 끄덕였다.

다음은 동물원에 가는지 배지를 단 사람들은 아이스크림을 다 먹자 라벤더 꽃밭은 돌아보지도 않고 주차장으로 향했다. 체류 시간은 채 30분도 되지 않았을 것이다. 그래도 라벤더 꽃밭을 보고 왔다고 사진과 함께 자랑할 것이다.

드디어 인물이 들어가지 않은 라벤더 꽃밭을 촬영할 수 있을까. 그렇게 생각한 순간 다른 단체 손님이 들이닥친다. 그리고 깨달았다. 풍경 사진 촬영이 목적이면서 후라노 지역에서 제일먼저 라벤더를 심어 유명한 이 관광지 공원에 대낮에 찾아온 것자체가 실수라는 것을.

그런데, 다음 날 새벽 6시에 왔는데도, 먼저 온 손님이 있었다.

라벤더 나무는 일정한 간격으로 심겨 있는데 하얀 드레스를입은 여성이 오솔길 옆 나무 틈에 쭈그리고 앉아 있고 오솔길에서는 남자가 디지털카메라를 들이대고 있다. 둘 다 아직 이십 대 전후로 보인다.

결혼사진 촬영일까. 그런데 신랑은 보이지 않는다. 사진을 찍는 남자는 티셔츠와 청바지 차림이다. 잡지 화보 촬영인가. 그런 것치고는 여성이 그리 미인이 아니고 드레스도 싸구려처럼 보인다. 요즘은 검소한 결혼이 붐이라 웨딩드레스도 간소한 디자인이 주류일지 모르겠으나 여성의 드레스는 간소하다기보다 싸구려 옷감으로 직접 만든 것처럼 보인다.

이 지역의 개인 레스토랑이 웨딩 파티용 전단을 직접 만들려고 종업원을 데리고 사진 촬영 중이라면 좀 이해가 간다.

"드레스가 이상하게 퍼지니까 일어나서 찍는 게 낫지 않을까?"

남자가 카메라를 든 채 여성에게 말을 걸었다.

"에이, 안 된다고. 이 드레스, 복숭아뼈 정도까지 길이라 샌들이 다 보인다고."

여자가 주저앉은 채 대답했다.

"구두 정도는 좀 제대로 신고 와라."

"드레스에 맞는 구두 같은 거 없다고. 이것 때문에 사는 것도 아깝고."

"그럼 드레스 길이를 더 길게 했으면 좋았잖아. 위에는 간신히 드레스처럼 보이는데 아래는 무슨 허연 포대기 같다고."

"옷감이 부족해서 어쩔 수 없었어. 라벤더 꽃밭에 파묻혀 상반신만 보이는 느낌으로 찍어."

"말은 쉽지. 라벤더 나무, 의외로 키가 크다고."

남자는 렌즈를 조절하면서 조금씩 이동하는데 좀처럼 여성의 요구에 응할 만한 장소를 찾지 못하는 듯하다.

"이 위치에서 찍어보면 어때요?"

남자의 뒤를 지나쳐 오솔길을 이 미터쯤 올라간 곳에서 말을 걸었다.

"네?"

"발밑을 의식해 거리를 두기보다 광각 렌즈로 당겨 찍어보면 좋을 것 같은데."

"그래요?"

남자는 내 옆으로 와서 카메라를 댔다.

"아! 진짜네! 바로 앞의 라벤더가 딱 알맞게 발 쪽을 가려주네."

남자는 셔터를 누르고 사진을 확인한 다음 내게 보여줬다.

"예상대로네. 이번에는 모델을 중심에 두지 말고 오른쪽으로 약간 여백을 두면 어떨까? 라벤더 꽃밭이 넓게 나와 전체적으로 안정감이 생길 거야."

말하고 나서 지나친 오지랖이라며 짜증을 내지 않을까 우려했는데 의외로 남자는 카메라를 내게 내밀었다.

"사진을 정말 잘 아시는 것 같은데 괜찮으시면 몇 장 찍어주

실례요? 이거, 친구에게 빌린 카메라예요. 저는 이런 거, 써본
적이 없어서."

그렇다면 해보자는 마음으로 카메라를 받아 구도 등을 확인
하면서 조절한다. 일단은 인물과 풍경, 양쪽에 다 초점을 맞춘
것을. 다음은 모델에 초점을 맞추고 풍경을 흐리게 한다. 라벤더
가 부드러워진 만큼 여성의 샤프한 이목구비가 두드러져 상당
한 미인으로 찍히지 않을까. 플래시를 이용해 여자의 얼굴을 밝
게 찍는 것도 좋겠다.

"이런 느낌 어때?"

열 장쯤 찍고 남자에게 카메라를 건넸다. 남자는 사진을 확인
하면서 오호! 소리를 높이며 여자에게 달려갔다.

"어머, 굉장해! 프로가 찍은 사진 같아."

여자가 화면을 들여다보며 사진이 바뀔 때마다 소리를 질러
댔다.

"만족해?"

"응. 꿈을 이뤘어!"

여자는 환한 미소를 짓고 크게 고개를 끄덕이며 일어섰다.

"그럼, 철수하자. 젠장. 이런 새벽부터……."

남자는 투덜대면서도 여자의 손을 잡고 함께 이쪽으로 와 내
게 고개를 숙였다. 여자는 새초롬하게 고개를 숙였다. 머리 위에
놓아둔 하얀 리본이 툭 떨어지자 여자는 "으악!" 하고 소리 지르

며 서둘러 주웠다.

"제대로 인사해."

"고, 고마웠습니다."

"아니야. 나야말로 목적도 묻지 않고 멋대로 참견해서……."

"우리, 결혼한 거 아니에요. 뭐랄까, 그냥 동급생이고 사귀는 사이도 아니에요. 이 녀석이 홋카이도에서 사는 동안 꼭 이루고 싶은 일이 있으니 도와달라고 해서."

"저는 홋카이도대학 4학년이에요. 졸업하면 규슈의 시골로 돌아가야 해서 좋은 추억이나 만들려고요. 혹시 프로 사진작가세요?"

"……아니. 카메라는 취미일 뿐이야."

"그래요? 프로라고 확신했는데."

"엄청난 사진을 찍게 되어서, 정말 행운이었어요."

뭐라고 대답해야 할지 몰라 머리를 긁적이고 있는데 "사람이 없을 때를 노리고 오셨죠? 방해꾼은 철수할 테니 천천히 즐기세요"라고 남자가 말하고 둘은 언덕을 내려갔다.

남자는 성큼성큼 재빨리 걸어가고 여자는 드레스 자락을 무릎까지 올리고 허둥지둥 따라간다. 빨간 샌들이 드레스와는 어울리지 않지만 귀엽다.

그 모습이 너무 웃겨 어깨에 건 카메라를 재빨리 들어 한 장찍었다. 제목은 '잠깐만!'이라고 해야 할까.

이야기의 끝

넓은 라벤더 꽃밭이 드디어 내 것이 되었다. 그러나 여자의 목소리가 오솔길에 툭 떨어졌다.

―프로 사진작가세요?

정답은, 프로 사진작가가 되려는 꿈을 포기한 사람입니다. 꿈과 결별하려고 홋카이도를 찾은 것은, 꿈의 시작이 이곳이었기 때문이다.

내 본가는 산인(주고쿠 지방의 북부로 돗토리현과 시마네현 지역) 지방의 작은 해변 마을에서 어묵 공장을 경영하고 있다. 종업원 여덟 명의 작은 회사로, 가난하지는 않았으나 그렇다고 아주 유복하지도 않아 여름방학에 가족이 여행을 간 것도 딱 한 번이다. 누나가 중학교 2학년, 형이 초등학교 6학년, 내가 초등학교 4학년 때 일이다.

여행지 결정권은 어머니에게 있었다. 애당초 어머니가 복권 십만 엔에 당첨되는 바람에 여행을 가게 되었기 때문이다. 어머니는 홋카이도, 가능하면 후라노에 가고 싶다고 제안했다. 후라노가 무대인 드라마 《북쪽 나라에서》를 좋아했기 때문이다. 대여 비디오를 포함해 드라마는 가족 모두가 봤으므로 반대하는 사람은 아무도 없었다.

여행사를 통해 이박 삼일의 후라노·비에이 투어를 신청하고 7월 말, 부모님과 아이 셋까지 다섯 명이 비행기를 타고 신치토세공항으로 향했다. 가족 모두 첫 비행기, 첫 홋카이도였다. 여행 첫날은 신치토세공항에서 삿포로로 가서 홋카이도의 옛날 도청 건물과 시계탑, 오도리공원 등을 견학하고 도카치다케 온천에서 숙박한다. 이튿날은 핵심인 후라노 관광으로, 오전에 드라마 촬영 현장인 로쿠고를 보고 와인 공장을 방문한 뒤 이곳 히노데공원으로.

라벤더 꽃밭을 직접 본 우리 가족은 TV 화면에서 본 것보다 훨씬 넓고 짙은 보라색 꽃 카펫 앞에서 환호성을 질렀다.

자신을 소녀라 칭하는 어머니는 물론, 꽃에 전혀 관심 없을 것 같은 아버지까지 이건 정말 굉장하다며 감탄했을 정도로 모두 마음을 빼앗겼다. 비일상적인 세계. 당연히 그 풍경은 사진에 담아두고 싶었다. 그러니 자녀들의 성장 앨범이 누나는 한 권, 형과 나도 한 권씩밖에 없는 집안에 카메라는 일상생활에 전혀 필요 없는 도구였다.

그렇다면 누구나 그럭저럭 잘 찍는 일회용 카메라를 사면 좋았을 텐데 아버지는 출발 전 의욕에 넘쳐, 종업원 다나카 씨, 새 기계를 무척 좋아하는 아저씨에게 SLR(일안 리프) 카메라를 빌려왔다. 파트타임 아주머니로부터 "사장님, 라벤더꽃 사진, 많이 찍어오세요"라는 요청을 받자 내게 맡기라고 큰소리를 친 탓에 제대로 된 카메라가 있어야 한다고 생각했을 것이다.

그리고 다나카 씨도 다루는 물건이니 자신도 쉽게 다룰 수 있으리라 착각한 게 틀림없다. 그런데 막상 라벤더 꽃밭 앞에 서서 카메라를 들어 올리자 도무지 초점이 맞지 않았다. 뭐, 현상하면 잘 나오겠지. 그런 마음으로 라벤더 꽃밭을 두세 장 찍고 그 앞에 가족을 세워놓고 한 장 찍고는 일찌감치 촬영을 접었다.

카메라에 관심을 보인 것은 아이들이었다. 라벤더 꽃밭에 감동하기는 했으나 어머니처럼 물끄러미 바라볼 마음은 없다. 우윳빛 소프트아이스크림도 다 먹었다. 하지만 다시 모일 때까지는 시간이 아직 많이 남았다. 누나가 먼저 카메라를 빌려달라고 아버지에게 부탁했고 다음은 형이 찍고 싶어 해 카메라는 완전히 아이들이 지루함을 견디는 도구로 이용되었다.

당연히 나도 찍고 싶다고 강력하게 주장했다. 그러나 아버지는 내게만 엄격했다.

"떨어뜨리면 곤란하고 필름도 아까우니까 이 장소에서 석 장만 찍어라."

늘 있는 일이라 실망하지도 않았다. 부엌에서 식칼을 쓰는 것도, 불꽃놀이 때 불을 붙이는 것도, 공장에서 품질 표시 라벨에 날짜 도장을 찍는 것도, 누나와 형이 내 나이였을 때는 벌써 허락했을 일도 부모님 둘 다 내게만 너는 아직 어리니까 안 된다며 들어주지 않았다.

너무해. 내내 불만을 품고 있었으나 누나와 형이 보기에는 편

애를 받는 쪽은 나였으리라. 숙제만 해도 확실히 부모님은 나만 도와줬다. 운동회나 일요 참관일에도 반드시 왔다. 그래도…….

—네가 제일 아버지에게 사랑받았잖아.

그렇게 말하며 모든 것을 내게 떠맡기다니, 너무 비겁하지 않나.

광각 렌즈를 붙여 바로 앞의 라벤더까지 초점을 맞추고 셔터를 누른다. 하지만 딱 와닿지 않았다.

일단은 공원 전경을 찍자고 생각했는데 이곳을 잡아내고 싶다, 이 모습을 영원히 남기고 싶다, 누군가에게 보여주고 싶은 장소에 초점이 맞지 않는다. 처음 SLR을 들여다본 열 살의 나는 누나와 형 몰래 렌즈를 움직일 때마다 피사체가 변하면 가슴이 뛰어, 여기도, 여기도, 형태로 남기고픈 경치가 수없이 많았는데…….

이런 마음가짐으로 사진을 찍으면 배지를 단 단체 관광객의 사진과 다를 바 없으리라. 오히려 그보다 형편없지 않을까.

증거 사진은 누군가에게 보여주려고 있는 것이다.

좋구나, 홋카이도. 아름답구나. 부럽다.

상대에게 그런 말을 듣는 게 목적이라 사진을 이상하게 찍을 수는 없다. 자랑할 수 있는 최소한의 기준은 맞춰야 한다는 소리다.

열 살의 나는 그게 가능했다. 어떤 의미에서 나의 첫 번째 콩쿠르는 이십 년 전 이곳에서 시작되었을지 모른다.

지금은 디지털카메라로 찍은 사진을 바로 확인할 수 있지만 이십 년 전에는 어떻게 찍혔는지, 현상할 때까지 기다리는 것도 즐거움이었다. 홋카이도 여행에서 돌아오고 닷새 뒤, 우리 남매는 어머니가 이웃 사진관에서 사진을 찾아오기를 아버지와 함께 손꼽아 기다렸다. 그러나 돌아온 어머니의 표정이 너무 안 좋았고 봉투에서 사진을 꺼낸 순간 모두의 표정이 똑같아졌다. 스물네 장짜리 필름 세 개 분량의 사진은 대부분 초점이 맞지 않았다.

처음 아버지는 사진관의 실력이 형편없다고 투덜댔으나 그렇지 않다는 것을 석 장의 사진이 증명했다. 선명하고 또렷한 풍경 사진.

전부, 내가 찍은 것이었다.

한 장은 라벤더 꽃밭을 배경으로 나 이외의 가족 넷이 서서 찍혀 있었다. 한 장은 언덕 가득 라벤더 꽃밭이 펼쳐진 공원 전경. 다른 한 장은 발아래로 펼쳐진 라벤더를 확대해 찍은 것이다. 초점은 일 밀리미터도 흐트러지지 않았다.

그 석 장의 사진을 가족 수만큼 인화해 한동안 가방에 넣고 다니며 아는 사람에게 보여주고 친구에게 자랑했다.

예쁘다! 굉장해. 나도 가보고 싶어.

모두 내게 칭찬하는 것만 같았다. 내가 찍은 사진으로 연하장을 만들었고 확대한 사진은 액자에 넣어 집 거실과 공장 사무소에도 걸었다.

내가 찍히지 않은 가족사진을 거는 데 뿌듯함을 느꼈다.

—막내는 안 갔어요?

대부분은 사진을 보면서 그렇게 물었다. 그러면 부모님은 이렇게 대답했다.

—아뇨. 이 사진을 막내가 찍었어요.

—그거 대단하네요. 앞으로 유명한 사진작가가 되는 거 아닌가요?

그런 말을 들으면 아버지도 어머니도, 싫지 않은 표정을 짓지 않았나.

—다쿠라면, 사진작가가 되겠어.

누나도 형도 그렇게 말해주지 않았나. 그런데 드디어 그 꿈에 손이 닿으려는 순간, 왜 그런 말을 할까.

내게, 어묵 공장을 이어받으라는, 말을.


여러 번 셔터를 누르고 있는데 새 손님이 왔다.

내 부모님 정도의 남녀. 여자는 갈색 개를 안고 있는데 포메라니안이다. 들어가지 말라는 간판을 무시하고 성큼성큼 라벤더 꽃밭으로 들어가 남자를 향해 소리를 높였다.

"여기가 좋겠어. 라메가 카메라를 제대로 볼 때 셔터를 눌러."

"알았어. 알았다고."

남자는 그렇게 말하고 작은 디지털카메라를 댄다.

라벤더 꽃밭 안에서 웨딩드레스, 개와 함께…… 사진 학교는 목적을 가지고 사진을 찍어야 하는 게 얼마나 중요한지 수없이 설명했다. 아무리 기술이 좋아도 아무 생각 없이 그저 경치만 오려낸 사진은 보는 사람에게 감동을 줄 수 없다고.

내가 여기서 사진을 찍는 목적이 뭐였더라.

꿈과 결별하는 촬영 여행이었지, 괜찮을까…….


히노데공원 근처 카페에서 아침 식사를 하고 비에이로 향한다. 이십 년 전 여행 때와 같은 일정이다. 그때는 관광버스를 탔는데 지금은 렌터카를 이용하고 있다.

후라노에서 라벤더 꽃밭을 만끽한 시점에 이미 어머니를 중심으로 한 우리 가족은 여행의 목적을 90퍼센트쯤 이룬 기분이었다.

다음은 아사히카와로 가서, 시내 호텔에 숙박해 선물을 사는 것만이 즐거움이었을 정도다. 버스 가이드가 "앞으로 비에이를 통과해 아사히카와로 가겠습니다"라고 하는 말을 들으면서 어머니에게 자도 되냐고 물었고 그 옆에서 누나와 형은 이미 잠에 빠져 있었다.

그런데 비에이를 달리는 버스 창문 너머의 풍경은 감기던 눈을 순간 부릅뜨게 했다. 언덕 가득 여러 모양을 이루고 있는 꽃밭은 라벤더색만이 아니었다. 빨강, 오렌지, 노랑, 하양. 눈부실 정도였다. 서둘러 누나와 형을 깨웠다.

—패치워크 같네.

어머니는 황홀한 표정으로 그렇게 말했고 누나는 그게 뭐냐고 물었다.

형은 아버지에게 꽃의 종류를 물었다. 아버지는 샐비어와 양귀비, 마리골드라는 이름을 대지 못해 가이드에게 물어 알려줬는데 감자나 메밀 같은 작물의 꽃 이름은 바로 나와 다른 손님들에게 대단하다며 칭찬을 듣고 좋아하며 머리를 긁적였다.

그런 대화들을 들으면서 내 몸은 카메라가 되었다. 아버지는 카메라를 히노데공원을 나올 때 여행 가방에 넣어버렸다. 마음이 흔드는 아름다운 경치를 하나라도 더 머리에 담아두려고 렌즈인 내 눈을 멀리 그리고 가깝게 조절하면서 최고의 앵글에 초점을 맞추고 머릿속 셔터를 눌러댔다.

—비에이는 언덕 마을로 알려져 있어요.

버스 가이드는 그렇게 설명했으나 버스는 멈출 생각이 없는 듯했다. 왜 멈추지 않을까. 왜 버스에서 내릴 수 없을까. 대자연을 이야기하는 웅대한 경치를 마음 깊숙이까지 완전히 즐기고 싶은데.

불만이 솟았으나 불평할 틈은 없었다. 창밖에는 한없이 아름다운 언덕 풍경이 이어지고 있었으니까.

마침내 버스가 멈춘 곳은 하얀 교회 같은 건물 앞이었다. 「다쿠신칸拓真館」이라는 이름의 사진 갤러리였다.

—다쿠마와 이름이 똑같잖아?

제일 먼저 알아차린 사람은 아버지였다. 내 이름은 '다쿠마'로 읽는데 한자가 똑같은 건물이 존재한다는 사실이 기뻤다. 게다가 그것이 사진 갤러리라는 사실에 가슴이 뛰었다. 방금 자신이 본 풍경이, 자신이 찍은 작품으로 전시되어 있을 것 같은 상상에 절로 싱글벙글했다.

이름이 같은 사진작가가 있냐며 내 이름을 단체 관광객 앞에서 아버지가 외쳐 괜스레 으쓱했는데 「다쿠신칸」은 사진작가이름에서 따온 게 아니었다.

사진작가 이름은 마에다 신조. 존경하는 인물을 물으면 망설임 없이 이 이름을 댄다.

1922년에 태어난 마에다 신조는 풍경 사진의 일인자로 1971년 약 석 달에 걸친 일본열도 종단 촬영의 마지막에, 이곳 홋카이도 비에이초와 가미후라노초 일대에서 일본의 새로운 풍경을 발견한다. 이후 틈만 나면 이 구릉 지대를 방문해 사람과 자연이 엮어낸 아름다운 대지를 주제로 속속 작품을 발표했다.

1987년에 개설한 「다쿠신칸」에는 약 여든 점의 작품이 상설 전시되어 있으며 현재도 연간 삼십만 명이 방문하는 거점이 되고 있다.

마에다 신조의 사진에는 온도가 있다. 바람이 불고 구름이 솟고 대지가 호흡하는 게 느껴진다. 그 한 점, 한 점을 두 손 모아 모시듯 감상했고 사진을 찍는 사람으로서 관찰했다.


머릿속에 작품을 각인한 채 점심을 먹으러 비에이역으로 갔다. 시야 끝에서 끝까지 한눈에 조망할 수 없을 만큼의 광대한 구릉 지대가 이어졌다.

역 근처 레스토랑에서 지역 채소를 잔뜩 올린 카레 우동을 먹은 다음, 패치워크 길을 둘러보기 위해 우선은 제루부 언덕으로 향했다. 얼마 안 되는 거리임에도 황금색과 녹색의 대비에 눈을 빼앗겨 길가에 차를 세웠다.

밀이 열매를 맺은 언덕, 그 위에는 새파란 하늘이 펼쳐지고 하얀 구름이 떠 있다. 나라는 인간이 너무나 작은 존재임을 알려주면서도 너도 이 넓고 아름다운 자연의 한 부분이라며 손을 내밀어준다.

같은 시골이라도 이런 풍경에 감싸인 장소라면 기꺼이 고향으로 돌아가리라.

어묵을 만드는 일상도 나쁘지는 않으리라. 그러나 그 마을에는 내가 찍을 풍경이 없다.

눈앞에는 완만한 기복을 이룬 언덕이 펼쳐져 있다. 짙은 초록의 밭 너머로 보이는 것은 도카치다케인가. 언덕의 능선과 산을 어떤 비율로 찍으면 흥미로울까. 산을 멀리 두고 언덕의 넓이를 표현하면? 지평선 위치는? 하늘은 태양에서 구십 도 방향, 지평선에서 먼 하늘일수록 파랗게 보인다.

초광각 렌즈를 끼우고 포인트를 찾는다. 그때 바로 앞에 먼저 온 사람이 있음을 깨달았다. 나와 비슷한 또래의 여성으로 임신한 것처럼 보이는데 동행인은 보이지 않고 삼각대에 DSLR을 고정해놓고 들여다보고 있다. 자신의 모습을 넣고 찍고 싶은지 선 위치와 카메라 사이를 오가고 있다.

사진에 그다지 자신이 없는 사람이라도 도와주고 싶은 상황이다.

"저, 괜찮으시면 셔터를 눌러드릴까요?"

"어머, 감사해요. 그럼 부탁드릴게요."

여성은 손수건으로 콧등을 닦으면서 그렇게 대답하고 어떤 작물인지 모르는 밭 앞에 섰다. 카메라는 삼각대로 고정된 상태였다. 말 그대로 셔터를 눌러준다는 것으로 이해한 듯하다. 라벤더 꽃밭에서 드레스를 입은 여성처럼 앵글 조정부터 해줄까 생각했는데 삼각대까지 있으니 마음대로 자리를 옮길 수도 없는 노릇이다.

카메라를 들여다본다. 삼각대를 이동할 필요도, 렌즈를 조절할 필요도 없었다.

"찍겠습니다."

말하고 셔터를 눌렀다. 여성은 고맙다면서 걸어서 이쪽으로 돌아왔다.

"정말 고맙습니다. 타이머를 맞추면 시간에 맞춰 뛰어야 해서."

배에 손을 얹고 밝게 말했다. 혼자 여행에 나선 듯하나 사연이 있는 것 같지는 않다.

"혼자 오셨어요?"

기어이, 묻고 말았다.

"네. 남편온 일이 있어서 오늘 저녁, 아사히카와 호텔에서 만나기로 했어요. 배 속 아기와 단둘이 여행하는 것도 좋지만, 이 풍경은 꼭 보여주고 싶네요."

여성이 언덕을 둘러본다. 그랬구나. 수긍이 갔다.

"괜찮으시면 몇 장 찍어드릴까요?"

"그러실 수 있어요?"

"차로 도니까 시간은 신경 쓰지 않아도 되어서 괜찮습니다."

"좋겠네요. 패치워크 길을 일주하다니."

"혹시 걸어서?"

"면허가 없어서요. 대여 자전거도 생각했는데 진동이 너무 강할 것 같아서. 제루부 언덕까지라면 역에서 걸을 수 있고 그 것만으로도 아름다우니까 충분할 것 같아서."

"같이 돌까요? 아! 모르는 남자 차에 타는 게 꺼려지시겠네 요. 이러면 어떨까요. 면허증을 맡기면 믿음이 가실까요?"

"그러지 않으셔도 돼요. 잘 부탁드려요. 정말 기뻐요."

여성이 자신을 도모코라고 밝혀, 나는 가시와기 다쿠마라고 성까지 댔다.

"혹시「다쿠신칸」에 쓰는 한자 그대로 다쿠마 씨세요?"

사진을 찍는 동료에게 그렇게 소개한 적은 있으나 먼저 그렇 게 얘기한 사람은 처음이다. 왠지 낯부끄러우면서도 도모코 씨 가 좋은 사람인 것 같아 호감도가 단숨에 상승한다.

조수석에 앉게 해 여행 목적 등을 물어볼까 했는데 밭에서 야생동물이 튀어나올 법한 도로도 달릴 것이라 만에 하나를 대 비해 뒷좌석에 앉게 했다.

먼저 말을 꺼낸 사람은 도모코 씨였다.

"「다쿠신칸」의 다쿠마 씨는 역시 사진 관련 일을 하시나요?"

불과 몇 분 전에 만난 사람인데 이 사람에게 내 꿈을 얘기하 고 싶어졌다.


뭐든 잘하는 누나와 형이 아니라 오직 나만이 SLR 카메라를 다룰 수 있었다는 것과 「다쿠신칸」과의 만남 덕분에 열 살의 내 꿈은 '사진작가'가 되었다.

하지만 그렇다고 특별한 노력을 한 것은 아니다. 카메라조차 없었다. 다만 지역 축제와 학교 행사 때는 일회용 카메라 하나를 내 전용으로 사주었는데 그것만으로 충분히 만족했고 사진 담당으로 가족에게 인정받은 게 자랑스러웠다.

고등학생이 되면 사진부에 들어가자 했는데 막상 입학하고는 전혀 활동하지 않는 사진부보다는 중학교 때부터 해온 배구부에 들어가는 게 학교생활이 더 즐거울 것 같아 조금의 망설임도 없이 배구부에 들어갔다. 아르바이트해 카메라를 사자는 꿈은 있었으나 그럴 만한 시간도 없어 일회용 카메라조차 갖지 못한 채 삼 년을 보냈다.

누나와 형과 성적이 하늘과 땅만큼 차이 나는 도쿄의 대학에 들어간 뒤로는 배구부에 들어가자는 생각은 하지 않았으나 사진 생각도 완전히 잊고 있었다. 상당한 인맥을 동원해 도쿄의 대학 시험을 볼 수 있게 해주었는데 아무도 모르는 대학에만 붙은 데 부담감을 느껴 최대한 부모님에게 의지하지 않고 지내기로 마음먹고 아르바이트에 매진했다.

아르바이트 동료 복은 있어 계절이 바뀔 때마다 여자 친구도 생겨 나름대로 즐겁게 보내는 사이 순식간에 시간이 흘렀고 구직 활동에 고전하면서도 도내의 구두 회사에 취직했다.

제루부 언덕 전망대에서는 켄과 메리의 나무가 보인다. 「다쿠신칸」이 있는 곳은 파노라마 로드이고 패치워크 길과는 선로를 끼고 반대편이다. 걸어가기에는 곤란한 장소다.

"「다쿠신칸」에 가실래요?"

"저는 어제, 같은 펜션에 묵는 사람들과 갔는데 여러 번 가도 너무 멋진 곳이라 다쿠마 씨 일정에 맞출게요."

"저도 조금 전에 갔다 왔어요. 아무래도 비에이에 오면 제일 먼저 가야 할 것 같아서."

"그야 다쿠마 씨니까요. 나도 아기가 사내아이라면 다쿠마라고 이름을 지었으려나?"

배 속 아기는 딸이고 도모코 씨는 이 여행 중에 아이의 이름을 지어야 한단다. 제루부 언덕을 떠나 호쿠에이 밀밭으로 향한다. 나는 이름이 인생에 미치는 영향은 크다는 말로 이야기를 이어나갔다.


사진에 관한 생각이 다시 불타오른 것은 역시 「다쿠신칸」이 계기였다.

같은 회사에 근무하는 사무직 여직원이 홋카이도 여행선물로 「다쿠신칸」에서 마에다 신조의 사진집을 사다 준 것이다. 내게 호의를 품었던 게 아니라 단순히 여행지의 시설과 아는 사람의 이름이 같아서 기뻤다고 한다.

그것을 감사하게 받고 틈만 나면 봤다.

사진을 보면서 어린 시절의 홋카이도 여행을 떠올리다가 점차 이것은 어떻게 찍었나 생각하게 되었다. 그리고 나도 찍을 수 있겠다는 천벌 받을 생각을 하기에 이르렀다.

거의 없는 저금으로 DSLR을 산 탓에 홋카이도에 갈 여유가 없어 친근한 풍경부터 찍었다.

마에다 신조라면 이곳을 어떻게 찍었을까. 온도, 바람, 공기, 눈에 보이지 않는 것을 넣으려면 어떻게 해야 할까.

사진 잡지를 사들여 샅샅이 읽고 연구했다. 단순히 경치를 담는 것만이 아니라 목적과 주제를 두는 것이 중요하다는 것도 알게 되어, 휴일에는 산이나 바다 같은 자연을 느낄 수 있는 곳을 찾거나 축제 같은 이벤트도 찾아다녔다.

태양을 받아 꽃이 가장 선명한 색깔을 내는 순간을 잡고 싶다.

격렬하게 부서지는 파도의 거품 하나에도 약동감을 주고 싶다.

저 산 너머에는 마을이 있고, 모르는 사람들이 웃고 울며 사는 것을 느낄 수 있는, 하늘의 넓이를 표현하고 싶다.

나름대로 생각을 담아 찍은 사진을 현상해 늘어놓으면 홋카이도 여행 때의 사진처럼, 다른 것과 다른 반짝임을 내는 사진 몇 장을, 발견할 수 있었다. 초점이 나간 것 가운데 괜찮은 석 장은 아니었으나 그런 식으로 이거다! 싶은 것이었다.

그것 중에 더 엄선해 사진 잡지 공모전에 보냈다.

예선 통과자 끝에 내 이름이 실려 있으면 좋겠다는 소박한 바람을 품었다. 잡지를 사서 부모님과 누나, 형에게 보내고 자랑해야지. 새해에 집에 돌아가면 "아이고, 너는 사진을 잘 찍었지!"라는 이야기를 듣고 다 같이 홋카이도 여행 얘기를 하면서 즐겁게 술 한잔하면 좋겠다. 누나 맞선 사진도 네가 찍어라. 아버지는 그렇게 말할 게 틀림없다.

태평한 내 바람은 더 크게 이루어지고 말았다. 처음 응모한 공모전에서 우수상을 탄 것이다. 이천 명 가운데 2등이라는, 이전의 내가 경험해보지 못한 등수였다.

석 달 뒤에 집에 갔는데 공장 사람과 마을 사람들, 동네 사람 대부분이 축하한다고 인사해줬다. 완전히 잊고 있어도 이상할 게 없고, 애당초 몰라도 당연한 일이었는데.

아버지와 어머니가 무슨 일만 있으면 자랑했다고 종업원 다나카 씨가 은근슬쩍 알려주었다.

내 일정에 맞춰 집에 온 누나와 형도 축하 인사를 건넸다. 누나는 먼저 맞선용 사진을 찍어달라고 부탁했고 형은 인터넷으로 사진 콘테스트를 찾아 다음에는 여기에 응모하라며 내 등을 밀어주었다. 필름 회사가 주최하는 아마추어 최고의 대회로, 프로 사진작가로의 등용문으로도 알려진 것이었다.

다음 해, 그 사진 대회에서 최우수상을 탔다. 응모자 이만 명 가운데 1등이다. 풍요로운 자연이 흘러넘치는 풍경을 담은 게 아니다. 네온이 반짝이는 뒷골목에 핀 꽃을 찍은 것이다. 제목은 「꿈, 펼치다」였다(주인공의 이름 다쿠에 쓰이는 한자 척拓이 개척의 뜻을 지니고 있어서 사용한 것).

그해 말, 육 년 동안 근무한 회사를 그만뒀다. 프로 사진작가를 목표로 하기 위해 시간을 자유롭게 쓸 수 있는 일을 하며 사진 전문학교에 다니기로 한 것이다.


켄과 메리의 나무에 도착했다. 수십 년 전 광고로 유명해진 곳이다. 나무는 그 상징의 하나에 불과했고 멋진 것은 역시 언덕 풍경이다. 도모코 씨의 양해를 구해 조금 앞까지 이어진 길가에 차를 세웠다. 절경지라 그런지 다른 장소보다 길이 넓다. 초록, 황록색, 짙은 녹색, 그리고 황금색. 색의 이름은 그다지 모른다. 하지만 모르는 이름의 무수한 색을 사진으로 표현할 수는 있다.

360도를 둘러보면서 몇 장, 풍경 사진을 찍은 다음 도모코 씨를 어디에 세울까 생각했다. 도모코 씨도 풍경 사진을 찍고 있다. 그 모습이 너무나 아름다워 나도 모르게 카메라를 대고 셔터를 눌렀다. 상상도 못 했는데 비에이의 풍경과 임신은 아주 잘 어울리지 않을까. 꽃과 작물을 맺는 풍요로운 대지와 임신은 둘 다 새로운 생명을 길러낸다는 공통점이 있다. 그야말로 어머니인 대지로서 강하고 다정하며 따뜻하게 자기 이외의 생명을 품는 존재임을 알려준다.

그런 작품집이 있어도 좋을 듯한데 본 적 없다. 찍게 해달라고 부탁해볼까.

그보다 먼저 도모코 씨의 카메라로 찍어줘야 한다.

"다쿠마 씨. 여기서 좀 찍어주면 안 될까요?"

어느새 도로를 건넌 도모코 씨에게 달려가 카메라를 받자 도모코 씨는 하얀 꽃이 핀 밭 앞에 섰다. 카메라를 댄다. 이것 또한 내가 손댈 필요 없는 위치다. 키가 이십 센티미터 이상 차이가 나는데 그것까지 계산에 넣었을까.

셔터를 누르자 도모코 씨는 다음 장소를 찾으려는 듯 언덕을 이리저리 둘러보면서 이쪽으로 돌아왔다.

"참! 메밀꽃 알아요?"

"알아요. 저것은 감자꽃."

이십 년 전 아버지에게 들은 말을 그대로 전하자 도모코 씨는 놀라워했다. 도모코 씨는 어제 후라노 지역 농부에게 들었다고 한다. 삼각대를 놓고 라벤더를 찍고 있는데 현지 사람이 셔터를 눌러주겠다고 했고 그대로 그 사람이 아는 농가 밭에서 멜론까지 얻어먹었다고 한다.

"아, 정말 좋네요."

내 요청에 가볍게 응한 것도 전례가 있었기 때문임을 알았다. 좋은 사람으로 봐줬다고 살짝 좋아했던 게 민망했다. 다만 지나가던 사람이 도모코 씨에게 말을 거는 마음은 이해한다. 이 풍요로운 대지에 서면 누구나 임산부에게 친절을 베풀고 싶을 것이다.

"감자꽃은 처음 알았어요."

도모코 씨는 그렇게 말하고 감자밭으로 갔다.

"감자도 하얀 꽃이구나."

꽃을 바라보면서 배에 한쪽 손을 얹고 중얼거렸다. 아무래도 아이에게 말을 걸고 있으리라.

"저, 제 카메라로 도모코 씨를 찍어도 될까요?"

"나를?"

"네. 꽃을 보는 도모코 씨를."

"감자꽃만 찍으면 안 될까?"

"죄송해요. 실은 메밀밭에서도 찍었어요. 왠지 어머니의 모습이 밭과 너무 어울려서요."

"그렇지. 은혜로운 어머니의 땅이니까. 나라도 괜찮으면 그렇게 해요."

도모코 씨에게 배 속 아기에게 꽃 이름을 알려주는 느낌으로 해달라고 쭈뼛쭈뼛 포즈를 지정하고 카메라를 댔다. 블로우 같은 연출은 전혀 하지 않고 그대로의 모습을 찍고 싶다. 도모코 씨의 부드러운 미소를 포착하고 세 번 셔터를 눌렀다.

결과물을 확인하는데 도모코 씨는 사진을 보여달라고 했다. 메밀꽃 앞에서 찍은 것부터 순서대로 보여줬다.

"어머, 좋네. 내 입으로 말하기는 그렇지만 정말 좋은 사진이에요. 이거, 나 줄 수 있어요?"

"물론이죠. ……연락처, 여쭤봐도 될까요?"

"오케이!"

도모코 씨는 어이없을 정도로 말간 얼굴로 대답하고 휴대전화를 꺼냈다. 적외선 통신으로 서로의 번호를 교환했다.

"처음 만나는데 이런 일이 가능하다니 여행이라는 것, 참 신기하네."

도모코 씨가 말했다. 백 퍼센트 동감이다.

"하지만 정말 나, 운이 좋네. 여행지에서 프로 사진작가가 이렇게 훌륭한 사진을 찍어주다니."

"아닙니다……. 저는 프로가 아니에요. 사진작가도 아니고요. 여기에 온 것은 사진과 결별하러 왔어요."


호쿠에이 밀밭 언덕, 세븐스타 나무, 그리고 도모코 씨가 요청한 오야코 나무(나란히 선 두 그루의 나무가 부모와 자식을 연상시켜 붙여진 이름)를 다 돈 다음 통나무주택 형태의 세련된 카페에 들어갔다. 숲속의 은신처 같은 분위기다.

"지역 재료를 이용해 직접 만들었다는 치즈 케이크에 끌리는데 초콜릿 케이크도 맛있어 보이니까 두 개 시켜서 나눠 먹을래요?"

"네. 그래요."

케이크 두 종류와 나는 커피, 도모코 씨는 캐모마일 차를 주문했다. 다른 사람이 보면 부부처럼 보일까. 아니, 누나와 동생 같을까. 도모코 씨는 나보다 훨씬 인생을 달관한 것처럼 보인다. 인생의 결단을 강요받아도 전전긍긍 고민하지 않으리라.

"도모코 씨가 찍은 사진 좀 봐도 될까요?"

도모코 씨는 백에서 카메라를 꺼내 사진을 보여줬다.

"……우와. 페리로 여기까지 오셨어요? 아, 옥수수. 나는 아직 못 먹었는데."

도모코 씨는 그저 생글생글 웃으면서 이쪽을 보고 있다. 아마도 한심한 청승을 예고한 나를 배려하고 있으리라. 도모코 씨는 히노데공원에도 갔었다. 라벤더 꽃밭이 물결치는 것처럼 보이는 장소가, 있었나? 잔잔한 바다 같다.

"도모코 씨도 사진 공부를 하셨어요?"

"그렇게 잘 찍어?"

"좀 낙담할 정도로요."

"사진이라기보다 아버지가 방송국에서 영상 쪽 일을 해서 이래저래 배웠어요."

나와는 인연 없는 세계가 불쑥 등장했다.

"프로 중의 프로에게 배웠다, 는 말씀이시네요."

사진작가를 목표로 했다는 말 같은 거 안 했으면 좋았을 텐데.

"다쿠마 씨가 찍은 사진, 정말 좋았어. 이게 마지막이라니 너무 아까워."

"……시골로 돌아가 부모님의 어묵 공장을 이어받아야 해요."

"그렇구나……."

"죄송해요. 귀중한 여행인데 이런 한심한 얘기나 해서. 하지만 도모코 씨 사진을 보고 나니 포기가 쉬워졌어요."

"응?!"

"오해하지는 마세요. 기술 얘기가 아니라 제 부족한 점을 깨달았어요. 제 착각이면 부끄럽지만, 도모코 씨는 태어날 아이와 함께 여행한 경치를 보여주려고 사진을 찍고 계시죠?"

"어떻게 알았어?"

"배가 나온 것을 보면 상상력이 그리 풍부하지 않은 제가 봐도 알죠. 하지만 사진만 봐도 소중한 사람에게 보여주고 싶다는 마음이 담겨 있는 게 보여요. 제 사진에는……, 저는 그저 사진을 찍는 것만 좋아해서. 그만한 마음이 담기질 않아요."

"사진 찍는 것을 좋아하는 게 제일 중요한 것 같은데. ……아,

케이크!"

테이블에 주문한 음식들이 놓인다. 도모코 씨가 치즈 케이크와 초콜릿 케이크를 포크로 반씩 나눠 하나씩 바꾼다.

"먹어요."

도모코 씨는 내게 밝게 얘기하고 치즈 케이크를 한 입 머금고 생각에 잠긴 표정을 지었다. 위로할 말을 찾는 걸까. 반으로 잘린 초콜릿 케이크에 포크를 꽂은 다음 그대로 베어 물었다.

"음. 맛있다!"

나름 요란을 떨었다고 생각했는데 도모코 씨는 진지한 표정으로 이쪽을 봤다.

"다쿠마 씨, 소설 읽는 거 좋아해?"

"그다지 읽지는 않아요. 만화는 좋아하는데."

"읽어봤으면 하는 소설이 있는데. 단편이니까 익숙하지 않더라도 고생하지는 않을 거야."

"지금, 여기서요?"

"아니. 역 물품 보관함에 넣어놓은 가방에 있어. 줄 테니까 언제든 편할 때 읽어."

고개를 끄덕이자 도모코 씨는 환하게 웃었다.

"그런데 마쓰키 류세이라고 알아?"

갑자기 화제가 바뀌었다. 두 시간 드라마에서 몇 편 본 적 있다고 대답하자 도모코 씨는 신이 난 듯 어떤 작품이냐, 연기자로 누가 나왔냐며 드라마에 관해 이야기를 시작하더니 자신은 드라마가 좋다고 단언했다.

마일드세븐 언덕에 들렀다가 비에이역으로 돌아왔다. 물품 보관함 앞에서 도모코 씨가 건넨 것은 책이 아니라 끈으로 묶은 종이 다발이 든 갈색 봉투였다. 도모코 씨가 쓴 소설이냐고 물었더니 도모코 씨도 페리에서 만난 사람에게 받은 것이라 프로가 쓴 것인지 아마추어가 쓴 것인지, 실화인지 허구인지도 전혀 모른다고 했다. 하지만 읽어두면 좋을 듯해 내게 주는 것이란다.

마음에 들지 않으면 버려도 된다고까지 하니 오히려 꼭 읽어야겠다는 생각이 들어 당장 읽겠다고 선언하고 개찰구에서 도모코 씨를 배웅했다.

아직 해가 높으니, 비에이 언덕의 전경을 즐길 수 있다는 역 근처 북서쪽 언덕 전망공원으로 가, 그곳에서 소설을 읽기로 했다.

산간 시골에서 태어난 에미. 부모는 빵집 일로 둘 다 바쁜 데다 에미 본인은 수학여행 전날 열이 나서 좁은 마을에서 한 번도 나가지 못한 채 평생을 보냈다. 그러나 상상력이 풍부한 에미는 친구를 통해 추리 소설을 만난 후로 직접 소설을 쓰기 시작한다. 그 작품이 한참 지난 뒤 마쓰키 류세이의 눈에 들어 제자로 삼을 테니 도쿄로 오라는, 꿈같은 전기를 맞지만, 때는 이미 늦었다. 에미에게는 약혼자가 있었고 부모도 에미가 작가가되기보다 약혼자와 결혼해 가업을 잇길 바란다. 일단 작가의 꿈을 포기하는 에미. 그러나 마음을 버리지 못해 상경하려고 몰래역으로 향한다. 그러나 그곳에는 에미를 기다리고 있었다는 듯약혼자가 있었다…….

공원 전체가 내려다보이는 벤치에 똑같은 자세로 앉은 채 단숨에 마지막 페이지까지 읽고 말았다. 책 읽는 습관이 없는 내가 이토록 열중해 읽은 것은 에미의 상황에 자신이 겹쳐졌기 때문일 것이다. 산간 마을, 해변 마을. 빵집을 운영하는 부모, 어묵공장을 운영하는 부모. 작가가 되는 꿈, 사진작가가 되는 꿈. 가족의 이해를 얻지 못한 것까지 똑같다.

그래서 더 결말을 알고 싶어 계속 읽었는데 이야기는 약혼자가 기다리는 것에서 끝났다.

어떻게 된 건지 알고 싶어 도모코 씨에게 문자를 보내려 했으나 어쩌면 이 소설은 처음부터 어정쩡하게 끝낸 작품일지 모른다. 당신이라면 여기에 어떤 결말을 준비하겠느냐는 식의.

그렇다면, 에미가 어떻게 하기를 바라나. 바란다는 희망적인 생각이라면 도쿄에 가서 작가가 되기를 바란다. 마지막은 사뭇 인생의 갈림길에 선 듯한 설정이었으나 차분히 다시 읽어보니 완전히 막다른 골목은 아니다.

에미는 아무것도 짊어지고 있지 않으니까.

역에서 기다린 남자는 약혼자이지 남편은 아니다. 아무래도, 임신한 상태라는 설정도 아니다. 빚이라는 형태로 억지로 약혼한 것도 아니니 약혼자를 버리면 피차 어느 정도 상처는 받겠으나 크게 손해 볼 것도 없다. 약혼자는 이성적인 남성인 듯하니 격노해 에미를 죽일 것 같지도 않다. 학력도 있고 교사라는 안정된 직업도 있으니 새로운 애인을 바로 만날 수 있지 않을까.

부모도 여자 문제가 많은 작가에게 딸이 희롱당하지 않을지 불안하기는 하겠으나 일상에 지장에 생길 정도는 아니다. 무엇보다 아직 젊고 건강하니 딸에게 의존해야 할 이유는 하나도 없다. ……그게 바로 에미와 나의 차이점이다.


석 달 전, 아버지가 폐암으로 세상을 떠났다.

갑작스러운 죽음이 아니었던 만큼 가족이 앞으로의 일을 생각할 시간은 있었을 것이다. 그런데도 어머니나 누나, 형은 아버지의 죽음 뒤의 일을 한 번도 입에 올리지 않았다. 의사에게 시한부 선고를 받았어도 아버지가 살 수 있다는 희망을 버린 것은 아니었다. 혹시 회복될 가능성이 있는데 죽은 뒤의 이야기 같은 것을 하면 그 가능성이 사라지지 않을까 하는 두려움이 있었다.

게다가 나는 막내다. 같이 살지도 않고 간호할 거리에 사는 것도 아니다. 아버지의 병상을 날마다 지켜보고 서로 대화할 거리에 사는 누나는 어머니와 상의했을지 모른다.

나처럼 멀리 떨어져 있어도 암보험이 없는 아버지의 비싼 치료비를 전액 부담한 형이라면 어머니는 앞으로의 일을 전화나 문자로 상담했을지 모른다.

그렇게 나만 빼고 협의가 이루어졌으리라.

그래서 아버지 장례식을 치르고 바로 마련된 자리에서 어머니와 누나, 형의 의견이 일치했을 것이다.

내게 어묵 공장을 물려받게, 하자고.

내가 사진작가를 목표로 하고 있고 공모전에 입상한 것도 알고 프로의 문을 두드리고 있다는 사실을 전했음에도 아무도 그럼 그렇게 하라고 말하지 않았다.

보통은 장남이 물려받지 않나? 속으로는 그렇게 생각하면서도 입 밖에 내지 못한 것은 형이 도쿄의 일류 증권회사에서 일했기 때문이다. 연봉 일천만 엔을 내던지고 매달 적자와 흑자를 오락가락하며 간신히 유지되고 있는 어묵 공장을 물려받아 봤자 득 될 게 하나도 없을 것이다. 결혼해 아이가 둘이나 있으니 말이다. 게다가 맏이는 얼마 전 유명 사립학교에 막 입학했다.

누나는 아직 독신이다. 본가 옆 마을에 사는데 누나도 초등학교 교사라는 안정된 직장이 있다. 부업은 금지이고 어묵 공장을 겸업할 수 있을 정도로 편안한 일이 아니라는 것 정도는 나도 안다.

그래도 어머니가 건강했더라면 더 분명하게 내 주장을 펼쳤을 것이다. 그러나 어머니는 오 년 전에 교통사고를 당해 지금은 오른발을 절뚝대며 생활하고 있다. 사무소 일은 가능해도 공장 일은 곤란하다.

공장을 닫는다, 다른 사람에게 넘긴다는 선택지도 있을 수 있다. 하지만 아버지와 어머니 둘이 쌓아 올린 것을 끝내는 것과 꿈을 포기하는 것, 중 어느 것이 더 어려운 결단인지를 저울질 해보니 전자가 더 무거운 것 같아 대꾸할 말이 없었다.

그런 상황이라 모두 내게 공장을 물려받아 달라고 부탁할 수밖에 없지 않았을까. 그랬다면 나도 조금은 더 깨끗하게 결단을 내렸을 것이다.

그런데 왜 꼭 그렇게 말해야 했을까.

─너를 위해, 아버지가 정한 일이다.


자신이 이런 상황에 있던 터라, 에미가 시골을 버리고 작가에 도전했으면 좋겠다고 생각했는데 아무래도 에미는 작가로 성공할 것 같지 않다.

약혼자에게 헤어지자고 한 게 아니라 삼 년만 기다려달라고 하는 장면에서 어떤 각오도 느껴지지 않는다. 무엇보다 그녀는 작가가 되고 싶다는 동경은 있으나 쓰고 싶다는 욕망은 없는 게 아닐까.

고등학교 때 쓴 작품이 칭찬을 받자 이리저리 생각하다 역까지 갔다. 하지만 그녀 안에 새로운 이야기를 써보자는 감정은 없다. 주위가 반대하자 바로 포기했다가 문득 집을 뛰쳐나왔으나 그동안 그녀는 글 한 줄 쓰지 않았고 머릿속에 이야기가 흘러넘친 적도 없다.

꼭 쓰고 싶은 이야기가 있다. 이런 마음을 들이대며 약혼자와 부모에게 작가가 될 재능이 있음을 증명하자. 그렇게 생각하지는 않은 것 같다.

시골 소녀가 그저 도시의 화려한 직업을 동경한 것뿐이다. 약혼자나 가족의 이해를 얻고 도쿄로 나갈 수는 있어도 그녀가 다른 이의 마음을 흔들 작품을 쓸 것 같지는 않다.

좌절하고 울며 돌아올 곳이 있다면 그나마 다행이다. 그러나 만약 약혼자의 마음이 변하면 어쩔 셈인가. 부모가 빵집을 접는다면.

아아, 그때 주위 사람들의 이야기를 잘 들을 걸 그랬다. 그렇게 후회하지 않을까. 결혼해 빵집에서 일하면서 나는 작가가 될 수 있었다고 몽상하는 편이 행복했을 것이라고.

……나도 그렇게 생각하지 않았나?

꿈을 접고 가업을 이어 인간 기둥이 되겠다는 심정으로 어묵 공장을 물려받겠다고 동의했다. 왜 나여야 하는지를 생각하면 할수록 암울해져 어머니에게 아이들 방 세 개가 있는 2층을 다 터서 나만의 공간을 만들어달라 하고 꿈과 결별하러 촬영 여행을 떠날 테니까 한 달만 자유롭게 놔달라며 내 요구를 늘어놓았는데 마음 깊은 곳에서는 안도하지 않았나.

꿈을 포기할 이유가 생겨 안도하지 않았나.

사진 전문학교에 다니면서 아르바이트로 프로 사진작가의 조수를 한 적은 있으나 기회라고 할 만한 일이 들어온 적은 없다. 응모전에 사진을 내도 대단한 성과를 얻지 못해 이대로 지금 생활을 계속해도 괜찮을지 내심 의문을 품은 기간도 있다. 그래도 포기하지만 않으면 언젠가 기회는 올 것이라고 믿었다.

응원해주는 가족들을 위해서라도 반드시 프로 사진작가가 되어야지…….

아버지는 마지막 순간까지 나를 걱정해 병문안 온 누나와 형에게 어묵 공장은 다쿠마가 물려받게 해달라고 고개를 숙였다고 한다. 아버지는 내가 프로 사진작가가 되지 못할 거라 판단했다는 증거다. 상 받은 작품을 칭찬했지만, 그것은 어디까지 아마추어 작품으로서다.

그래서 더욱, 서른이 되어도 여전히 이루지 못할 꿈을 좇는 막내아들이 걱정된 것이다.

만약 아버지가 한 달만 더 살아, 구로키 조지라는 일류 풍경 사진작가로부터 조수로 들어오지 않겠느냐는 제안을 받았다는 사실을 알았다면 내게 어묵 공장을 물려받으라는 유언을 남기는 일이 없었을까.

하지만 자네 작품에는 뭔가 딱 한 걸음 정도가 부족해. 구로키 선생의 그런 지적은 아마 전하지 않았으리라. 부족한 뭔가는 존경하는 사진작가의 조수를 하면 발견할 수 있으리라 생각했다. 이제는 어묵 공장을 잇게 되었으니 그럴 기회는 사라졌고 프로가 된다는 꿈도 끝났다고 스스로 다독이고 있다.

도모코 씨가 얼마나 내 사정을 알아차렸는지는 모른다. 이 소설을 본인의 해석이나 의견을 더하지 않고 내게 건넨 것은 스스로 답을 찾으라는 의미일까.

내가 만약, 소설을 완결시킨다면…….


에미는 역까지 왔으나 약혼자와 함께 집으로 돌아간다. 하지만 작가가 된다는 꿈을 포기해서가 아니다. 에미는 진짜 작가가 되기 위해서, 아직 집을 떠날 수 없다고 판단했기 때문이다. 사랑받으며 자란 에미에게는 탐욕이 없다. 탐욕이 없는 사람에게 자기 내부의 영혼이 무엇을 원하는지, 어떤 작품을 만들어내고 싶은지 알 리 없다.

꿈을 내던질 각오를 한 다음 몸의 저 깊은 곳에서 쓰고 싶다는 충동이 솟는 것을 형태로 만들어낼 때야 비로소 에미만이 표현할 수 있는 작품이 완성되었다며 세상에 발표할 가치를 지니는 것이다.

기회는 그렇게 자주 오는 것이 아니므로 실력이 쫓아가지 못할까 두려워하기보다 일단 눈앞의 기회를 잡으라고 할 사람도 있을 것이다.

하지만 문학과 예술을 지망하는 사람은 먼저, 자신을 바라봐야 하지 않을까. 혼이 담긴 작품에는 반드시 누군가 알아본다. 작가가 시골에 살든, 도시에 살든 최종적으로 평가받는 것은 작품이다. 멋진 작품만 있다면 편집자는 산속 오지까지 원고를 받으러 올 것이다.

에미가 산간 마을에서 혼을 담아 엮어낸 작품이 일본 사람들의 마음을 뒤흔든다. 도시로 나가 유명해지기보다 이쪽이 몇 배 더 유쾌하지 않을까.


꿈을 버리고 가업을 잇는 게 아니다. 내 혼이 원하는 작품을 만들어내려고 일부러 꿈을 내던지는 것이다.

열 살의 내가 멋진 사진을 찍은 것은 기회가 고작 세 장뿐이었기 때문이지 않을까. 한정된 숫자였기에 정말 찍고 싶은 것에 초점을 맞출 수 있었다.

이 생각을 담아두기 위한 사진 한 장. 종이 다발을 놓고, 카메라를 들었다.

와 인 딩

로 드

후라노에서 아사히카와까지 약 오십팔 킬로미터. 국도 237호를 달린다.

─취미는 사이클링입니다.

그렇게 전하면 대부분은 참 태평하게 즐기네, 한다. 강변이나 달리냐는 질문이 나오면 애매한 미소로 얼버무리지 않고 정확하게 대답한다.

─자전거로 여행합니다. 홋카이도를 일주하거나 도호쿠 지방을 종단합니다. 신슈에서는 슈퍼 임도(임산 도로의 준말)에 도전하기도 하죠. 물론 규슈, 시코쿠도 돌았습니다. 원래는 반년에 걸쳐 전국 종단을 하고 싶었는데 부모님이 그런 일 하라고 대학을 보낸 게 아니다, 본업은 공부라고 말씀하셔서 방학마다 여

행에 나섭니다. 여름에는 가능한 북쪽을, 봄과 가을에는 남쪽을 공략하고 사흘 이상 쉴 수 있으면 주고쿠, 도카이 지방처럼 아직 가보지 못한 곳을 하나씩 깨나가고 있습니다. 현지까지는 전차와 배로 가서 거기서부터 목적지까지 달립니다. 전차를 탈 때는 자전거를 접어 주머니에 넣어 운반합니다. 그런데 이 자전거 운반 가방이 아주 무거워서 다른 짐까지 합하면 십오 킬로그램 이상 나갑니다. 자전거를 타다가 넘어져 다친 적은 거의 없는데 걸을 때마다 어깨에 멘 자전거 가방이 팔과 허벅지를 쳐 멍이 잔뜩 생깁니다. 가족과 온천에 갔다가 어머니가 보고 안쓰러워하면 죄송한 마음이 들긴 하는데 전국의 모든 도로를 제패한 순간, 멍도 새카맣게 탄 피부도 주근깨도, 비탈길이나 빗속을 장거리 운전할 때의 고통도 모두 날아가는 성취감을 느꼈습니다. 마지막으로 방문한 곳은 오키나와였습니다. 미야코지마, 이시가키지마, 이리오모테지마 등 야에야마 제도도 돌았습니다. 파도와 바닷바람에 자전거는 고물이 다 되었지만, 여행에서 돌아올 때마다 열심히 관리해 언제든 나갈 수 있습니다. 자전거는 제 소중한 파트너입니다.

구직할 때는 이런 이야기를 요약한 다음, 이 경험을 활용해⋯⋯라고 이야기를 이어갔다. 그 결과, 여름이 되기 전에 희망한 TV 프로그램 제작사에 합격했다. 대기업은 아니지만, 인상에 남은 드라마를 몇 편 만든 회사다. 드라마 부서에 배치될지는 아직 모른다. 그러나 이야기를 만드는 일을 하게 된다면 좋겠다.

그리고 이렇게 대학생 마지막 여름, 다시 홋카이도를 자전거로 달릴 수 있었다.

전국 방방곡곡 방문한 곳마다 장점이 있었으나 자전거로 달린다는 조건으로 다시 가고 싶은 곳을 정하라면 단연 홋카이도다. 결단코, 지난달에 헤어진 시미즈 다케오가 새로 생긴 여자친구와 오키나와로 여행을 떠나서, 홧김에 북쪽 땅을 고른 게 아니다.

넓고 곧은 도로 양쪽으로 감자밭이 펼쳐져 있다. 하얀 꽃은 남작, 분홍 꽃은 메이퀸이라고 초등학교 가정 시간에 배운 게 떠오른다. 포근 감자 요리에 적당한 것은 남작, 카레나 고기 감자조림 같은 조림 요리에 적당한 것은 메이퀸, 포테이토 칩도 남작이다. 지평선까지 펼쳐진 밭은 한가득 하얀 꽃을 피우고 있다.

포테이토 칩, 몇 봉지 분량일까.

—더 깊은 생각은 불가능해? 광대한 대지의 작은 점임을 깨닫고 자신의 존재 의의는 무엇일까, 같은.

여행에서 돌아온 내게 다케오는 늘 이런 말을 했다. 여행 중 휴대전화 사용을 그리 좋아하지 않는다. 패스트푸드 쿠폰이나 대여점 추천 정보 같은 걸 보면 일상에서 벗어났다는 실감이 나질 않기 때문이다. 그러나 이거다! 싶은 경치를 만나면 사진을 찍어 짧은 메시지를 덧붙여 다케오에게 보냈다.

그런 메시지에 대한 총평, 이라는 것이 그랬다.

—일테면 말이야, 앞에 펼쳐진 것이 푸른른 대지일지도 모르지만, 홋카이도이니까 엄청난 눈에 뒤덮일 때도 있겠지. 그런 시기를 거쳐 싹을 틔웠다는 것만으로도 결실의 위대함을 느낄 수 있어. 그런데 말이야, 아야의 문자는 포근 감자 요리니, 찐 감자니, 이건 인간의 에고를 넘어서 어리석음이 느껴진다니까.

이것은 하얀 꽃을 피운 감자밭의 사진에 「포근 감자 요리, 막 꺼내서 소금을 살살 뿌리고 맥주와 함께 먹으면 정말 맛있지!」라는 메시지를 덧붙여 보낸 문자에 대한 의견이다.

—일싱 속에서 보지 못한 것을 느끼는 게 여행의 진정한 맛인데 그런 것을 느끼려 하지 않고 어머, 저거 참 예쁘다, 이게 맛있네, 이런 말만 늘어놓다니. 아야의 감성, 너무 얕아빠진 거 아닌가.

다시 돌이켜보니 너무 심한 말인데 맞는 말이라며 반성하며 들었던 것은 다케오를 조금쯤 존경했기 때문이다.

—그게 작품에도 그대로 드러난다고.

대학생이 되어 바로 사이클을 시작한 것은 아니다.

새로운 것을 해보자고 처음 두드린 것은 문예 동아리의 문이었다.

초등학생 때부터 책 읽기를 좋아했다. 처음 직접 글을 쓴 것은 초등학교 5학년 때다. 그림 하나를 보고 이야기를 만들어보자는 국어 수업 과제였다. 별이 뜬 하늘을 올려다보는 토끼 그림을 보면서 상상을 부풀리다 보니 즐거워져 열심히 썼다.

왜 토끼는 별을 올려다보고 있을까. 별과 별을 선으로 이어 당근 자리나 양배추 자리를 만들고 있나. 아니면 엄마 토끼 별자리일까. 밤에 혼자 있다니 엄마 토끼는 어디 갔을까…….

중간에 킥킥 웃어버리기도 하고 마지막에는 눈물짓기도 했다. 아주 재미있는 이야기를 완성했다고 만족했다. 잘 쓴 작품은 복도 게시판에 붙는다는 소리를 듣고 다들 내 작품을 보면 부끄럽겠다고 낯부끄러운 기분으로 그날을 기다렸는데 서른 명 가운데 다섯 명이나 나붙은 게시판에 내 작품은 없었다.

눈물이 터지려는 것을 이 악물고 참으면서 나붙은 작품 하나를 읽었다. 작품에는 선생님이 특히 좋다고 판단한 곳에 빨간 펜으로 물결표시가 되어 있었다.

「사과처럼 새빨간 토끼의 뺨에, 반짝반짝 별님처럼 반짝이는 눈물이, 톡톡, 사탕이 구르듯 흘렀습니다.」

실제로는 토끼의 뺨은 빨갛지 않았고 눈물도 흐르지 않았으나 어차피 이야기이니까 그 부분은 지적하지 않더라도 그 글의 어디가 좋은지 알 수 없었다. 비유를 배운 직후에 내준 과제였는데 내 작품에는 전혀 비유를 쓰지 않았다는 사실은 아주 오랜 뒤에야 알았다.

이야기를 지어내는 게 좋다. 그러나 잘하지는 못한다. 그렇게 실망하기만 했다.

이후 이야기를 쓰더라도 누군가에게 보여주지 못했다. 혼자 즐기면 된다.

그래 놓고 문예 동아리에 들어간 것은 이런 곳에서 기초를 배우면 글쓰기가 늘리라 생각했기 때문이다. 좋은 책이라도 소개받으면 좋겠다는 정도의 기분이었다. 학부도 문학부가 아니라 사회학부였다.

같은 날, 입회 신청서를 낸 사람이 다케오였다. 문학부 국문학과인 그는 첫날부터 선배들의 문학 담소에 끼어 미시마가, 미시마의, 미시미에 있어서, 라고 당당하게 지론을 펼쳤다. 그 모습이 멋졌다.

—미우라 아야코 씨의 『빙점』 같은 작품을 쓸 수 있었으면 합니다.

나는 이렇게 자기소개하는 것만으로도 벅찼다. 미시마가 미시마 유키오라는 사실도 바로 깨닫지 못했고 미시마의 작품을 한 권도 읽지 않았다. 그 사실을 절대 들키지 않으려고 입술을 깨물 듯 입을 굳게 다물고 다케오가 열변을 토할 때마다 그렇지, 라고 말하는 듯 복잡한 얼굴로 고개를 끄덕였다.

그런 내게 다케오는 집으로 돌아가는 길에 미시마의 어떤 작품을 좋아하냐고 물었다. 순간, 국어 시간에 작가와 작품을 선으로 연결하는 문제를 맞히려고 외운 『금각사』와 『파도 소리』를 대고 그것밖에 못 읽었다고 거짓말했다.

—그걸로 문예 동아리에 들어오다니 강심장이네.

부끄러움이 발끝에서 기어 올라왔으나 다케오가 나를 한심하게 보는 것 같지는 않았다.

—쓰려면 먼저 읽어야지.

그런 말을 듣고 책을 빌린다는 명목 아래 다케오의 아파트로 갔고 감사의 표시로 저녁을 해주다가 연인 사이가 되었는데 피차 "좋아해"라거나 "사귀자"라는 말은 한 적 없다. 그래도 문학에 대해 자기만의 의견을 지닌 다케오를 굉장하다고 생각하며 존경한 것은, 나로서는 좋아하는 것과 같은 종류의 감정이므로 먼저 좋아한 사람은 나였다고 생각했다.

다케오도 나를 좋아하기보다 굉장하다고 생각해주길 바랐을지 모른다.


미야마 고개에 도달했다. 왼쪽 전방에 레스트하우스가 보였다. 버터 냄새에 이끌려 그쪽으로 몸이 기운다. 크게 핸들을 꺾지 않아도 자전거는 가고 싶은 방향으로 흘러간다.

전차, 자동차, 오토바이, 도보. 홋카이도에는 다양한 수단으로 여행하는 사람이 있다. 저마다의 장점을 주장하기 시작하면 끝이 없는데 나는 자전거의 이런, 흘러가는 대로, 자신의 의지대로 코스를 정하는 게 좋다.

노점 형태로 늘어선 가게 앞 벤치에서 뜨뜻한 버터 감자를 먹은 다음 찐 옥수수도 샀다. 버터 감자로 이미 배가 불렀으나 일본에서 제일 맛있는 옥수수라는 광고를 보니 무시할 수 없다. 후지산이든, 모모타로든 일본 제일이라는 문구에는 늘 매력을 백 배 키우는 힘이 있다.

옥수수는 하얗게 빛났다. 진주처럼, 이라는 표현을 붙여도 될 터이다. 익숙한 노란색이 아니라 새하얗고 동그란 열매가 빼곡하게 들어서 있으니까. 그런 품종인 듯하다. 한 입 물자 확실히 달다. 선입견인가 싶어 한 입 더 무는데 역시 달다. 입속에서 이 단맛이 사라지기 전에 다음 한 입을 문다. 이제는 이가 빠져 옥수수가 예쁘지는 않았으나 먹기는 편해졌는데 한꺼번에 먹어 치워도 될까 싶을 정도로 벌써 안타깝다.

한 알만 먹자. 달다.

다케오라면 대지의 축복을 숙성시킨 풍요로운 단맛 같은 말로 표현하고 일반적인 단맛은 설탕에 의한 단맛을 연상하게 하는데 설탕을 일상에서 자주 사용하기 시작한 것은……, 이라며 인터넷에서 검색한 설탕의 설명문을 마치 자신이 연구한 논문 속 문장처럼 줄줄 늘어놓을 것이다. 게다가 '단맛'은 이야기의 주제와 그다지 관계도 없다.

단 것을 달다고 하면 되는 거 아닌가. 정말 달아. 아주 달아, 이 정도면 충분하지 않을까.

—그런 단순한 표현밖에 안 되니까 1차 심사도 통과하지 못하는 거야.

단 것을 원고지 다섯 장에 걸쳐 설명한 옥수수와 곧장 달다고 표현하고 뜨거울 때 바로 먹어버리는 모습을 한 문장으로 기록한 옥수수, 독자는 둘 중 어느 쪽을 먹고 싶어 할까. 어느 쪽이 맛있어 보일까……. 그렇다. 단맛은 최종적인 감정이 아니다. 중요한 것은 그 단맛이 맛있냐는 것이다.

과정보다 결과, 아닌가.

"뭐야! 이 옥수수, 무섭게 다네."

관광버스에서 내려 옆 벤치에 앉은 아줌마 세 명 중 하나가 나와 마찬가지로 옥수수를 베어 물면서 소리를 높였다.

"완전, 멜론 같아."

"아아, 정말 맛있다."

옥수수 매점에 줄이 생긴 것이 물론 아줌마들의 목소리가 컸기 때문만은 아닐 것이다. 선전하려던 것도 아니고 자신의 어휘력을 자랑하려는 것도 아니다. 느낀 그대로를 이야기했다.

가식 없는 언어와 행동이 사람을 움직였다는 말인가.

그러나 표현하는 직업에 나아가려면 그 앞을 탐구해야만 한다. 그렇다고 사뭇 의미가 있는 듯한 무의미한 말로 분칠을 해서는 안 된다고 생각한다.

옥수수 한 알이라도 허투루 하지 않으려고 한 줄씩 뿌리부터 뽑아내려고 이를 꽂는다. 머릿속에서는 표현에 관한 한심한 고찰이 당당하게 이루어지고 있으나 지평선을 향해 똑바로 뻗은 도로를 바라보고 있자니 그런 생각 자체가 귀찮아졌다.

머릿속으로 만들어낼 필요 따위 없다. 눈앞에 있는 것들을 받아들이고 느낀 대로 행동한다. 그리고 그 앞에 상상하지도 못한 세계를 만나면 감동이 있지 않을까.

대만 남은 옥수수에 미련은 남지만, 후라노를 떠나기 전에 역시 디저트는 유바리 멜론으로 하자. 육 등분으로 자른 것을 팔고 있다. 오렌지 빛깔로 빛나는 과육은 옥수수와는 다른 단맛을 내게 알려주었다.

홋카이도의 음식은 맛있다. —이상.


비에이의 파노라마 로드 길가에는 「다쿠신칸」이라는 유명한 사진 갤러리가 있는데 전에 왔을 때 충분히 즐겼으므로 들르지 않고 그대로 국도를 달린다. 아사히카와까지 하염없이 자전거 페달을 밟을 것이다. 그래도 경치는 볼거리가 충분하다. 패치워크 모양의 밭은 사랑스러웠고 지평선은 지구가 둥글다는 사실을 알려준다.

그러나 곧장 뻗은 넓은 길이라도 평탄한 것은 아니다. 오르막과 내리막이 이어진다. 내리막에서 속도를 붙여 오르막의 삼 분의 일 지점까지라도 탄력이 붙으면 감지덕지다. 전 3단, 후 7단, 총 21단 변속의 한가운데, 전 2단, 후 4단 기어로 고정하고 언덕길을 오른다. 너무 가볍게 하면 밟는 횟수를 늘려야 하므로 이것이 오르막일 때의 내 최선의 포지션이다.

오토바이가 두 대, 추월해간다. 한쪽 손을 뒤로 돌려 피스 사인을 하는 라이더들에게 나도 피스 사인을 보냈다. 언덕을 오르는 데 힘을 쓰지 않는 라이더들에게 오르내리는 와인딩 로드는 그저 쾌적한 길에 불과할 것이다.

아파트 근처에 오토바이 가게가 있었다면 나는 지금 이 길을 오토바이를 타고 지나가고 있을까. 가게의 쇼윈도 너머로, 이걸 타고 싶다고 느낌이 팍 오는 오토바이를 찾아냈을까. 이 자전거처럼.

투어링용 자전을 탄다고 하면, 제일 먼저 "마운틴바이크야?"라는 질문이 돌아온다. 그게 아니라고 하면 다음은 "로드 레이서?"라고 되묻는다. 하지만 내 자전거는 둘 다 아니다.

랜도너(randonneur, 프랑스어로 작은 여행이라는 뜻이며 여행용 자전거를 가리킴). 형태는 로드 레이서와 비슷하나 프레임과 타이어가 훨씬 두꺼워 아스팔트 도로를 장거리 주행하는 데 적합한 자전거다. 이삼십 년 전까지는 투어링용 자전거로는 이것이 주류였다는데 지금은 거의 생산되지 않는다고 한다. 그런 희소가치가 있는 자전거를 모으는 게 가게 주인의 취미라 쇼윈도에 장식해놓은 것이다.

산간 마을에서 자란 내게 자전거는 소중한 교통수단이었다. 아버지는 출장이나 단신 부임으로 집에 없을 때가 많았고 어머니는 멀미가 심해 직접 운전해도 속이 울렁거릴 정도라 자동차나 버스를 타고 마을 밖으로 나간 적이 거의 없었다. 대체로 마을 안에서 다 해결할 수 있었고 책방이나 음반 판매점은 없었으나 통신 판매를 이용하면 되니까 별다른 문제는 없었다. 다만, 여름방학이나 봄방학처럼 긴 휴가에 여행을 데려가지 않는 게 불만이었다.

친구들이 건네는 여행선물을 받는 것은 기뻤으나 그때마다 자신을 둘러싼 세계가 한층 작아진 것 같아 슬펐다.

그런 내 세계가 조금이나마 넓어진 것은 고등학생이 되고 나서였다. 매일 자전거로 통학했는데 다니는 길은 만만치 않았다. 편도 십오 킬로미터, 게다가 터널이 있는 비탈길을 지나가야 했다. 그런데도 3단 기어가 붙은 마마 자전거(아줌마들이 주로 모는 자전거)를 받았을 때는 최강의 아이템을 얻은 것처럼 든든했다.

고등학교 근처에는 전국 체인 편의점과 커피 전문점, 의류 양판점이 있어서 하굣길에 잠깐 들르는 것만으로도 쇼핑하는 기분을 만끽할 수 있었다.

휴일에도 심심하면 자전거를 타고 옆 마을까지 갔다. 대형 서점의 문고판 코너에서 재미있을 것 같은 책을 꺼내 보며 엄선한다. 역시 직접 고르는 게 좋구나. 서점을 찾으면 내가 모르는 작가가 무척 많다는 사실을 깨닫는다. 지금이야 당연한 소리라고 생각하나 인터넷 검색으로 책을 살 때는 내가 아는 작가밖에 몰랐다. 판매 순위 위쪽에 있는 불과 다섯 명 정도.

그러나 서점에 가면 새로운 만남이 있다.

긴 방학 때는 자전거 바구니에 가득 담을 만큼 책을 샀고 다음 날부터 그 책들을 읽어치웠다. 자전거로 옆 마을까지 가서 책을 사면 책이 더 먼 곳으로 나를 데려다주었다.

책과 자전거의 공통점은 둘 다 내 세계를 넓혀준다, 는 것이다.

대학 진학으로 마을은커녕 현까지 넘어 고베로 나온 뒤로는 자신의 세계가 현격히 넓어졌다고 만족했는데 어느 날 문득 동네에서 타면 안 될 것 같은 짙은 청색 보디의 자전거가 눈에 들어와, 더 먼 곳까지 나를 데려가 주리라 예감하고 그동안 모은 저금을 털어 그날 바로 샀다.

그런데도 내 머릿속에 있던 사이클링 코스는 고베, 오사카, 교토까지가 전부였다. 완벽하게 머리에 그린 게 아니므로 확정할 수는 없으나 어쩌면 교토는커녕 산노미야에서 오사카 사이 정도였을지 모른다.

그런데 자전거 가게 아저씨가 갑자기 이렇게 말했다.

―홋카이도 같은 데 가?

고등학교 수학여행으로 남쪽이라면 오키나와까지 가본 적 있는데 북쪽은 겨우, 교토가 최고 북쪽이자 동쪽이었던 내게 홋카이도는 외국 지명과 비슷한 울림이었다.

―자전거로 그런 데까지 갈 수 있어요?

몸을 내밀며 묻는 내게 자전거 가게 아저씨는 이 투어링 자전거를 사는 이유가 뭐냐고 거꾸로 물었다. 사이클링이 아니라 투어링이다. 그것은 오토바이로 하는 게 아닌가. 자전거로 오토바이 같은 여행을 할 수 있나. 하루에 몇 킬로미터나 갈 수 있나. 무엇보다 자전거로 홋카이도까지 가려면 며칠이나 걸릴까. 아저씨의 질문에 질문으로 답했다. 질문에 질문을 수없이.

아저씨는 랜도너라는 마이니한 자전거를 사러 온 내가 사이클링 단체 소속이리라 생각한 듯하다. 무소속에 자전거로 투어링이 가능하다는 것조차 모른다는 사실을 알고는 자신이 여행했을 때의 사진과 투어링 맵을 보여주면서 자전거 여행의 생 기초부터 설명해주었다.

자전거로 하는 여행이라면 TV에서 다룰 만한 특별한 것처럼 여겨지나 그런 일을 하는 사람들은 여름철 홋카이도에 가면 수백 명이나 되고 여자 혼자 오는 경우도 드물지 않다고 알려준 덕분에 꿈같은 이야기는 서서히 내 안에서 현실감을 띄기 시작했다.

자전거를 사고 아저씨에게 필요한 도구와 계획 세우는 방법을 배워 처음 홋카이도를 찾은 것은 삼 년 전 여름이다. 페리 이동을 포함해 이 주일간의 여행이었다.

그때는 북쪽 대지가 지금보다 훨씬 넓게 느꼈다. 눈앞에 뻗은 길은 끝이 없을 것 같았고 오르막에 다다를 때마다 왜 이런 짓을 하고 있나 싶어 울고 싶었다.

그 감각은 그저 첫 번째였기 때문이리라. 두 번째는 처음이라 마음의 여유가 없어서 미처 발견하지 못한 것들과 만날 수 있으리라 내심 기대했다.

여행과 이야기의 공통점을 발견하는 것뿐만 아니라 융합할 요소를 발견하지 않을까 싶었다.

처음 여행에서 고베의 아파트로 돌아와 제일 먼저 한 일은 소설을 쓴 것이었다. 자신을 모델로 한 주인공이 자전거로 홋카이도를 여행하면서 조금씩 성장하는 이야기다.

밭 근처를 달리면 농가 아주머니가 말을 걸었고 멜론을 얻어먹는다. 바다 마을을 달리면 어부 아저씨가 배에 타보라고 권해 딱히 도운 것도 없는데 오징어회를 실컷 얻어먹는다. 기쁘면서도 여행을 할수록 지역 주민에게 폐를 끼치는 게 아닐까, 도대체 나는 뭘 하러 온 것일까, 죄책감이 들기도 했다.

라멘 가게에서 같이 앉게 된 역시 자전거 여행을 온 남자와 대화해보니 그에게도 똑같은 일이 있었다는 것을 알았다. 그러나 그는 죄책감이 전혀 없었다.

─그 자리에서 감사 인사를 제대로 전하고 그걸로도 부족하다는 생각이 들면 주소를 알 경우, 돌아와 감사 편지를 쓰면 돼. 하지만 그런 것을 바라지는 않을 거야. 친절을 베풀어준 사람에게 직접 답례하는 것만이 보답은 아니야. 누군가 다른 사람에게 돌려주면 돼.

그렇게 말하고 내 계산서까지 챙겨 일어났다.

─나도 학생 때 샐러리맨 라이더들에게 엄청 많이 얻어먹었거든.

끝내 이 사람에게도 얻어먹고 말았으나 죄책감이 들지는 않았다. 그리고,

─고맙습니다! 잘 먹었습니다. 좋은 여행 하세요.

큰 소리로 그렇게 인사하고 그때까지 쌓아둔 죄책감도 훌훌 털어버렸다.

그런 에피소드를 넣은 원고지 이백 장에 달하는 작품을 제일 먼저 다케오에게 보여줬다. 문예 동아리에 들어와 처음 쓴 원고를 남자 친구라고는 해도 다른 사람에게 보여주는 데 저항감이 있었으나 두 주에 걸친 자전거 홀로 여행을 성공시켰다는 충족감이 내 등을 밀어주었다. 사진과 함께 보낸 메시지로는 전달하지 못한 감동을 다케오가 이 이야기 속에서 찾아내주지 않을까 싶어 두근대는 심정으로 감상을 기다렸다.

그런데 기대한 이야기는 전혀 돌아오지 않았다.

―이건 말이야, 아마추어 블로그나 마찬가지잖아. 어정쩡한 창작을 넣을 바에는 그냥 있는 그대로 일기를 쓰는 게 낫겠다. 물론 그것은 아야 이외의 사람에게는 전혀 가치가 없겠지만 말이다.

교실 밖 게시판에 내 작품이 없었을 때보다 더 낙담했다. 그러나 신랄한 말은 계속 이어졌다.

―애당초 아야는 어떤 목표를 갖고 동아리에 들어온 거야? 아니, 좋아하는 작품을 물어보면 대중문학 같은 거나 아는 게 전부이고. 나는 말이야, 오락물에 문예라는 말을 쓰는 것을 용서할 수 없어. 문예 자체의 평가를 낮춘다는 것을 깨닫지 못하는 녀석들이 너무 많아. 뭐, 그건 그렇다 치고. 그러니까 문학에 진지하게 임하기보다 편안한 형식으로 흐른다는 게 문제지. 피카소의 데생을 본 적 있어? 일류의 기초가 있고 나서야 독창성이 있는 거라고. 알겠어? 내가 하는 말이 뭔지?

그럭저럭 이해했지만, 말의 의미를 깊이 이해하기에 앞서 괴로움이 커져 흐르는 눈물을 긴소매 티셔츠 소매로 닦기 바빴다. 그래도 그 자리를 떠나지 않은 것은 다케오의 손이 따뜻하게 내 어깨를 어루만졌기 때문이다.

―미안해. 두 주 동안 너무 걱정한 화가 70퍼센트쯤 들어간 거야. 그리고 즐거웠으리라는 질투가 10퍼센트. 게다가 문자를

보니 나 없이도 전혀 외롭지 않은 것 같아서 또 10퍼센트.

여행이나 문학은 어떻게 되든 상관없었다. 그 후 내가 여행을 떠난 두 주 동안 다케오가 아무 데도 가지 않고 써서 완성한 단편 소설을 읽었다. 금과옥조나 우자일득 같은 처음 듣는 사자성어가 툭툭 튀어나오고 뜻도 반쯤은 이해할 수 없었으나 그 원고를 유명 작가를 다수 배출한 시라카바문학상에 보내겠다는 이야기를 듣자 새삼 다케오는 진심으로 작가를 꿈꾸고 있음을 깨닫고 자신이 부끄러워졌다.

달랑 두 주 동안 여행했다고 자신만이 세계의 넓이를 안 것처럼 착각하다니.

그리고 석 달 뒤, 다케오의 작품이 1차 심사를 통과했다는 사실을 알고 그에 대한 존경심이 더 커져, 자신도 그로부터 문학이라고 인정받을 만한 작품을 쓰자고 마음먹었다.

그다지 좋아하지 않는 비유와 일상에서는 한 번도 쓰지 않는 숙어를 잔뜩 쓴 작품을 완성했다. 다케오는 원고를 읽고 조금 나아졌다며 칭찬했는데 문학상에 응모해도 내 이름은 1차 심사 통과자 칸에 실리는 일은 없었다. 초등학교 때와 마찬가지로 자신에게는 이야기를 만들어내는 재능이 없음을 깨닫고 3학년이 되기 전에 다시 글쓰기를 포기했다.

완전히 글을 쓰지 못하게 된 나를 다케오는 혼내리라 예상했는데 무리할 필요는 없다며 다정한 말을 건네고 자전거 여행을 떠나는 나를 전보다 훨씬 따뜻하게 배웅해주었다.

치졸한 문자 내용에, 잔소리를 퍼붓는 일도 없어졌다.

……몸이 붕 뜨더니 무릎에 통증이 찾아왔다. 앞바퀴가 돌에 걸려 자전거가 쓰러지며 도로에 내동댕이쳐졌다. 브레이크를 밟지 않고 내리막을 달린 탓이다. 조금이라도 쉽게 오르막을 오르려고 내리막에 필요 이상으로 가속한 것은 내 잘못이다. 자동차가 마침 지나가지 않은 게 그나마 다행이었다.

자전거를 세우고 도로 옆으로 나온다. 오른쪽 무릎에서 피가 흘렀으나 반창고가 없다. 첫 여행에서는 소독약과 파스까지 다 챙겼는데 전혀 쓸 일이 없었던 터라 일 년쯤 전부터 짐 목록에서 삭제했다.

자전거 여행에서 처음으로 피를 본 것이다. 물통의 물로 상처를 씻어내고 수건으로 두세 번 누르자 지혈됐다. 대단한 상처도 아니고 그리 아프지도 않다.

주먹 크기의 돌이었는데 다케오를 생각하다가 놓쳤다는 한심한 원인에 더 화가 났다.


아사히카와 시내로 들어왔다. 도로 양쪽은 건물이 늘어선 풍경으로 바뀐다. 선물 가게와 화려한 간판을 내건 레스토랑처럼 관광객을 상대하는 가게만이 아니라 휴대전화 판매점, 홈 센터 등 어느 마을에서나 볼 수 있는 시설들이다. 시가지 초입은 전국 어디나 비슷해 어딜 가나 고향에 돌아온 것 같은 기분이 순간 들지만, 마을 중심에 가까워질수록 그 마을만의 향기가 짙어지며 여행지임을 상기시킨다.

조금 늦은 점심을 먹으려고 라멘 가게를 찾아 국도에서 하나 안쪽 도로로 들어가려는데 편의점이 있었다. 반창고를 사려고 주차장 가장 앞쪽에 자전거를 세운다. 꽤 규모가 큰 마을인데도 주차장이 건물 넓이의 세 배나 되는 게 시골 고향과 똑같다. 이년 전, 편의점이 생긴 고향은 이후 편의점의 넓은 주차장은 지역 중고생의 집합 장소가 되었다.

여기도 마찬가지다. 동아리 아니면 보충수업이려나 하굣길의 교복 차림, 아무래도 남자 중학생처럼 보이는 대여섯 명이 선물 때문에 그늘이 진 모퉁이에 평범한 자전거를 세우고 땅바닥에 퍼질러 앉아 주스를 마시고 있다. 그중 하나가 마시는 초록색 병 사이다는 우리 고향 목욕탕에서 파는 것과 똑같아, 아직도 저 제품이 생산되고 있다는 사실에 괜스레 흐뭇해졌다.

반창고와 사이다를 사서 자전거 앞에 앉는다. 편의점 주차장에 앉아 음료수를 마시는 일은 평소에는 절대 하지 않는다. 여행지이므로 할 수 있는 일 가운데 하나다. 주차장을 휙 둘러보니 하얀 승용차에 기대어 서서 아이스크림을 먹는 남자가 눈에 들어왔다. 아무래도 그도 관광객일 게 분명하다는 생각이 들었다.

동료를 발견하자 안심하고 사이다를 마시는데 "뭐라고!"라는 노기 어린 목소리가 들렸다. 남자 중학생 쪽이었다.

"다시 말해봐, 이 새끼야!"

같은 목소리가 분노의 목소리가 되어 주차장에 울린다. 목소리를 높인 남학생은 일어나 가장 안쪽에 앉은 남학생에게 다가가 멱살을 잡았다.

"다시 말해보라고 했잖아!"

말이 다 끝나기도 전에 여전히 멱살을 움켜쥔 채 다른 손을 들어 한 방 먹였다.

가슴 깊은 곳을 누가 확 움켜잡은 듯 몸이 움츠러들어 뭐든 해야 할 것 같은데도 다리가 한 발짝도 움직이지 않는다. 둘을 둘러싼 남학생들도 마찬가지인 듯하다. 무척 화가 날 만한 이야기를 들었는지 주먹을 휘두른 남학생의 분노는 가라앉을 기미가 없다.

"사과해. 무릎 꿇고 사과하라고!"

갈라진 목소리로 고함을 쳤다. 그러나 맞은 아이는 사과할 마음이 없어 보인다. 표정은 잘 보이지 않으나 맞고도 똑바로 올려다보고 있는 듯하다. 너무 두려워 말도 못 하나. 아니면 친구가 왜 화가 났는지 이해하지도 못한 채 얻어맞아 넋을 놓고 있나.

"웃기는 놈이네!"

와인딩 로드

때린 남학생은 멱살을 놓고 일어났다. 맞은 남학생은 양쪽 팔꿈치를 땅에 대고 일어나려는 자세다. 이제 싸움이 끝났나 싶어 한숨 돌리려는 순간 때린 남학생이 허리를 굽혀 뭔가를 들어 올렸다. 그대로, 그것을 휘두른다.

사이다병이었다.

"병은……"

절규하려는 내 목소리는 전혀 가닿지 않는다. 하지만 병을 휘두르려는 남학생의 손을 누군가 뒤에서 붙잡았다. 아이스크림을 먹고 있던 남자다.

"무슨 짓이야?"

손을 잡힌 채 남학생이 돌아보며 아이스크림 남자를 노려봤다.

"병은 안 돼."

"뭐? 당신이 무슨 상관이야?"

"너희들 관계는 모르겠지만, 병으로 사람을 때려서는 안 돼."

"……젠장."

남학생은 아이스크림 사람의 손을 뿌리치더니 병을 발밑에 던지고 자전거에 타고 주차장을 나갔다. 맞은 아이를 제외한 다른 아이들이 서둘러 그 뒤를 쫓아간다. 다들 쟤 편인가? 주차장에는 언어맞은 남학생만 남았다.

"괜찮아?"

아이스크림 남자가 손을 내밀었으나 맞은 남학생은 무시하고 혼자 일어났다. 코피가 흘렀으나 닦지도 않고 엉덩이 흙을 털었다.

"괜찮으면 이거 받아."

아이스크림 남자는 재킷 주머니에서 손수건을 꺼내 남학생에게 내밀었다.

"괜……."

무슨 말을 하는지 제대로 들리지 않았다. 남학생은 손수건도 받지 않고 자전거를 타더니 주차장을 나갔다. 먼저 나간 아이들과 같은 방향으로.

남자는 어이없는 표정으로 내 쪽을 본……, 것 같았는데 내가 살짝 고개를 숙인 것을 전혀 알아차리지 못하고 차에 타더니 남학생들과는 다른 방향으로 나갔다.

주차장에 혼자 남겨지자 무릎이 덜덜 떨리고 눈물이 나올 것만 같았다. 이미 피도 멈추고 통증도 사라진 무릎의 찰과상에 반창고를 붙이고 두 손으로 허벅지를 힘껏 두드려 기합을 넣은 다음 일어났다.

무서웠어. 무슨 일이었을까. 이 일을 누군가와 얘기하고 싶네. 하지만 그럴 상대가 있더라도 후련해지지 않으리라는 것을 안다. 나는 용기가 없는 한심한 사람이다. 그런 생각에 사로잡힌 채 인파에 섞여든다.

목적지로 가자…….

미우라 아야코 기념 문학관을 찾은 다음 외국 수종 견본 숲을 걷는다. 건물 안은 사람들로 북적였으나 이곳은 조용하다. 인파에 섞일 생각이었는데 문학관 안의 사람들은 모두 깊이 생각에 빠진 듯 보여 도망치듯 밖으로 나왔다. 천천히 돌아볼 생각이었는데.

미우라 아야코 작가의 『빙점』과 만난 것은 고등학교 2학년 여름방학이었다. 자전거로 옆 마을까지 가서 문고판을 왕창 살 때 그날의 주제를 정하고는 했다.

오늘은 제목으로 사자, 커버로 고르자, 순위에서 2위인 것을 고르자……. 자전거로 고개를 넘으면서 그런 생각을 하는 것도 즐거움 중 하나였다. 문득 떠오른 주제가 이름이었다. 세 살 아래 여동생이 여자 아이돌이 나오는 광고를 보면서 다음 드라마에 나온다는 등 꽤 자세한 정보를 알려줬다. 남자에게만 관심이 있다고 생각했는데 언젠가 동생이 자신과 이름이 같아 응원한다고 대답했던 게 생각났다.

시바타 아야코라는 작가는 들어본 적 없지만, 아야코라는 이름의 작가라면 있을 것이다.

서점 검색기로 조사해 미우라 아야코의 문고판을 세 권, 『빙점』 상하권과 『시오카리 고개』, 소노 아야코의 문고판 두 권 『천상의 파랑』 상하권을 샀다. 유명한 작가가 두 명이나 있으니까 아야코라는 이름은 작가에 어울리는 한자가 아닐까 싶어 내심 기뻤다. 나는 이야기를 못 만드는 게 아니라 문장력에 문제가 있는 것이라는 긍정적인 마음이 갑자기 들어 대학생이 되면 문장 공부를 하자는 바람이 들고 말았다.

긴 여름방학을 보내려고 산 책인데도 『빙점』 상하권을 하루만에 읽고 말았다. 이야기의 세계에 빨려 들어가 다음이 너무 궁금해 참을 수 없었고 한 절이 그리 길지 않은 탓에 다음 절까지만 읽고 자자고 마음먹고 또 다음 절까지만을 계속하고 말았다는 것도, 나중에 깨달았다.

무엇보다, 등장인물의 심리를, 아름다운 부분부터 추한 부분까지 빠짐없이 표현한 데 매료되었다. 주인공은 물론 모든 등장인물의 심리를 이해할 수 있었다. 그래서 서로의 감정이 부딪힐 때 더 숨 막혔다. 『속 빙점』도 있다는 것을 알고 인터넷으로 주문했다. 또 여러 번 영상화되었다는 것을 알고 마을 도서관에서 DVD를 빌려 왔다.

내가 상상한 것과 비슷한 장면도 있었고 전혀 다른 장면도 있었다. 소설에 나온 대사가 그대로일 때도 많았는데 마음에 남은 구절은 왠지 잘리고 없었다. 하지만 눈 내린 대지와 높은 침엽수림은 내가 아는 경치를 부풀리는 것만으로는 따라갈 수 없이 넓고 깊어, 책을 읽으면서 머릿속에 펼쳐졌던 세계를 더욱

입체적으로 만들어주었다.

구직 활동을 하기 전에 이야기를 쓰는 재능이 없다면 훌륭하다고 느끼는 이야기를 영상화하는 일을 하고 싶었다. 그런 생각을 하게 만든 원점의 작품도 『빙점』이 아닌가.

그만큼 『빙점』이라는 작품은 항상 내 안에 있었는데 처음 홋카이도에 왔을 때 이곳을 들르지 않은 것은 사이클링과 독서의 공통점을 발견했으면서도 두 가지를 별개의 것으로 생각했기 때문이다.

자전거 가게 아저씨도 드라마《북쪽 나라에서》의 무대가 된 후라노는 권하면서도 아사히카와는 중계지로 라멘이나 먹고 그대로 소운쿄로 가면 된다고 했다. 자전거와 독서를 연결 지은 사람은 기이하게도 다케오였다. 3학년 여름에 도호쿠를 돌았을 때 고쇼가와라까지 갔으면서 다자이 오사무 기념관인 「샤요칸」에 들르지 않았다는 사실에 다케오가 마치 자신이 까먹은 것처럼 안타까워하는 것을 보고 '아!' 하고 깨달았다.

내가 샤요칸보다 아사히카와를 더 안타까워하는 것을 알고 다케오는 한심한 표정을 지었으나 소설을 안 쓰게 된 내게 문학 설교를 늘어놓지는 않았다.

—애당초 주인공이 살인범의 딸이었더라도, 본인에게는 아무런 죄가 없으니까 어머니의 행동은 상식에서 벗어난 짓이야. 상황 자체에 현실성이 없어서 작품 세계에 감정 이입할 수가 없

다고.

다케오의 『빙점』 감상평이다. 그렇게 해석하는 사람이 있다는 게 놀라웠다. 게다가 작가가 되고 싶다는 인간이 말이다. 논리적으로는 그럴 수 있다. 다만 논리만으로 따질 수 없는 것이 인간의 감정이고, 그래서 사람과 사람이 얽히는 수만큼의 드라마가 생기는 게 아닌가.

아니, 인간의 감정을 논리적으로 설명하려는 것은 후회나 죄책감에 자신을 변명할 때 아닌가.

편의점에서의 나처럼. 그리고 그때처럼…….

다케오는 내가 구직 활동을 한다는 것은 알았지만, TV 프로그램 제작사에 지원한 것은 몰랐다. 내가 자세히 말하지 않은 것은 그가 구직 활동을 하지 않았기 때문이다. 재학 중에 작가로 데뷔하려고 일부러 학교에 남는 것이라고 다케오는 말했으나 일 년 정도로는 회복할 수 없을 만큼 학점이 부족하다는 것 정도는 알고 있었다.

—이런 때일수록 너무 자신을 몰아붙이지 말고 느긋하게 받아들여도 좋지 않아? 끝내 아무 데도 붙지 못해도 고향으로 돌아가 아버지 인맥으로 농협 사무를 보면 그만이고. 아야는 좋겠어. 부모와 불화할 일이 전혀 없으니 돌아갈 곳이 있어서.

면접에서 떨어졌다는 둥 불평한 것도 아니다. 시라카바문학상 2차 심사에 오른 것을 보고하려 찾아온 내 아파트에 구직용 정장이 걸린 것을 보고 한 말이다.

다케오는 처음부터 내가 취직하리라 생각하지 않았다. 아무렇지 않은 얼굴로 고향으로 돌아가면 그만이라고 한 것을 보면 졸업하면 우리 관계는 끝이라는 전제로 교제한 것일까. 아버지 인맥이라고 했는데 우리 아버지는 시골 조그만 공장의 보일러 기사다. 옛날부터 단신 부임으로 타지를 돌아다닌 것은 고향에 일이 없기 때문인데 그런 사람이 딸 취직자리를 알선해줄 리 없다. 게다가 왜 농협이란 말인가. 무엇보다 다케오가 부모님과 사이가 좋지 않다는 것도 처음 들었다. 다케오의 어머니는 다카라즈카 가극단의 쓰키구미 공연이 있을 때마다 고베까지 와서 아들 아파트에 지냈는데 둘은 다정해 보였다. 도대체 어떤 불화가 있다는 말인가.

다케오는 내게 종종 관찰력이 부족하다고 말했다. 다케오 본인은 인간을 보는 눈이 있다고 생각하는데 결국은 그저 얄팍한 이야기를 창작하고 이해한 듯한 기분에 젖을 뿐이다. 그 얄팍한 이야기를 부정당하면 자신의 관찰력이나 작가로서의 재능이 더럽혀졌다고 느낀다.

그래서 내가 취직에 성공한 것이 마음에 들지 않았던 것이었다.

합격 통보를 받은 나는 너무 좋아 다케오에게 식사하자고 초대했다. 약간 고급스러운 식당에서 축하하고 싶었는데 이런 일은 다케오가 해줘야 하는 게 아닐까 하고 내심 기대한 면도 있었다. 언젠가 내 소설을 드라마로 만들어달라는 말을 듣는 바보 같은 공상도 했다. 그날은 둘이 자주 가는 선술집으로 가서 오늘은 내가 쏘겠다고 밝히고 생맥주 두 잔이 테이블이 놓일 때까지 기다려 건배하기 전에 합격 통지서를 다케오 앞에 펼쳤다.

축하한다, 는 말은 없었다.

—문학 재능이 없다는 것을 알았다고 해서 제작사라니, 자존심도 없어? 꿈을 이루려는 노력을 포기한 사람이 더 쉬운 세계로 뛰어들고는 축배를 들다니, 진짜 다이아몬드를 못 사니까 가짜로 만족하는 거나 마찬가지잖아. 취업이 결정되었으니 축하는 하겠는데 건배는 못 해.

그렇게 말하고 맥주를 벌컥벌컥 들이켜더니, 자신은 다른 문학상에 응모했으면 다 수상했을 텐데도 시라카바가 아니면 의미가 없어서 거기에 응모한 것이라고 주절주절 떠들기 시작했다.

—TV 드라마를 무엇보다 사랑해 제작사에 들어간 사람이라면 재미있는 작품을 만들겠지. 하지만 꿈에서 도망친 사람이 타협해 만드는 드라마 따위, 쓰레기나 마찬가지야. 주위에 폐를 끼칠 뿐이고 결국은 쓴맛을 보는 사람은 아야일 테니까, 정말 그 회사에서 일할 것인지 진지하게 더 생각해. 애당초 아야는 자전

거를 좋아했으니까 그쪽을 쳤으면 좋았잖아? 아웃도어 판매점 점원 같은 거 말이야. 그래. 그쪽이 확실히 더 어울려. 나는 앞으로도 활기찬 아야의 얼굴을 보며 지내고 싶어. 내 연인은 여행을 사랑하는 여성이라고 온통 자랑하고 다닌 것은 알지?

그런 말을 들으니 나도 그쪽이 더 어울리는 것만 같았다. 이야기를 쓰는 재능이 없는 내가 드라마는 만들 수 있을까 싶어 불안해졌다. 무엇보다 연인이라고 말해준 것이 기뻐 다른 선택지를 검토해야 할 것처럼 마음이 흔들렸다.

돌아오는 길이었다.

다케오의 아파트로 향하는 도중, 가로등 불빛이 잘 닿지 않는 좁은 골목에서 여성의 비명이 들렸다. 그만해, 싫어! 눈물 섞인 목소리였다. 목소리에 이끌리듯 골목으로 나아가자 나와 또래인 남자가 발치에 쓰러진 여성을 발로 차고 있었다. 수없이, 계속.

─그만해!

소리를 지른 것과 달리기 시작한 것 중 어느 쪽이 빨랐을까. 큰일 났다 싶었을 때는 눈앞에 남자 얼굴이 있었고, 방해하지 말라며 얼굴에 따귀가 세게 날아와 길바닥에 나뒹굴었다.

그만하라며 나타난 사람은 다케오가 아니었다. 전혀 모르는 남자였다. "고마워. 이제 됐으니까 그만 가봐." 그 사람이 그렇게 말해 엉금엉금 기듯 다시 큰길로 돌아왔다. 다케오는 조금 떨어진 가로등 밑에 서 있었다.

─코피 나. 괜찮아?

제대로 숨도 쉴 수 없을 정도로 심장이 두근거리고 다리가 덜덜 떨렸다. 너무 무서웠다며 다케오의 품에 안기는 대신 몇 걸음 앞에서 멈췄다.

─왜 날 안 따라왔어?

생각나는 대로 말했을 뿐인데 다케오는 질책당하는 것으로 들었나 보다.

─지금 나를 비난하는 거야? 도우러 간 너는 용기가 있고 나는 겁쟁이라는 거야?

그런 생각은 전혀 안 했다. 다만 무서웠다. 그게 다였다.

─취직이 되어 대단한 사람이라도 된 것 같은 마음이 드는 모양인데 혹시 상대가 칼이라도 들고 있었으면 어쩌려고? 아니면 그런 생각도 안 하고 행동한 거야? 그렇다면 생각이 너무 없는 거지. 부모님에게 받은 소중한 생명, 그것을 미래로 이어가는 일도 생명을 받은 사람의 의무인데 아야는 자신의 생명은 자기 것이라고만 생각하는구나. 틀림없이 혼자 여기까지 살아왔다고 생각하겠지. 혼자 여행한 것만으로 그런 생각까지 하다니 어떤 의미에서는 대단하지만, 그거 오만이야. 뭐, 그래도 정의의 편이라고 우기고 싶다면 마음대로 해. 참고로 내가 도우러 가지 않은 것은 저 녀석들은 이 주변에서 종종 다툰다는 사실을 알아서

야. 친구 사이인 남자 둘 사이를 헤픈 여자 하나가 오락가락하는 게 다야. 막장 드라마 같은 얘기지. 녀석들에게는 늘 하는 게임 같은 거니까 다른 사람이 개입할 상황이 아니라고.

그렇다면 더 도와주러 와도 됐잖아. 칼 같은 게 없다는 사실과 바로 말리려고 오는 사람이 있다는 것을 알았으면.

―옷에 피도 묻었고 집에 갈까? 택시, 부를 테니까.

그것이 다케오와 마지막으로 만난 날 일이다. 두 주 뒤에 이유는 모르겠는데 다케오와 전혀 접점이 없는 내 친구가 다케오와 사귀기 시작했다고 알려왔다. 미안하다며 우는 이유를 모르겠으나 그 아이에게도, 다케오에게도 깊이 물어볼 생각도 없었다.

예상 밖의 전개, 는 아니지 않나?

내 문제가 뭐였지?

유럽 적송, 유럽 낙엽송, 스트로브 잣나무, 독일 전나무. 십년 전에 태풍 피해를 입은 적 있다는데 올려다본 침엽수림은 TV로 본 것보다 훨씬 높아 하늘이 멀어 보인다. 나는 한없이 작은 존재다. 그 증거로 숲속에 몸을 의탁하면 마음이 편해진다. 올려다본 풍경을 그대로 찍고 싶은데 메시지를 곁들여 보낼 상대가 이제 없다.

휴대전화로 찍으면 찍는 행위로 모든 게 끝나지 않는다. 카메라로 찍으면 된다. 웨스트 백에서 디지털카메라를 꺼냈다. 소형이지만 성능은 좋다. 그러나 아무리 줌을 해도 키 큰 나무를 프레임 안에 다 담을 수 없다. 몸을 최대한 낮춰 쭈그려 앉듯 몸을 굽히고 하늘을 올려 보는 기묘한 자세로 카메라를 대봤으나 원하는 그림이 나오질 않는다.

"셔터, 눌러줄까요?"

뒤에서 목소리가 났다. 낯익은……. 아이스크림을 먹던 사람이다. 앗 소리가 나왔는데 뭐라고 말을 이어가야 할지 몰라 카메라를 건넸다. 어깨에 멋진 카메라를 걸고 있는 것을 보니 틀림없이 사진을 잘 찍을 것이다.

"아주 키 큰 나무라는 것을 다 알게 찍고 싶어요. 아주 많은 것이 숨어 있을 법한."

모르는 사람에게 무슨 소리를 하나 싶어 부끄러웠으나 자신이 그리는 이미지는 전해두고 싶었다.

"그야, 그렇지. 다람쥐가 이따금 얼굴을 내밀기도 하고. 자……."

아이스크림 남자는 카메라를 들고 나무로 다가갔다. 다람쥐라니, 그런 눈에 보이는 것을 말한 게 아니고 저렇게 가까워서야 괜찮을까 걱정되었으나 한 장 정도는 어떻게 찍히든 괜찮으리라.

"이런 느낌이면 괜찮을까?"

돌아와 카메라를 건네준다. 솟은 듯 하늘을 향해 뻗은 나무,

그 뒤로 보이는 나뭇가지 위를 달리는 다람쥐도 찍혀 있다.

"우와! 굉장해요. 다람쥐까지."

"이건 우연이야. 행운이었지."

휴대전화로 찍었다면 사진을 보내주겠다고 할 수 있는데 유감이었으나 저 멋진 카메라 안에는 더 굉장한 사진이 담겨 있고 다람쥐도 여러 마리 찍혀 있겠지. 감사 인사를 건네고 카메라를 넣는다.

"아까 편의점에 있었죠?"

과감하게 물어봤다.

"아, 봤구나. 부끄럽네."

아이스크림 남자는 쑥스러운 듯 머리를 긁으면서 말했다.

"아니 왜요? 부끄러운 사람은 저죠. 아무것도 못 했는데."

소리를 질렀으나 다리는 움직이지 못했다. 뺨 맞았을 때의 두려움이 되살아났다.

"아니, 그게 괜한 오지랖이었던 것 같아서."

"네?"

맞은 남학생이 괜한 참견을 한다는 말을 내뱉고 사라졌단다. 도움을 받아놓고 말버릇이 그게 뭔가. 괜히 화가 났는데 남자가 어이없는 표정으로 웃어서 나도 애매하게 같이 웃었다.

"하지만 안 말렸으면 큰일 날 뻔했어요."

"음. 괜찮았을 수도 있어. 애당초 맞은 애가 아주 심한 말을 한 것 같고."

대화를 들었나 보다. 다른 사람이 한 말이기는 해도 여성에게 들려주고 싶은 말은 아니라며 말을 흐리면서 맞은 애가 때린 애의 여자 친구에게 손을 댄 일을 치렀다고 폭로한 데다 그 여성을 모욕하는 발언까지 했다고 알려줬다.

시골 애들이 그렇게까지, 라는 편견을 제쳐두고라도, 다케오의 말처럼 다른 사람이 개입해야 할 상황은 아니었다는 소리다.

"아니, 뭐. 나도 대단한 정의감에 말린 건 아니야. 그냥 병은 안 되는 것 같아서 순간적으로."

"저도 싸움은 모르겠고 병은 아닌 것 같아서."

"그러면 병을 휘두르지 못하게 한 것은 다행이었네. 일단 팔을 잡기는 했는데 큰일 났다 싶어 완전히 겁먹었거든. ……아니, 오히려 내가 안 맞은 게 다행이지."

아이스크림 남자가 그렇게 말하고 바로 앞의 나무를 올려다봐서 그의 시선을 따랐다.

"아! 다람쥐다!"

각자 카메라를 꺼내 한참 촬영 시간을 가졌다.

"자전거, 멋지네."

카메라를 가방에 넣으면서 남자가 말했다. 자전거 말인가, 자전거를 타는 나를 가리키는 것인가, 어느 쪽인지 몰라 침묵을 지키고 있는데 자전거를 타는 나를 여러 번 추월했다고 덧붙였다. 자동차가 왜 나를 여러 번 추월했는지 이해할 수 없었는데 사진을 찍느라 여러 번 차를 세웠다는 말을 듣고서야 길가의 하얀 차를 몇 번 지나친 게 떠올랐다.

아이스크림 남자의 이름은 가시와기 다쿠마 씨였다. 「다쿠신칸」의 다쿠마라고 자기소개했다. 이 사람도 이름 때문에 카메라를 시작한 게 아닐까 상상하자 친근감이 샘솟았다. 직업은 어묵 공장 운영자이며 사진작가가 되는 꿈은 보류 중이라는 얘기를 들으니 더 다른 사람 얘기 같지 않았다.

"저는 시바타 아야코라고 해요. 미우라 아야코 씨와 같은 한자를 써요. 미우라 아야코 같은 작가가 되고 싶어 소설을 쓴 적 있는데 재능이 없는 것 같아 포기했어요. 내년부터는 TV 프로그램 제작사에서 일하게 되었는데 이야기를 쓰는 재능이 없는 제가 그런 일을 해도 괜찮은지, 괜히……."

"당연히 괜찮지 않나?"

나는 실실 웃으면서 얘기했는데 다쿠마 씨는 진지한 표정으로 대답했다.

"아야코 씨가 쓴 작품을 읽은 적이 없으니까 실력은 뭐라고 할 수 없지. 하지만 이야기를 좋아해서 형태는 다르지만 이야기를 만들 수 있는 일에 자신의 능력으로 취직한 거잖아. 아주 큰 행운이야."

"하지만 작가가 되지 못해 TV 프로그램으로 도망친 인간이,

좋은 프로그램을 만들 리 없다고."

"누가 그래? 그거, 틀림없이 질투야. 꿈에 다가간 아야코 씨를 질투하는 거야."

"정말, 그럴까요?"

"아, 진짜! 아야코 씨는 이야기를 만들고 싶은 거야, 아닌 거야? 오 초 안에 대답해! 자, 오, 사, 삼"

"만들고 싶어요!"

침엽수림 꼭대기에 닿을 정도로 큰 목소리가 나왔다.

"그럼, 최선을 다해."

다쿠마 씨는 씩 웃고 "그리고 앗!"이라며 나 못지않게 큰 목소리를 냈다.

"그걸 줘야겠다."

"네?"

"나는 그다지 소설에 관심이 없었어. 하지만 여기에는 숲을 보러 온 게 아니라 작가라는 직업에 관심이 생겨서 왔어…….  어쨌든 아야코 씨에게 꼭 주고 싶은 게 있어."

다쿠마 씨는 그렇게 말하고 온 길을 달려갔다.

주차장에서 돌아온 다쿠마 씨가 건넨 것은 갈색 봉투였다.

"단편 소설이 들어 있는데 혼자 있을 때 읽어봐."

다쿠마 씨는 그렇게 말하고 오늘은 소운쿄까지 갈 거라며 그대로 몸을 돌리려 했다. 불과 10분 전까지 느긋하게 사진을 찍더니 갑자기 서두르는 이유를 몰라 어리둥절했다. 그러면서도 다람쥐가 잘 찍혔으면 데이터를 보내달라며 서로의 번호까지 교환했으니 도망치는 것은 아닌 것 같아 안심했다.

나는 서둘러 가야 할 목적지도 없으니 소설을 읽을 바에는 여기 숲속이 좋을 것 같아 작은 광장 벤치에 앉아 봉투에서 복사지 다발을 꺼냈다.

제목은 「하늘 저편」…….


산간 마을에서 태어나고 자란 에미. 에미는 추리 소설을 알게 되고 직접 소설을 쓰기 시작한다. 그리고 몇 년 뒤, 도쿄에 사는 인기 작가 마쓰키 류세이의 제자로 들어갈 수 있는 기적 같은 기회를 얻는데 운명의 장난인지, 에미는 오랫동안 좋아해온 햄 씨라는 청년과 막 약혼한 상태였다. 햄 씨의 이해를 얻지 못해 그냥 마을에 남기로 했으나 역시 꿈을 포기하지 못해 입은 옷 그대로 버스를 타고 역으로 향한다. 그러나 역에는 햄 씨가 기다리고 있었다.


여기서 끝이라고? 김이 샜으나 책이 아니니까 쓰다 만 상태라도 이상할 것은 없다. 다쿠마 씨가 쓴 것일까. 그러나 소설에 관심이 없다고 했다. 누가 쓴 것인지, 왜 여행 중인 다쿠마 씨가 이런 것을 가지고 있나. 소설로는 짧으나 여행의 동반자로 삼기에는 너무 크다.

그런데 그런 질문을 하지 못하도록 서둘러 떠난 것 같은 느낌이 든다. 어떤 선입견도 없이 이 이야기를 접하도록.

읽는 동안 내 머릿속에 가족이 사는 시골 풍경이 떠올랐다. 구체적인 마을 이름이 적힌 것도 아닌데 그대로 우리 집 주변을 묘사하는 것 같은 부분이 많았다. 일테면 에미의 부모님이 운영하는 빵집. 이웃 마을로 향하는 버스 정류장 근처에는 마을에서 제일 맛있다고 소문난 개인 빵집이 있어서 나도 자전거를 타고 옆 마을 고등학교로 다닐 때 이따금 그 빵집에 들렀다. 그러나 가게 이름은 〈베이커리 라벤더〉가 아니다. 〈은방울당〉이다. 그런데, 에미에게도 은방울꽃은 아주 중요한 의미를 지닌 꽃이니 떼어놓고 생각할 수 없다.

마쓰키 류세이에 대한 묘사로 보건대 시대는 반세기쯤 전으로 예측할 수 있다. 그러니 세대가 바뀌면서 빵집 이름은 바뀌었을 수도 있다. 그렇다면 에미는 작가가 못 되었다는 얘기다. 작은 마을에서 작가가 탄생했다면 틀림없이 마을 역사에 남는다. 만약 책을 딱 한 권밖에 내지 못했더라도. 그 작은 마을에서 작가가 나왔다는 이야기는 들은 적 없다. 햄 씨의 설득에 집으로 돌아간 것일까.

……잠깐, 아야코. 왜 같은 마을이라고 마음대로 단정하지? 실화라 가정하고 결론을 내려 한다. 에미를 자신의 모습과 겹치

고 햄 씨를 다케오로 바꿔 생각해 작가가 될 재능이 없다느니, 빵집이 어울린다느니, 맛있는 빵을 굽는 자랑스러운 아내가 좋다느니, 설득하는 것까지 상상해 둘이 집으로 돌아가는 모습을 그리면서 억지로 에미가 작가가 되지 않는 쪽으로 정리하려 한다.

에미가 어떤 선택을 해야 행복해질지, 논리로 생각하지 마.

에미가 이야기를 만들고 싶은지, 아닌지만 생각해.

만들고 싶어서 역으로 온 것이다. 그렇다면 그대로 달려가 전차를 타면 그만이다. 그 탓에 햄 씨와 헤어져야 한다면 어쩔 수 없다. 하지만 햄 씨는 다케오가 아니다. 에미를 따라 함께 전차를 탔다가 직장인 학교에서 신는 덧신을 신은 채라는 것을 깨닫고 둘이 함께 웃으면 그만이다. 도쿄까지의 긴 여행 중, 둘이서 상의하면 된다. 그리고 도쿄역에 도착했을 때 햄 씨가 물으면 된다.

계속 갈래, 돌아갈래.

에미는 말없이 인파를 향해 달려간다. 돌아보면 울 것만 같기 때문이다. 눈앞에 뻗은 길이 평탄하지만은 않다는 것도 안다. 하지만 달리기 시작한 걸음을 멈출 수는 없다. 햄 씨는 더는 쫓아가지 않는다.

원작의 결말은 모른다. 그러나 내가 이 이야기를 드라마로 만든다면 이런 결말로 하자.

휴대전화를 꺼내 하늘을 향해 뻗은 독일 전나무를 찍는다. 문자에 사진을 첨부하고 메시지를 친다.

「나는 재미있는 이야기를 만드는 사람이 될 거야!」

송신 버튼을 누른 다음 다케오의 번호를 삭제했다.

|   |   |   |   |   |   |   |   |   |   |
|---|---|---|---|---|---|---|---|---|---|
|   |   | 시 | 간 | 을 |   |   |   |   |
|   |   |   | 넘 | 어 |   |   |
|   |   |   |   |   |   |

마슈코의 복류수(지하수의 일종으로 하천과 호수 바닥이나 옆을 흐르는 물)가 솟아나는 연못에, 쓰러진 나무가 시들지 않고 잠겨 있는 가미노코이케는 그 이름 그대로 바닥까지 훤히 보이는 푸른 물을 품은 신비의 호수다. 포장도로에서 진흙 길을 이 미터 나아간 곳에 있어서 절대 찾아가기 쉬운 곳이라고는 할 수 없는데 그런 곳에도 가볍게 올 수 있다는 게 오토바이의 장점이다. 그렇지만 내 오토바이는 온로드 타입이라 속도를 늦추고 신중하게 나아가야 한다.

홋카이도에는 숲길이 많아서 홋카이도를 돌아다니려면 오프로드 타입이어야 한다고 주장하는 오토바이 애호가가 많으나 나는 지난번도, 이번에도 내 오토바이가 최고라고 생각한다.

KATANA. 여행 파트너는 내 몸을 바람에 실어 마음마저 해방해준다. ……그래야 하는데.

진흙 길을 돌아 나와 도로로 나온다. 관광 시즌에도 교통량이 적은 이 길은 쾌적하게 달릴 수 있다. 이렇게 된 이상, 온로드 타입에 어울리는 기요사토 고개를 오른쪽으로 끼고 돌아 우라마슈코 전망대로 향했다.

오르막 너머로 펼쳐진 하늘은 구름 한 점 없이 맑다. 그러나 호수가 보일지는 가봐야 알 수 있다.

태어나기도 전에 유행한 '안개의 마슈코'라는 노래 덕분에 직접 와보기 훨씬 전부터 마슈코에는 늘 안개가 낀다는 생각을 지니고 있었다.

눈앞의 마슈코는 푸르게 빛났다. 푸른 하늘을 두 배쯤 농축한 듯한 파란색, 마슈 블루다. 마슈코는 일본에서 제일 투명한 호수로, 세계적으로도 바이칼 호수에 이어 두 번째다. 왼쪽으로 마슈다케를 끼고 있는 아름다운 호수 사진을 몇 장, 휴대전화로 찍었다.

아무에게도 안 보내고, 웨스트 백에 넣는다.

마슈코에는 제1, 제3, 그리고 여기 우라마슈까지 세 개의 전망대가 있다. 제1 전망대는 마슈코 관광에서는 가장 핵심적인 장소로 호수를 가장 가깝게 내려다볼 수 있고, 선물 가게도 같이 있어서 관광객들로 붐볐다. 제3 전망대는 제1 전망대와 국도로 이어진 곳에 있고 마슈다케를 가깝게 둔 웅대한 경치를 즐길 수 있어 제1 전망대와 함께 보는 코스라 이곳 역시 북적였다. 예전에는 이 두 개 사이에 제2 전망대가 있었다는데 현재는 통행이 끊겼다. 방문한 기억이 없으니까 당시에도 이미 그런 상태였으리라.

우라마슈 전망대는 다른 두 전망대와 같은 길에 있지 않다. 전망대와 호수까지의 거리가 조금 멀어 호수를 한눈에 내려다볼 수는 없지만, 세 전망대 가운데 제일 해발고도가 낮아 다른 전망대가 안개에 휩싸일 때도 호수를 볼 수 있을 때가 많다.

지난번이 바로 그랬다.

유일하게 호수를 볼 수 있다는 점에서 내게 우라마슈 전망대는 호수 여행에서 절대 빼놓을 수 없는 코스가 되었다. 가는 길에 가미노코이케에 들를 수 있다는 특전도 따라온다. 게다가 이곳은 관광객으로 북적이지도 않아 전망대에서의 경치를 느긋하게 즐길 수 있다. 그런데 오전에 방문한 제1 전망대도 그 무렵에 비해 반 이하로 관광객이 준 것만 같았다. 예전에는 안개로 호수가 보이지 않아도 사진 한 장만 찍으면 바로 자리를 비켜줘야 할 정도로 사람들로 북적였는데 이번에는 아름다운 호수 사진을 다 찍은 다음에도 5분쯤 그 자리에 머물러도 죄책감이 들지 않을 정도로 한적했다.

아니, 관광버스 대수는 그리 줄지 않았다. 라이더 수가 준 것이다. 지난번에는 주차장 한쪽에 오토바이가 쭉 세워져 있었다. 인기 차종을 열 대 찾는 데 1분도 안 걸릴 정도였다. 초보자였던 나는 짐을 정말 잘 쌓은 오토바이들을 관찰하며 전망대로 향한 기억이 있다. 그러나 오늘은 그때보다 사 분의 일 정도밖에 오토바이가 없었다. 게다가 운전자는 나를 포함해 다 아저씨였다.

대수가 준 것은 오토바이만이 아니다. 주차장의 오토바이를 세워놓는 곳 더 안쪽에는 투어링용 자전거도 빼곡하게 세워져 있었다. 그런데 오늘은 한 대도 보지 못했다. 투어 맵을 사려고 방문한 서점 아웃도어 코너에는 자전거 전문 잡지도 여럿 놓여 있었는데 그 독자들은 대체 어디서 자전거를 타고 있단 말인가. 절로 고개가 기울어졌다. 통근이나 통학, 아니면 주말에 근처를 달리는 데만 사용한다면 너무 아깝다.

처음에는 그러려고 샀더라도 몸에 익숙해지면 어디든 멀리 가보고 싶어질 텐데. 이것이 자신을 더 넓은 세계로 이끌어 주리라는 예감이 들 텐데.

넓은 세계를 추구한다. ······사람으로서 당연한 욕구를 나는 잊고 있었을지 모른다.

우라마슈 전망대는 지난번에도 다섯 명밖에 없었다. 게다가 모두 라이더였다. 오늘은 나 하나밖에 없다. 아니, 하나가 더 오긴 했다. 자전거를 탄 젊은 여성이다. 대학생일까. 주차장에 자전거를 세우고 전망대로 왔다. 헐떡이고 있다. 자전거로 오기에는 급경사였을 것이다.

"안녕하세요."

젊은 여성은 밝은 목소리로 인사했다. 호흡은 이미 회복되어 있었다. 대단하다. 황급히 인사를 건넨다. 여성은 난간에 몸을 내밀고 우와! 하며 환호성을 올리더니 웨스트 백에서 소형 카메라를 꺼내 사진을 찍기 시작했다.

홋카이도에 온 지 오늘로 이틀째이다. 어제 페리로 도마코마이에 도착해 히다카, 에리모미사키를 거쳐 오비히로의 비즈니스호텔에 묵었다. 오늘은 홋카이도의 3대 호수 중 하나인 온네토에서 시작해 아칸코, 마슈코, 굿샤로코, 그리고 가미노코이케, 우라마슈까지 호수 여행을 하는데 여행자끼리 인사를 나눈 것은 처음이다.

그 무렵에는 지역 사람, 여행자까지 누구든 지나치는 모든 사람과 인사를 나눴다. 오토바이를 타고 가는 동안에도 피스 사인이나 엄지와 새끼손가락을 세우는 라이더끼리의 사인을 머리 위로 올려 서로의 여행에 건투를 빌었다. 자전거 라이더들과 스칠 때도 마찬가지였다.

지나치는 사람들이 죄다 관광버스를 탄 사람들뿐이라 낙담하던 차였는데.

"죄송한데 사진 좀 찍어주실래요?"

여성이 다가와 휴대전화를 내밀었다. 조금 전까지 사용하던 카메라가 아니다. 그러자며 전화를 건네받고 마슈코를 배경으로 한 장 찍었다. 내 구형 휴대전화와 달리 인물, 풍경 모두 깨끗하게 찍혀 아주 잘 찍혔다고 생각하며 전화를 다시 돌려줬다.

"고맙습니다."

여성은 전화를 돌려받더니 정말 잘 찍혔다며 중얼거리면서 그 자리에서 문자를 보내기 시작했다.

"연인에게 보내나?"

사진을 찍어준 덕분에 가벼운 마음이 들었는지 기어이 묻고 말았다. 아저씨가 치근댄다고 생각하면 안 되는데. 게다가 요즘 애들은 연인이 아니라 남자 친구라고 하지 않나. 새삼스레 이제 야 생각이 났다.

"아뇨. 친구, 도 아닌가⋯⋯. 여기 와서 알게 된 사람에게요."

송신 버튼을 누르고 젊은 여성은 고개를 들며 말했다. 나를 수상쩍게 생각하는 것 같지는 않다. 미소를 짓고 있다.

"그럼 다행이네. 연인이었으면 큰일이었어."

편안함에 박차가 가해져 서슴없이 말해봤는데 젊은 여성은 고개를 갸웃했다.

"마슈코를 보면 혼기를 놓친다는 미신이 있어서."

"아! 그래요!"

젊은 여성이 놀란 듯 소리를 높였다. 설마 하면서 설명했는데 정말 모를 줄이야. 그 무렵의 여행객들에게는 상식이었는데. 아니, 알려준 사람은 함께 오지 않은 그녀였나.

제1 전망대에서 산 마슈 블루로 빛나는 호수 엽서에 실제로는 안개에 휩싸여 있어 유감이었다며 그 자리에서 쓴 엽서를 보냈는데 여행을 끝내고 돌아온 내게 그녀가 미신을 알려주었다.

홋카이도 동쪽 연안은 태평양을 따라 북상한 따뜻하고 습한 공기가 급속히 차가워져 짙은 안개가 발생하기 쉽다. 안개가 많은 곳이라는 뜻의 기리타쓰후라는 지명도 있을 정도다. 또 동쪽의 마슈코는 칼데라 호수라 차가운 안개가 외륜산을 넘어 칼데라 안에 머물며 호수를 덮어 날씨가 맑아도 호수가 보이지 않는 현상이 일어난다.

하지만 그것도 괜찮아. 마슈코를 보면 혼기를 놓친다니까.

애써 방문했는데 호수를 보지 못한 안타까운 마음에, 마슈코의 인상이 나빠지는 것을 막으려고 지역 관광협회가 생각해낸 미신이 아닐까 생각했는데 신나서 말하는 그녀에게 그런 말은 하지 않았다. 우라마슈에서는 호수를 봤다는 것과 그리고 누구의 혼기냐는 말도.

"그런데 맞는 말인지도 모르겠네요. 저, 남자 친구와 막 헤어졌으니까."

말짱한 얼굴로 젊은 여성이 대답했다. 뭐라 말을 받아야 할지 모르겠다. 괜히 이상한 소리를 해서 울음을 터뜨리면 곤란하다. 아니, 그보다 상대가 아저씨라고는 해도 처음 보는 남자에게 남자 친구와 막 헤어졌다는, 틈을 보이는 말을 하면 안 되는 거 아닐까.

—아이 정말, 아버지 설교는 짜증 나.

그렇다. 나이는 비슷할지 모르겠으나 이 아이는 미코가 아니다.

"그 미신, 결혼한 사람에게는 어떻게 적용돼요?"

"그것까지는 못 들었는데⋯⋯."

왼손 약지를 본다. 설마, 호수를 봤다고 이혼당하지는 않겠지. 최근 몇 년간 몸무게가 십 킬로그램 늘었다. 만약 이혼한다면 이 반지는 절단해야만 뺄 수 있을 것이다.

"부자가 되네, 안 되네, 같은 미신도 있는 것 같아요."

젊은 여성이 휴대전화를 조작하면서 말했다. 같은 도구를 가지고 있는데도 내게는 이런 생각이 없다.

"그리고 우라마슈는 미신이 반대라거나."

"하지만 오늘 같은 날은 어디든 잘 보이니까 모순이 아닐까?"

"그래요? 오토바이 타는 사람은 하루에 둘 다 볼 수 있군요. 저는 가미노코이케에 갔다가 이쪽을 선택했는데요."

"거기도 갔었어. 대단하네."

감탄할 수밖에 없다. 음악이 흘렀다. 젊은 여성의 휴대전화에서 흘러나온 듯하다.

"아까 보낸 사람이 좀 더 사진을 보내달래서."

"그럼 더 찍어."

"아뇨. 아마도 경치만 찍힌 것을 원할 거예요. 그저께, 제1 전망대를 찾았는데 흐렸다네요. 어제 메만베쓰에서 비행기를 타고 돌아가며 다음은 부탁한다고. 카메라 공부를 한 적 있는 사람이라 긴장했지요. 그런데 가미노코이케는 있는지도 몰랐나 봐요. 한동안 홋카이도를 못 찾을 것 같다고 했는데 내년에 다시 와볼까 하는 문자가 왔어요. 저도 두 번째인데 말릴 수가 없죠. 홋카이도는."

젊은 여성은 웃으면서 그렇게 말하며 전화를 호수 쪽으로 돌렸다. 그렇구나. 지금은 집에 돌아가지 않아도, 여행 중에도 문자로 대화할 수 있구나.

지난번, 홋카이도를 여행했을 때 오십 명 이상의 여행객과 주소를 교환했다. 첫날 후라노의 라이더 하우스에서 같이 묵은 사람들과 헤소마쓰리(배에 그림을 그리고 행진하는 후라노의 지역 축제)에 참가했다가 완전히 의기투합한 뒤 내 앞에 펼쳐진 수첩에 주소를 적은 게 처음이다. 전국 각지의 주소가 적힌 그 수첩에 자신의 주소를 적으니 함께 여행하는 사람이 된 것만 같아 기뻤다. 자신도 수첩을 내밀면서 돌아갈 때까지 내 수첩도 여행객의 주소로 메우겠다고 마음먹었다.

아사히카와에서 같이 라멘을 먹은 사람들, 레분토에서 섬 종단 코스를 걷는 사람들, 사로마코에서 일출을 본 사람들, 아바시리에서 카약을 탄 사람들, 구시로역에서 엉겨 잔 사람들, 수첩은 순식간에 가득 채워졌다.

하지만 빼곡하게 적힌 주소는 여행 기념 수첩에 찍는 스탬프 정도였다. 모으고 만족하고 그걸로 끝이었다. 그런데 오사카로 돌아와 자취하는 아파트 우편함을 열자 봉투가 다섯 개나 들어 있었다. 모르는 이름뿐이었고 가본 적도 없는 현의 주소가 적혀 있었다. 주소를 교환한 사람들이 보낸 편지였다.

함께 찍은 사진을 보낸 사람도 있고 그 이후의 여행에 관해 적은 사람도 있었다. 나처럼 간사이에 사는 사람들은 다음에 같이 여행을 떠나자거나 일단 술이나 한잔하자고도 했다. 물론 자신도 편지를 보낸 사람들에게 답장했을 뿐만 아니라 수첩을 메운 주소지로 편지를 보냈다.

그 가운데 몇 명과는 지금도 연하장을 교환한다. 부지런히 사진을 찍는 것은 그 사람들에게 보낼 연하장에 쓰려고 해서일지 모른다. 나도 드디어 오토바이 부활이다, 라고 직접 쓴 글씨가 머릿속에 떠오른다. 보여줄 상대가 있다는 게 감사하다.

"좋은 사진 찍었나?"

젊은 여성이 휴대전화를 넣는 것을 보면서 물었다. 괜찮으면 번호를 교환하자는 얘기를 해줄까 싶어 내심 기대했는데 전화를 넣은 웨스트 백 지퍼가 완전히 닫혔다.

"잘됐냐 아니냐는 문제가 아니고 일단 맑다는 게 힘을 주네요."

"그거 다행이네. 여행지에서 만난 사람만이 아니라, ……가족에게도 자랑할 수 있지."

"아버지는 모르세요. 홋카이도에 온 건."

'뭐라고!' 나오려는 목소리를 간신히 삼켰다. 딸 혼자, 그것도 자전거로 홋카이도를 여행한다는 것을 부모는 모른다는 말인가. 만약 사고라도 나 갑자기 홋카이도 경찰이나 병원에서 연락하면 얼마나 놀랄까.

"말하면 걱정해서 늘 선물을 들고 사후 보고해요. 그래도 아마 어딘가 또 나가 있겠구나, 짐작은 하고 있을 거예요."

젊은 여성은 전혀 미안한 기색이 없다. 부모와 사이가 나쁜 것은 아닌가 보다. 그건 그렇고 사후 보고라니. 만약 미코가 자전거로 혼자 여행한다는 말을 꺼냈다면 최소한 일정표 정도는 보내라고 했으리라. 아니, 위험하니까 가지 말라고 반대했을지 모른다. 아아……, 그러면 이런 말을 듣겠지.

—왜 그렇게 앞뒤가 꽉 막혔어? 시야가 좁다는 말, 아버지를 두고 생긴 말 아닐까?

가족 몰래 나온 사람은, 바로 나다.

"저, 사고가 없도록 조심하게. 여행 잘하고."

"고맙습니다."

맑은 우라마슈 미신은 무엇이었는지 끝내 모른 채 미소 배웅을 받으며 전망대를 떠났다.

국도 391호까지 온 길을 돌아와 하마코시미즈 방면으로 향한다. 오늘 목적지는 아바시리다. 지난번 묵은 라이더 하우스에 다시 묵고 싶다.

관광지 모습에는 변화가 있었으나 홋카이도의 대자연에는 변함이 없었다. 정말 이십 년이나 지났나 싶을 정도다. 세월 가는 줄 몰랐던 우라시마 타로가 된 심정이다.

투어링을 시작한 계기는 그리 복잡하지 않다. 대학 3학년 여름 전에 같은 아파트에 사는 대학 한 학년 선배에게 삼십만 엔에 오토바이를 사라는 권유를 받았다. 산 지 반년도 안 되었는데 갑자기 돈이 필요하다고 했다. 그 이유까지는 묻지 못했다.

틈만 나면 딸 수 있는 자격은 뭐든 따놓자고 생각해서 면허는 보통과 함께 자동 2륜도 따놓았다. 대학에는 전차로 다녔는데 아파트에서 제일 가까운 역까지 걸어서 20분이나 걸렸던 터라 오토바이가 있으면 마침 좋아 두말없이 승낙했다. 삼십만 엔은 용돈이 월 오만 엔인 지금이라면 눈이 튀어나올 액수였으나 당시는 아직 경기가 좋아 선술집 아르바이트 임금이 월 이십만 엔 이상이었고, 백만 엔 이상의 저금이 있어 그리 망설이지 않았다.

오히려 아파트 주차장에 서 있는 것을 보며 멋있다고 생각하며 바라보던 오토바이가 내 것이 되다니, 뜻밖이고 반가운 제안이었다. 앗싸! 내게 주세요! 속으로 손뼉을 쳤을지도 모른다.

은혜를 입었다며 내게 양손을 모은 선배는 다음 달, 이사했다. 완전히 내 것이 된 오토바이를 닦고 있자니 통학용으로만 쓰기에는 아까운 것 같아 투어링에 나가보기로 했다. 서점의 오토바이 코너에 가자 홋카이도 투어링 특집이라고 적힌 잡지가 선반을 차지하고 있었고 '그렇지! 투어링이라면 홋카이도지'라며 망설이지 않고 여행지를 선택했다. 무슨 일에든 신중한 내가 처음에는 근처나 가자고 조심하지 않은 것이 지금 생각해도 의아하다.

학창 시절과 전혀 달라진 게 없는 것 같은데 어쩌면 지금과는 전혀 다른 성격이었을지도 모를 정도로 자신이 생각하는 예전 모습은 모호하다.

남은 저금으로 장비를 마련했다. 홋카이도까지는 페리가 싸고 편리하다는 것을 알고 표를 예약했다. 사귄 지 일 년이 된 여자 친구에게 보고한 것은 그 뒤였다. 조금 화가 난 듯한 표정을 지었을 때는 마음이 아팠으나 그녀는 두 가지 조건을 내걸고 나를 웃으며 보내줬다.

—마슈코의 사진 엽서를 보내. 그리고 선물은 뭐든 목각이면 좋겠어.

그렇게 나간 첫 투어링에서 알게 된 것이 있다. 샤프한 라인을 그리는 400cc 오토바이의 보디는 메탈릭 레드였다. 라이더 하우스에서 만난 사람들은 모두 내 오토바이 앞에서 걸음을 멈췄다. 사진을 찍어도 되냐고 묻는 사람도 적지 않았다.

─빨간 가타나라니, 처음 봐.

들고 보니, 자신과 같은 오토바이를 본 적 없었다. 자기 오토바이가 얼마나 대단한지 정작 본인이 전혀 모르고 있다는 사실을 알아차린 사람들은 밤새 가타나에 관해 강의해줬다.

스즈키의 가타나는 1980년대 1,100cc 제품이 독일의 쇼 모델로 발표되었다. 이름 그대로 일본도를 모티프로 한 디자인이 주목을 모아 다음 해부터 유럽용 수출 판매가 시작된다. 일본은 이륜차 배기량에 상한 750cc라는 규제가 있어서 1982년에 750cc 제품을 출시했다. 그런데 차량의 형식 인정을 받으려고 핸들의 형태를 바꾼 게 악평을 받아 국내용 차량 생산은 1984년 종료된다. 그러나 외국에서 판매된 1,100cc는 인기가 계속되었다. 그 영향을 받아 1990년에 초기형 복제 모델이 역수입 판매되었다. 나아가 1991년에 그 형태를 모방한 250cc가, 1992년에 400cc가 판매되었다. 배기량이 적은 이 기종들은 작은 가타나라는 의미로 고가타나로 불리며 놀림을 당하기도 했으나 마니아 사이에서 인기가 높다.

정리하자면 이런 내용인데 내 오토바이는 1992년에 판매된 것이었다.

게다가 이 기종의 빨간색은 생산되지 않았으며 원래 색은 실버라는 것도 알았다.

그러고 보니 선배가 빨간색을 무척 좋아했던 게 생각났다. 하지만 굳이 전에 탔던 사람이⋯⋯라고 설명하지는 않았다. 나도 그 색이 마음에 들어 샀으니까. 학생이 용케 이런 물건을 샀다며 반쯤 빈정거리며 말하기에 지인에게 삼십만 엔에 샀다고 했더니 그거 싸게 샀다며 감탄했다. 지인이 상당히 돈에 궁했나보다는 말과 함께.

자신의 오토바이가 얼마나 큰 가치를 지녔는지 알게 되자 애착이 더 커졌다. 무엇보다 방문하는 곳마다 만나는 라이더들이 그 소문의 빨간 가타나냐고 알아봐줘서 기분이 좋았다. 라이더들은 마음만 맞으면 바로 그 자리에서 오토바이로 수다 꽃을 피운다. 그 자리에서 자신이 본 희귀한 오토바이 정보를 교환하고 소문으로만 듣던 오토바이를 나중에 직접 보면 복권에 당첨된 것 같은 기분이 된다. 자신의 오토바이가 그런 오토바이에 포함된다는 게 가장 자랑스러웠다.

가면라이더 1호와 같은 장비를 갖춘 오토바이는 따라가지 못했으나.


오호츠크해가 앞에 펼쳐져 있다. 시코쿠, 가가와에 사는 몸이니 바다가 드물지는 않으나 세토 내해와 오호츠크해는 일단 색

깔부터 다르다. 세토 내해는 초록빛을 띤 푸른색인데 오호츠크 해는 그저 파랗기만 하다. 넓이도 다르다. 태어나 처음 수평선을 본 곳이 바로 오호츠크해다. 그러나 하마코시미즈의 매력은 바다만이 아니다. 해안가 도로 반대편에는 도후쓰코가 펼쳐진다. 호수에서 쏘아 올린 홈런볼이 바다까지 닿은, 듯한 거리다.

오호츠크해와 도후쓰코 사이의 총 길이 약 팔 킬로미터의 해안은 고시미즈 원생 화원이라고 불리며 초여름부터 여름에 걸쳐 형형색색의 꽃을 즐길 수 있다. 열차 선로도 국도도 이 해안을 달리므로 바다와 호수와 꽃을 동시에 즐길 수 있는 특별한 코스이다.

특별 코스를 달리기 전에 도영 열차역에 들어가 뜨거운 커피를 주문했다. 여름의 쾌청한 날이라 해도 기온은 그리 높지 않다. 게다가 계속 바람을 맞으면 몸이 차가워진다. 혼잡할 때는 혼자 여행하는 사람끼리 한자리에 앉게 되어 상당히 화기애애해지기 마련인데 애석하게도 빈자리가 많았다. 바다가 보이는 창가 자리에 앉았다.

혼자 나선 첫 여행은 쾌적했으나 이따금 지금 여기 여자 친구가 있으면 좋겠다고 느끼는 경치를 만나기도 했다. 여기도 그중 하나다. 후라노의 라벤더 꽃밭, 아사히카와의 해바라기 꽃밭, 그리고 원생 화원, 공통점은 꽃이 있는 경치라는, 단순한 부분이었다.

주소를 교환한 여행자 중에는 여성도 있다. 오토바이나 자전거로 혼자 여행하는 사람도 드물지 않았다. 당시의 자신은 그 여성들을 어떻게 봤나. 여행지에서 만난 사람 중에는 혼자 여행 온 사람끼리 의기투합해 둘이 여행하기도 하고 그 후 결혼한 사람도 있는데 내게는 그런 사이로 발전한 사람은 없었다.

그녀를 좋아했기 때문이다.

연인끼리 같은 취미를 갖는 게 좋은지 아닌지는 의견이 분분한 것 같은데 나는 후자였다. 여행하다가 그녀도 지금 여기 있으면 좋겠다고 생각한 적은 있으나 같이 오토바이를 타면 좋겠다고 생각한 적은 없다.

가녀린 그녀는 일단 400cc 오토바이가 쓰러지면 일으켜 세울 수도 없으니 면허조차 딸 수 없을 것이다. 일으킬 수 있더라도 느긋하고 조금은 둔감한 그녀가 오토바이를 타는 모습은 상상만으로도 식은땀이 흘렀다. 게다가 나는 오토바이와 어울리지 않는 그녀의 모든 성격을 좋아했다.

함께 투어링 같은 거 못 해도 상관없다. 하지만 내가 보고 느낀 것을 전부 그녀에게 들려주고 싶다. 그렇게 생각했기에 혼자 여행하는 젊은 여성과 잠깐 친근하게 어울렸더라도 연애 대상으로 보지는 않았을 것이다.

그러기는커녕 오프로드 타입의 자전거로 산길을 거침없이 올라온 젊은 여성과 만나니 용케도 그런 걸 하는가 싶어 어이가 없을 정도다. 시커멓게 타고 머리카락도 푸석푸석한 데다 옷과 얼굴에 진흙이 튀었는데 전혀 신경 쓰지 않는다. 잘난 척하거나 얌전을 빼지 않으니 바로 스스럼없이 어울릴 수는 있으나 연인으로서는 무리다. 지금 생각해보면 떡 줄 사람은 생각도 안 하는데 그런 쓸데없는 생각을 했다.

그런 여성들과 대조적으로 그녀는 늘 차림새에 신경을 쓴다. 함께 달릴 상대보다는 자신의 귀가를 기다려주는 사람이 있는 게 더 행복하다고 믿으며 지금도 그 생각에는 변함이 없다. 자신이 기다리는 신세가 되다니 상상한 적도 없다.

기다리는 게 너무 힘들어, 홋카이도에 왔다.

그 무렵, 그녀는 어떤 심정으로 나를 기다렸을까. 그런 의문을 일 밀리그램도 품을 필요 없을 만큼 그녀는 목조 손거울과 덤으로 사 온 브로치를 좋아했고 마슈코의 그림엽서만이 아니라 사진을 보며 매번 감탄의 목소리를 높였다.

그녀는 호수 사진을 좋아했다. 마슈코의 투명도와 미신을 알려줬을 뿐만 아니라 시코쓰코는 국내 굴지의 칼데라 호수이고 수심이 일본 2위, 투명도는 일본 4위라며 상당히 상세한 홋카이도 호수에 관한 지식을 피력했다. 도야코는 주변에 온천이 흩어져 있고, 나카노시마에는 에조 사슴이 서식하고 있다. 구차로코는 람사르 협약에 등록된 들새 서식지, 사로마코는 홋카이도 최대 호수로 노을이 아름다운 곳, 아칸코는 마리모가 유명하고 굿

샤로코는 호반의 모래를 파면 온천이 샘솟는다……. 그녀의 지식도 굉장하지만, 그것을 여전히 기억하고 있는 나도 대단하다.

그래서 그해 가을은 투어링에 나가지 않고 친구의 차를 빌려 후지의 오호五湖를 드라이브했다. 그런 까닭에 둘 사이에 생긴 딸의 이름을, 아름다운 호수라는 뜻의 미코美湖로 한 것이다.


원생 화원을 통과해 아바시리 시내로 들어왔다. 숙박할 라이더 하우스는 아바시리 호숫가에 있어서 도착까지는 반 시간도 걸리지 않는데 아직 4시. 박물관 아바시리 감옥에 가보기로 했다. 지난번에는 가보지 못했다. '안개의 마슈코'처럼 아바시리라고 하면 본 적도 없는데 영화《아바시리 번외지》가 먼저 떠오른다. 그러나 마슈코와 달리 찾아가 보지 않은 것은 라이더는 박물관이나 미술관은 가지 않는다고 제멋대로 생각했기 때문이다.

항상 자연과 함께 있어야 한다. ……예전부터 돌대가리였나 보다.

그런데 라이더 동료들이 왜 방문하지 않았냐며 안타까워한 곳이 두 군데 있다. 하나는 비에이의 다쿠신칸, 다른 하나가 박물관 아바시리 감옥이다. 말한 본인의 취향 문제이리라 생각했는데 정말 볼만한 곳이라고 했다.

입장료 천오십 엔을 내고 안으로 들어간다. 생각했던 것보다 훨씬 부지가 넓다. 안내 팸플릿에는 메이지 시대부터 아바시리 형무소로 사용한 실제 건물을 이축, 복원해 공개하는 것이라 적혀 있다. 국가중요문화재로 지정된 건물도 몇몇 있다고 한다. 폐관까지 두 시간밖에 없어서 바로 앞 건물부터 순서대로 빨리 견학하기로 한다.

거울 다리(물에 비친 자신을 보며 반성하라는 의미를 담은 다리), 정문, 청사, 교회당, 다섯 개의 날개처럼 방사선 형태로 지어진 감옥……. 건물 자체에 가치가 있는 것도 알겠으나 흥미로운 것은 인형이다. 조금 완성도가 어설퍼 웃기기도 한데 건물에 잘 녹아들어 당시에는 이런 모습이었나 하는 마음에 몰입하고 말았다.

미코라면 어떻게 느낄까.

이름 그대로 속이 다 보일 만큼 하얀 피부의 아내를 닮은 딸은 지난달 갑자기, 단과대학을 졸업하고 미국에 가고 싶다는 말을 꺼냈다. 특수 분장 일을 영화의 본고장에서 배우고 싶다며. 쉽게 말하면 할리우드에서 좀비 메이크업을 배우고 싶다는 것인데 아, 그러냐며 두말없이 받아들일 아버지가 어디 있나.

애당초 왜 특수 분장 같은 데 관심을 두느냐는 말이다. 여자가 말이다.

여자답지 않은 것을 좋아할 바에는 아예 오토바이가 훨씬 낫다. 아니, 그건 무리일까. 내 오토바이는 결혼 전에 팔았다. 오토바이 얘기를 한 적도, 투어링 사진을 보여준 적도 전혀 없다. 자택 주차장에 오토바이가 세워진 적도 없다. 가까이에 없는데 딸이 관심을 가질 가능성은 없지 않나. 그러나 좀비도 가까이에 없는 것은 마찬가지다.

어디서 잘못된 것일까.


대학 4학년이 되자마자 곧바로 그녀는 임신 사실을 알렸다. 나는 지방 공무원 시험에 붙어 고향 시청에 근무할 예정이었다. 장거리 교제일지라도 관계는 계속하고 싶다고 막연히 생각했으나 결혼까지는 고려하지 않았다. 투어링하고 싶은 곳이 아직 많았고 이십 대에 호주를 달려보고 싶었다. 그러나 그럴 수 있는 상황이 사라지고 말았다.

낙태하자는 생각은 내게도 그녀에게도 없었다. 그렇다면 각오하는 수밖에 없다.

스스로 결의를 다지려고 같은 아파트에 사는 후배에게 이십만 엔에 오토바이를 팔았다. 당장 돈이 필요한 것은 아니었으나 그렇게 하지 않으면 현실을 받아들이지 못할 것만 같았다. 후배에게 돈을 받으며 내게 오토바이를 판 선배도 같은 사정이 아니었을까 생각했다.

그렇다면 빨간 가타나는 마슈코 이상의 미신을 갖게 된다. 자조적으로 그런 생각을 하며 오토바이 판 돈으로 뻗을 때까지 술이나 마실까도 생각했으나 결국은 출산 비용에 쓰기로 했다. 넓은 세계를 보여준 오토바이 대신 새로운 가족을 얻는 것이다. 스스로 그렇게 다독였다.

그리고, 그 후의 인생은 충분히 행복했다.

아내는 아이를 키우는 것만으로도 힘들었을 텐데 내가 매일 쾌적하게 지내도록 집안일도 완벽하게 해냈다. 딸은 귀여웠고 힘이 지나칠 정도로 활발했고 또 공부도 곧잘 해서 운동회나 학부모 참관 자리에서 부모를 무척 흡족하게 해주었다.

축하할 일이 있으면 지역의 인기 레스토랑에서 식사하고 일 년에 한 번은 가족 여행을 했다. 딸이 어렸을 때는 아내가 좋아하는 곳을 골랐고 딸이 큰 다음에는 딸이 좋아할 장소를 골랐다.

홋카이도를 의도적으로 피한 것도 맞지만, 아내와 딸이 홋카이도에 가고 싶다고 한 적도 없다. 고등학생이 되어서도 딸과 단둘이 영화를 보러 가기도 했다. 그런데 그 영화에 좀비가 나온 적은 없다. 아이돌이 주연인 단순한 러브스토리뿐이라 솔직히 작품 자체를 즐긴 적은 한 번도 없다. 하지만 딸과 영화관에 갔다고 직장 동료에게 말하고 부러움을 사는 것은 영화의 지루함을 감안해도 기쁨이 더 컸다.

기미즈 씨 댁은 그림 같은 집이라니까요. 그런 말을 들을 때마다 자신이 포기한 것은 머릿속에서 완전히 사라졌다.

딸이 도쿄의 전문학교에 가고 싶다고 한 것은 고등학교 3학년이 되어서다. 가능하면 지방 대학에 보내 집에서 통학시키고 싶었다. 이과 과목 성적이 좋아서 약사 자격을 따면 좋지 않을까, 진로 상담을 해오면 조언하려고 생각해두었다.

그러나 상담 같은 것은 전혀 없었다. 이곳에 가고 싶다며 학교 팸플릿을 내밀었을 뿐이다. 백 보 양보해 도쿄로 가는 것은 받아들일 수 있다. 자신도 학창 시절 간사이라고는 해도 집을 떠나 자취 생활을 즐겼고 그를 통해 얻은 게 많으니까 딸을 고향에 붙잡아두는 것은 비상식적이다. 아내 친척도 있고 자신도 다소나마 아는 지역인 간사이를 추천했는데 일본 중심에서 공부하고 싶다니 그것도 그럴 만하다는 마음이 들었다.

그런데 전문학교라는 게 걸렸다. 첫째 아이는 생각지도 못한 상황에서 얻었는데 둘째 아이는 얻지 못했다. 일단 아이를 낳았으니 불임은 아니나 둘째가 안 생기는 체질의 여성이 꽤 된다는 사실을 결혼 오 년 만에 알았다. 그러니 역시 외동딸에 대한 기대가 높아졌다.

미래에 딸이 의대에 가고 싶다고 해도, 음악의 길을 걷고 싶으니 비싼 바이올린이 필요하다고 해도 돈 때문에 꿈을 접지 않도록 하자고 아내와 상의해 열심히 돈을 모아왔다. 월 오만 엔의 용돈에 불만을 품은 적도 전혀 없다.

그래서 더욱 대학에 가길 바랐다. 주위에 자랑하고 싶어서 그런 것일 뿐이지 않냐며 비난해도 부정하지 않겠다. 특수 분장 공부를 하고 싶으면 예술학부가 있는 대학에 가면 되지 않냐고 설득했다.

딸도 그 정도가 타협점이라고 생각한 듯하다. 예술학부가 있는 교토의 단과대학에 진학하기로 했다. 전문학교가 단과대학이 되고 도쿄가 교토가 되었으니 내가 바라는 대로 되었다고 생각할 수 있으리라. 하지만 지금은 도쿄 전문학교에 보내는 게 나을 뻔했다는 후회가 밀려온다.

교토 단과대학에서 마음껏 특수 분장 공부를 못 했단다. 이제까지 취직하려고 영화 관련 회사를 샅샅이 뒤져 응모했으나 합격하지 못했다. 그래서 다시 공부해야겠다고 생각했단다. 딸에게 이 년간의 '단과대학 생활'은 '뒤처진 시간'이었다. 이를 만회하려면 본고장에 뛰어드는 수밖에 없다는 것이다.

—완전히 인연이 없는 곳이 아니야. 조형학 교수님의 여동생이 임시 강사로 있다고 소개해준다고 했고 일본인 학생도 다섯 명쯤 있다니까 걱정할 일은 하나도 없어. 혹시 돈 문제로 반대하는 거면 미국에서 아르바이트든 뭐든 할게.

아르바이트든 뭐든 하다니, 너무 쉽게 그런 말을 하는 것 자체가 걱정이다. 도쿄에서는 안 되나? 영화가 아니더라도 특수 분장 일은 얼마든지 있지 않나? 좀 더 안정된 직업을 갖고 취미로 마을의 공방 같은 데 다니면 안 되냐? 그러다가 영화 콩쿠르 같은 데 입상해 프로의 길을 개척하는 것도 있지 않겠냐? 시청

수도과에서 임시 직원을 뽑는데 한번 응모하면 어떠냐?

조심스레 말을 고르면서 설득하려 했는데 딸에게는 아버지가 자신의 꿈을 방해하는 것으로만 여겨진 듯하다. 그렇다고 그렇게까지 말할 일은 아니었다.

―이런 시골에서 공무원이나 하며 만족해하는 사람은 내 마음 같은 거 모르겠지. 왜 이렇게 한심한 사람의 딸로 태어났을까?

뺨을 한 대 때렸다. 딸에게 손을 댄 것은 처음이었다. 새하얀 뺨이 빨갛게 부어오르는 것을 보고 말도 안 되는 짓을 저질렀다고 후회했다. 그러나 그 자리에서 사과할 수는 없었다. 다음 날, 직장에서 딸과의 대화를 다시 떠올리며 일단 사과하고 다시 냉정하게 대화하는 자리를 마련하자고 생각했다. 딸과 함께 교수의 이야기를 들어보는 것도 좋지 않을까.

그런데 퇴근하니 딸은 없었다. 아내도 없었다. 울면서 교토로 돌아가는 딸이 너무 걱정되어 따라간다는 내용의 편지만 놓여 있었다. 편지는 이런 말로 끝났다.

「미코가 넓은 세계에서 날갯짓하는 모습을 우리 둘이 응원하면 안 될까?」

아내는 험한 말을 하나도 쓰지 않았다. 혼자 남겨진 방에서 흘러넘친 생각은 딱 하나였다.

넓은 세계, 그게 뭔데?

박물관 아바시리 감옥을 떠나 라이더 하우스 「여행자의 집」으로 향했다. 아바시리 호숫가에 있는 통나무주택인 로그하우스 건물은 당시와 변함없는 모습으로 맞아주었다. 놀란 것은 주인의 모습이었다. 백발이 조금 늘었을 뿐 이십 년의 세월이 조금도 느껴지지 않을 만큼 젊었다. 대조적으로 부인의 몸은 두 배로 늘었으나 사이좋은 둘의 모습도 예전과 전혀 달라지지 않았다.

이곳의 숙박 명부에는 이름과 주소 외에 오토바이 차종도 적게 되어 있다. 스즈키, 가타나라고 적는데 계속 타셨냐고 주인이 물었다. 아무래도 나를 기억한 듯하다. 아니, 오토바이를 기억하고 있다는 말이 더 맞겠지.

"아닙니다. 전에 탄 것은 그다음 해에 지인에게 팔고 얼마 전에 새로 샀습니다. 색은 다시 칠했지만."

그랬냐며 주인은 웃으면서 방 번호와 저녁 시간을 알려주었다. 남녀 별로 큰 방이 몇 개 있을 뿐 열쇠는 없다. 저녁 시간은 10분 뒤다. 방에 짐을 놓고 올 정도의 여유밖에 없다. 아바시리 감옥을 너무 즐긴 탓이다.

넓은 세계라면, 내게는 홋카이도밖에 떠오르지 않았다. 다시 홋카이도에 가자. 직원이 순서대로 받는 오봉 휴가(일본의 여름철 휴가)를 가장 이른 일정으로 신청하고 준비를 시작했다. 아내에게는 당분간 집에 오지 않아도 된다는 문자를 보냈다. 듣기에 따라서는 딸과 함께 쫓아낸 것처럼 느낄 수도 있겠다 생각했는데 그런 식으로 받아들인다면 어쩔 수 없다고 생각했다.

내가 가족을 위해 얼마나 노력해왔는데. 너희들을 위해 넓은 세계에 대한 동경도 가슴 저 깊은 곳에 봉인해왔는데. 행복이란 필시 자신만을 위한 게 아닐 것이다. 자신이 아니라 오히려 소중한 누군가의 행복을 얻기 위한 것이, 더 노력할 수 있게 하고 얻었을 때의 기쁨도 훨씬 클 것이다. 그것을 위해 자신이 다소 희생하더라도 당연한 일이다. 행복이란 누군가의 희생 위에 성립하는 것인데 모두가 자신만의 행복을 추구하니 아무도 행복하지 않은 것이다. ……그렇지 않은가. 무엇이 옳은지 몰라 그 대답을 찾아 떠난 여행이다.

오토바이는 가타나 외에는 생각할 수 없었다. 하지만 가타나는 현재 생산되지 않는다. 근처 오토바이 가게에서 중고를 삼십만 엔에 받아 이십 년 된 보디를 빨갛게 칠했다.

식당에 들어가자 안쪽 테이블에 낯익은 얼굴이 보였다. 건너편 자리가 비어 있다.

"여어!" 근처까지 가서 말을 걸었다.

"낮에는 신세 많이 졌어요."

고개를 가볍게 숙인다. 우라마슈 전망대에서 본 여성이다. 그 시간부터 자전거로 이동해 여기까지 왔단 말인가.

"미도리역에서 차를 타고 왔어요."

표정만 보고 내 의문을 알아차린 듯 여성은 웃으면서 그렇게 대답했다. 그렇지! 자전거 라이더들은 자전거를 분해해 가방에 넣고 전차로 이동하는 방법이 있지. 그대로 맞은편 자리에 앉게 되어 드디어 자기소개했다.

"미우라 아야코 씨와 같은 아야코예요."

그다지 책을 읽지 않는 나도 아는 작가의 이름이 나와 드라마《빙점》이야기를 하면서 가리비 회가 메인인 저녁을 즐겼다. 이름의 유래는 부모님이 미우라 아야코의 팬이었기 때문이었던 것은 아닌 듯하다. 부모의 처지에서 이야기하니 자녀가 있냐고 물어 스무 살이 된 딸이 있다고 밝혔다.

"전혀 그렇게 안 보이세요. 어머, 부러워라. 이렇게 젊고 멋진 아빠가 있다니. 따님이 부럽네요."

80퍼센트쯤은 서비스일 테지만 기분이 나쁘지는 않다. 하지만 실실 웃으며 머리를 긁적일 기분도 아니다.

"그게 말이야, 돌대가리 아버지는 필요 없다고 미움을 받는 중이지. 예술계 단과대학에 다녔는데 특수 분장 공부를 더 하겠다고 미국에 간다잖아. 꿈을 응원해주고 싶은 마음도 있지만, 흔쾌히 보낼 수 없어서 힘들어. 그만큼 영화를 좋아하는 것 같지도 않고, 왜 그런 것에 관심을 가졌는지도 모르겠고."

최대한 가볍게 말하려 했는데 아야코 씨는 진지한 표정으로 고개를 끄덕였다. 나이를 묻자 스물두 살이라고 한다. 대학 4학년이고 TV 프로그램 제작사에 취직했단다. 이야기를 만드는 일을 하고 싶다고 했다. 영화와 TV라는 차이는 있어도 미코와 아주 비슷한 상황이다. 어쩌면 아야코 씨도 미코와 자신의 상황을 빗대어 이야기를 들었을지 모른다. 그러나 아야코 씨는 원하는 회사에 붙었고 미코는 아니다. 그래서 어떻게 대답할지 고민하고 있을지 모르겠다.

화제를 바꾸는 게 나을까.

"그런데 밥 먹고 목공 교실에 참가하나?"

아야코는 무슨 소리냐는 표정으로 고개를 기울였다. 숙소인 이 로그하우스는 주인이 가재도구를 직접 다 만든 것으로 유명하다. 테이블이나 의자를 비롯한 가구, 방 이름을 적은 문패도 모두 직접 만든 물건이다. 그런 주인이 이 숙소에 묵는 기념으로 나무를 만질 수 있도록 개최하는 것이 목공 교실이다. 대단한 것은 아니다. 맥주나 부인이 타 주는 맛있는 커피를 마시면서 조그만 나무에 조각칼로 무언가를 새겨보는 가벼운 것이다.

지난번에는 지름 오 센티미터 정도의 둥근 사과나무에 해바라기 그림을 그려 새겼다. 다 새기고 사포로 갈아낸 다음 갈색 액체에 담가 하룻밤 말린다. 그리고 다음 날, 고심 끝에 열쇠고리나 브로치, 펜던트 등의 부속품을 붙인다. 이렇게 여행지에서 만든 추억의 물건을 들고 숙소를 떠나는 것이다. 뻔뻔하게 초등학생 공작 작품이나 마찬가지인 브로치를 정교한 조각된 조금 비싼 손거울과 함께 그녀에게 선물로 건넸다. ……그랬다.

"생각났다. 딸이 그 브로치를 잃어버렸어."

아내는 그 브로치를 손거울과 함께 늘 서랍장 위에 올려놓았다. 딸이 멋대로 그것을 들고 나간 게 초등학교 1학년 때였다. 아버지가 어머니에게 만들어준 선물이라고 친구들에게 자랑하려고 엄마 몰래 가지고 나갔다가 어디선가 잃어버렸다. 그날 바로 울면서 털어놓는 딸을 나도 아내도 심하게 나무라지 않았다. 다음 날에는 어떻게 되든 상관없었고 사흘이 지나자 기억도 하지 못했다.

그러나 그 일이 딸에게는 깊은 죄책감으로 남아 있었던 듯하다.

초등학교 4학년 때 공작 시간에 쓰려고 조각칼을 샀는데 어느 날, 딸은 어머니에게 어묵판 같은 것을 내밀었고 거기에는 해바라기꽃이 새겨 있었다.

—아버지처럼 잘하지 못해 미안.

딸은 미안해하며 그렇게 말했다는데 단순히 잃어버렸다는 기억이 미화로 이어졌을 뿐 내가 새긴 것보다 훨씬 사실적인 해바라기가 거기 있었다. 게다가 어묵판이라는 훨씬 딱딱하고 조잡한 판이었는데.

—어묵판에 해바라기꽃을 피우다니, 미코의 손은 마법 같구나.

그렇게 말하고 열심히 머리를 쓰다듬어 주었다.

"그게 계기가 아닐까요?"

아야코 씨가 미코를 대변하듯 강력하게 말했다. 그리고 잠깐만 기다리라며 자리를 떴다. 식사는 피차 다 마친 상태였으나 아야코 씨가 돌아오기를 기다렸다. 기다렸다고 해도 3분 정도였다. 그녀는 양손으로 갈색 봉투를 들고 와서 내게 내밀었다. 일단 구겨진 갈색 봉투를 받아 들었다.

"안에 원고가 들어 있어요. 쓴 사람은 제가 아니고요. 아사히카와에서 우연히 만난 사람에게 받았어요. 읽고 마치 저를 위해 쓴 것 같아 소중히 가지고 돌아가려 했는데 왠지 기미즈 씨가 주인으로 더 어울리는 것 같아요. 받아주세요."

봉투를 들여다보니 끈으로 묶은 복사지 다발이 들어 있었다. 꺼내볼까 싶었는데 뒷정리가 시작되는 듯 주인 부인이 한 시간 동안 식당을 닫겠다고 말했다. 한 시간 뒤에 목공 교실을 시작하겠다는 공지와 함께.

"그럼, 읽어볼게."

아야코 씨에게 얘기하고 봉투를 들고 방으로 돌아왔다. 여섯 명이 쓰는 방인데 같은 방을 쓰는 사람들은 별을 보겠다며 나갔다. 빨간 가타나라니 정말 좋네요. 그런 말을 하며 별도 같이 보러 가자고 했으나 거절하고 봉투에서 종이 다발을 꺼냈다. 제목은 「하늘 저편」이고 작가 이름은 없었다.

산간 마을에 사는 빵집 딸, 에미는 소설을 좋아했다. 연인과 장거리 연애를 하게 되면서 에미는 중학교 이후 쓰지 않은 소설을 다시 쓰기 시작한다. 그러나 소설가를 꿈꾼 것은 아니었다. 에미는 가업을 잇기 위해, 제빵 전문학교에 간다. 그런 에미에게 오랜 친구를 통해 소설가가 될 기회가 찾아온 것은 이미 전문학교를 졸업하고 가업인 빵집에서 일하면서 연인과 약혼한 후였다. 인기 작가 마쓰키 류세이의 제자가 되고 싶어 에미는 도쿄에 가겠다고 하나 약혼자도, 물론 부모님도 극렬하게 반대한다. 아버지는 딸의 등을 때리며 혼낸다. 모든 사람에게 설득당해, 에미도 일단 꿈을 포기하는데 완전히 포기할 수 없었다. 가족 몰래 집을 뛰쳐나오는데 역에는 약혼자가 기다리고 있었다…….

이렇게 끝나? 아야코 씨가 일부러 이 상태로 내게 넘긴 걸까? 그런 것치고는 봉투와 함께 금방 돌아왔다. 마지막 페이지에 글자가 빼곡하게 적힌 것도 아니니 이걸로 끝일 수도 있겠다. 다만 아야코 씨가 내게 이 원고를 준 이유는 알겠다.

딸의 마음을 생각해봐라. 그렇게 말하고 싶은 게 아닐까.

내가 만약 에미의 아버지였다면 절대로 딸을 도쿄로 보내지 않을 것이다. 마쓰키 류세이가 몇 년도쯤에 활약했는지, 자세한 것은 모르지만, 사오십 년쯤 과거라는 설정인 듯하다. 그 시대의 도쿄라니, 시골 사람에게는 미국이나 마찬가지 아닌가. 그런 곳에서 멀쩡한 일을 할 수 있을 리 없다. 소설가가 될지 아닐지는 모를 일이다, 된다 해도 장래에 대한 보장은 없다. 앞날을 예측할 수 없는 일을 한다는데 부모가 손 놓고 응원할 수는 없는 노릇 아닌가. 지켜볼 수 있는 곳에서 빵을 만들게 하는 편이 서로에게 행복한 일이라고 믿는 게 당연할 것이다. 게다가 마쓰키 류세이라는 작가는 여자 문제가 있다는 평판도 있다. 그런 남자에게 딸을 보내는 부모가 어디 있겠는가.

아직은, 미코의 사정이 더 나을지 모르겠다.

역에서 아버지가 딸을 기다렸으면 더 좋았겠으나 원고에는 약혼자라고 적혀 있으니 그건 맡겨둘 수밖에 없겠다. 목에 줄을 감아서라도 끌고 오라고 약혼자를 응원할 것이다. ……잠깐만.

아무리 괜찮은 놈이라도 미코를 억지로 끌고 오는 모습을 보면 부모로서 그냥 좋기만 할까? 미코는 아내에 이어 세상에서 두 번째로 내가 이해하는 사람이다. 네가 미코의 뭘 안다고 나대냐며 미코를 감싸지 않을까.

억지로 끌고 오면 이 아이는 평생 다른 사람 손에 꿈을 잃었다는 울분을 안고 살 것이다. 너 정도의 애정으로 미코의 울분을 풀 수 있을 리 없다. 세월이 흐르면 작아지리라 생각할지 모르나 실은 딱딱하게 굳어질 뿐이다. 일단 굳어진 것을 없애는 것은 어렵다. 이렇게 말하기는 그렇지만, 부모라도 그건 힘들다.

지금 눈앞에 있는 문제는 피하지 않고 직면해야 한다. 당당하게 맞서서 이야기를 나눠야 한다. 사흘 밤낮이 이어져도 상관없다.

중요한 것은 주위 사람이 미코의 꿈을 방해하려고 반대하는 것이 아니라는 점을 미코에게 이해시키는 것이다. 그러려면 주위 사람은……, 나는 성실하게 미코의 이야기에 귀를 기울여야 한다.

왜 특수 분장의 길을 걷고 싶은가. 어쩌면 목각과 전혀 관계가 없을지도 모른다. 구체적으로 어떤 공부를 하고 싶은가. 어떤 직업을 갖고 싶은가. 왜 영화인가. 핵심이 특수 분장인가, 영화인가. 꿈을 이루기 위한 노력은 무엇이라고 생각하나. 기한은 설정했나. 꿈을 이루려면 무엇을 지키고 무엇을 잃을 각오가 되어 있나.

전부 대답할 수 있다면 미코의 승리다. 웃으며 미국으로 보내줄 것이다.

휴대전화를 꺼내 아내의 번호를 불러내 낮에 찍은 마슈코의 사진을 첨부해 문자를 보냈다.

「미코의 혼기가 늦어질지도 모르겠다. 셋이서 의논하자.」


식당으로 가자, 마침 목공 교실이 끝난 참이었다. 아야코 씨가 다가와 내게 손바닥을 내밀었다. 원고를 돌려달라는 표시가 아님은 바로 알았다. 둥근 나무 조각이 놓여 있었기 때문이다.

"잘 새겼네. 새 날개인가?"

"아뇨. 라벤더예요."

뭐라 더 할 말이 없다. 아야코 씨가 풋 웃음을 터뜨렸다.

"새삼 따님의 재능이 느껴지지 않으세요?"

"이거 참, 부정할 수 없네. 내가 딸 바보지?"

쑥스러운 웃음이 절로 나온다. 원고를 읽었음을 알 것이다. 그러나 감상을 물을 것 같지는 않다. 그렇다면 이것만은 전하는 게 좋겠다.

정말 고마워. 내일부터도 좋은 여행을⋯⋯.

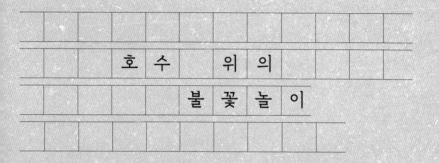

호수 위의

불꽃놀이

리조트 호텔 「더 로체 도야코」의 세면실에서 흰머리 세 개를 발견했다.

도야코와 우치우라만이 내려다보이는 산 위에 세워진 이 호텔에서, 도야코가 보이는 방을 잡고, 창가에서 푸른 호수와 짙은 초록의 나카노시마의 경치를 만끽한 후, 세면실에서 호텔이 비치한 품목을 확인하다가 문득 거울을 봤는데 정수리 근처 가마 부분에 반짝 빛나는 게 눈길을 끌었다. 설마? 흰머리? 휙 뽑아 보니 여전히 살짝 생기가 남은 은색과 흰색의 중간색 머리였다. 이런 것은 삼십 대 무렵부터 일 년에 하나 정도는 뽑았다. 그저 그런 것이려니 하며 별생각 없이 발밑 쓰레기통에 버렸다. 그런데 옆머리를 정리하려고 빗으로 앞에서 뒤로 가볍게 빗어 넘기는데 이번에는 명백히 흰머리로 보이는 머리카락이 여기저기 나타났다. 하나만이 아니다. 세 개나 된다. 원래 머리숱이 적어서 웬만하면 뽑고 싶지 않았으나 할리우드 스타도 묵은 적 있다는 고급 리조트 호텔에서 이런 한심한 것을 보여주며 걷는 것은 창피한 일이다. 에라 모르겠다. 흰머리 세 개를 뽑은 다음 최대한 머리를 넘기지 않으려고 노력하며 전체를 다듬었다.

이 정도면 됐다. 다시 정면으로 거울을 바라보다가 더 경악했다.

이른 아침부터 하네다공항 출발 신치토세공항 도착 비행기를 타고 호텔 리무진 버스로 홋카이도라고는 해도 무더위 속을 장시간 이동했다. 화장이 지워지는 거야 어쩔 수 없는 일이다. 뺨과 이마, 콧등에 기름기가 떠 있고, 파운데이션은 거의 지워져 있다. 그런데도 팔자 주름에는 하얀 파운데이션이 또렷하게 남아 애들이 그린 그림처럼 주름이 극단적으로 강조되어 있다.

게다가 눈 밑은 거뭇하고 고개를 살짝 내렸을 뿐인데 턱이 하나 더 생겼다. 언제부터 이런 얼굴이 되었지? 여행의 피로 탓만이 아닌 듯하다. 마흔을 넘기며 급격히 늙어버렸나. 아니, 틀림없이 이십 년간 조금씩 녹슬어왔는데 오늘에서야 드디어 알아차린 것이다.

거울은 매일, 아침저녁으로, 봤다. 증권회사의 영업직이라는 업무 성격상 거래처 사람과 만날 때는 특히 몸단장에 신경을 썼다. 그러나 이렇게 큰 거울로 가만히 자신의 얼굴을 새삼 들여다보는 일은 몇 년 만이지 않을까. 화장할 때도 늘 뉴스 프로그램을 듣느라 정신이 없었고 가끔 쇼핑에 나가더라도 미리 살 브랜드를 정하고 가는 터라 입어보기는커녕 거울 앞에서 옷을 대보지도 않았다. 지금은 상반신만 보여 그나마 다행인데 옷장 옆 전신 거울로 몸의 라인까지 무너진 것을 알게 되면 현기증이 날 듯하다.

그러나……. 이렇게 엉망이 되었기에 이 호텔에 온 의미가 있지 않을까. 밤샘하며 일을 처리하고 삿포로에서의 사은회에 참석하는 김에 하루 더 휴가를 내 여기까지 온 보람이 있는 것이다. 피부관리를 받고 온천에 몸을 담그고, 대자연 속을 산책하고 맛있는 음식을 먹고 푹 쉴 권리가……, 내게 있다.

자신에게 계속 투자해왔으니까.

그러려면 얼른 예약해야 한다. 프런트에 전화해 화산재를 이용한 전신 림프 마사지 코스를 신청한다. 땀투성이가 된 옷을 갈아입고 세수하고 화장도 기초부터 다시 했다. 흰머리 두 개를 더 발견해 그것도 뽑았다.

자, 이제 호텔 안 어디를 돌아다녀도 부끄러울 일은 없다.


티 라운지에서 커피를 주문했다. 한 잔, 이천 엔.

패션 잡지의 화보 한쪽 귀퉁이에 모델이 입은 옷과 백, 액세서리의 가격이 자세하게 적혀 있듯 내 눈에 들어오는 것은 늘 금액과 함께 머릿속에 표시된다. 이렇게 된 것은 이십 년간 매일 억 단위의 숫자를 다루었기 때문만은 아닐 것이다. 더 어렸을 때부터……

마을의 작은 공장에서 일하는 아버지와 어머니까지 셋이 사는 좁은 아파트에는 초등학교에서 돌아오면 늘 라벤더 향기가 감돌았다. 약 10제곱미터쯤 되는 거실 중앙 테이블 한가운데 놓인 십 리터짜리 비닐봉지에 든 마른 꽃잎 향기다.

어머니는 그것을 작은 숟가락으로 떠서 옅은 보라색 레이스 주머니에 넣고 그리프(구멍을 뚫거나 자수 등에 사용하는 수예 용품)로 형태를 잡은 다음 주머니 입구를 오므려 얇은 보라색 리본으로 두 번 둘러 나비매듭을 짓는다. 그것을 접착제가 묻어 있는 투명한 봉지에 넣는다. 마지막에는 '향기 부적·연애운'이라고 귀여운 글씨체로 인쇄된 스티커를 붙이면 완성이다. 마을의 선물 가게에서 한 개에 삼백 엔에 판다는데 어머니에게 들어오는 돈은 개당 삼십 엔이다. 일주일에 두 번, 주산학원에 안 가는 날이면 늘 그 일을 도왔다. 임금은 개당 십 엔. 지금 생각해보면 참 싸게도 부려 먹었다 싶은데 하루에 열 개 만들어 백 엔이라는 수입은 당시 아이에게는 충분한 돈이었다. 주위 친구들의 하루 용돈은 대개 하루 오십 엔이었으니까.

주산학원 옆 군것질 가게에는 아이들로 북적였다. 나도 주산학원이 끝나면 그곳에 가서 백 엔어치, 복권이 딸린 십 엔짜리 과자를 열 개 샀다. 주산학원에는 동급생이 대여섯 명 다녔는데 그중 미키는 어머니가 우리 엄마와 같은 부업을 하고 있었다. 미키의 어머니는 카밀레 주머니를 맡고 있어서 그 애의 몸에서는 늘 그 냄새가 났다.

　—금전운을 부른대.

　한심하다는 듯 웃는 미키의 주산학원용 가방 손잡이에는 카밀레 부적이 달려 있었다. 미키도 나와 마찬가지로 개당 십 엔에 엄마의 부업을 돕고 있다고 몰래 내게 말한 적 있다.

　—우리는 말이야, 직접 번 돈으로 과자를 산 거야. 맛있네.

　어른들이 들었으면 비웃었을 얘기라는 것은 미키도 알았으리라. 다른 아이들도 나름대로 가업을 돕고 용돈을 받는 아이가 많았다. 그래도 미키의 말은 내 마음을 울렸고 우리 둘은 특별한 존재이며 카레 맛 과자도 새빨간 딸기 사탕도 우리에게 팔려고 준비되어 있다는, 마치 군것질 가게 모퉁이 정도는 손에 넣은 듯한 기분에 잠겼다. 게다가 뽑기에도 당첨된 날은 보너스라도 받은 듯 폴짝폴짝 뛰면서 집으로 돌아왔다.

　주산학원에서 승급되면서 6행, 7행으로 다루는 숫자가 커졌으나 그것은 숫자로 된 기호 같은 것이라, 내게는 백 엔이 더 마음을 풍요롭게 하는 금액이고 저금통에 든 천 엔은 아주 큰 돈이었다.

이 커피는 스무 날치 임금인 셈이다. 당시의 내게 네 돈 내고 이 커피를 주문하라는 소리를 들었다면 눈물을 흘리고 화를 내며 저항했을 것이다. 사주겠다고 해도 그러면 내게 이천 엔을 그냥 달라고 했을 것이고, 그런 커피를 아무렇지 않은 얼굴로 마시는 어른을 바보 같다고 생각했을 것이다.

어디까지나 다 '가정'의 이야기다. 당시의 나는 세상에 이천 엔짜리 커피가 존재한다는 사실을 몰랐다. 커피라고 하면 커다란 갈색 병에 든 인스턴트커피가 전부였다. 설탕은 요리용 백설탕, 우유도 역시 커다란 노란 병에 든 파우더 형태이다. 캔 커피는 특별한 것이었다. 한 해에 몇 번, 가족이 다 같이 근처 볼링장에 갔을 때 아버지가 산 것을 몇 모금 마셨다. 캔 커피, 나 아주 좋아해. 몇몇 친구 앞에서 자랑할 수 있는 음료수였다.

스타벅스나 도토루 같은 체인점도, 고등학교를 졸업할 때까지 생활권 안에 등장하지 않았고 제대로 된 커피를 마시려면 '리얼 카페'라는 간판을 내건 오래된 카페의, 색 바란 무거운 나무문을 밀고 들어가야 한다. 그것은 내게 마작 가게에 들어가는 것만큼이나 용기가 필요한 것이고 그런 이상한 곳에 발을 들이밀 정도로 마시고 싶지는 않았다.

사람은 계단을 오르는 식으로 성장한다. 노동력과 그에 어울리는 금전 감각도 마찬가지다. 마른 꽃잎 부적을 열 개 만들어 백 엔을 받는 것으로 만족할 수 있는 것은 초등학교 때까지다.

중학생이 되면 원하는 것의 금액도 커져, 어머니에게 내가 하겠다면서 어머니의 부업 일감을 두 배로 받아오게 했다. 미키에게 그렇게 들었기 때문이다. 그러나 어머니는 내 요구를 딱 잘라 거절했다. 그러면 신문 배달이라도 할까 생각했는데 그것도 반대했다.

　—학창 시절의 한정된 시간은 용돈을 벌라고 있는 게 아니야. 바로 앞의 욕구를 채우지 말고 미래의 자신에게 투자해.

　그러니까, 공부하라는 소리다.

　—엄마는, 아빠와 엄마의 지금 생활을 부정하지는 않아. 헛소리로도 부자라고는 할 수 없지. 하지만 다른 사람에게 폐를 끼치지 않고 만족하며 땅에 발을 제대로 붙이고 사니까. 그런데 아카네의 미래를 백 퍼센트 개척할 수 있을 정도의 여유는 없어. 알겠니?

　이후로 어머니는 곧 집에서 하는 부업을 관두고 근처 도시락 가게에서 일하기 시작했다. 내가 중학생이 되었으니 하교 시간에 맞춰 집에 있을 필요가 없다는 이유에서였다. 그때서야 어머니가 매일, 숙제할 때마다 앞에 있었음을 깨달았다. 수입이 두 배가 되었다며 내게 한 달에 삼천 엔의 용돈을 주겠다고 했다. 마른 꽃잎 부적을 만들 때보다는 조금 늘었으나 받은 용돈으로 물건을 산 탓에 스스로 손에 넣었다는 충족감은 얻을 수 없었다.

커피가 왔다.

전속 바리스타가 고른 니카라과 국내 대회에서 우승한 원두다. 난처럼 남국을 떠올리게 하는 향을 마시자 머릿속이 저릿했다. 딱딱하게 굳었던 뇌가 풀어지는 느낌이다. 한 모금 마시자 산미를 낮춘 깊은 맛이 목구멍 깊은 곳까지 퍼졌다. 내가 좋아하는 맛이다. 맛과 향이 위 속에서 여과되며 축적되는 다른 커피와 달리 연약한 내 위라도 한 컵 정도는 무리 없이 마실 수 있다. 이천 엔의 가치는 충분하다.

—아카네는, 결국은 돈, 돈이지.

머릿속에 떠오른 목소리도, 부드럽고 따뜻한 지금의 뇌라면, "그렇지 뭐"라며 가볍게 흘릴 수 있을 것 같다. 계속 노력해왔다. 끊임없이 자신에게 투자해왔다. 그런 사람에게만 허락되는 공간이 틀림없이 준비되어 있을 것이다……라고 말하기는 좀 힘들다.

대각선 건너편 자리에 이십 대 후반 정도의 커플이 있다. 여자 쪽은 그런대로 괜찮은데, 남자의 행색, 색 바랜 티셔츠에 물놀이용 바지 같은 화려한 무늬의 반바지, 저게 뭔가. 게다가 비치 샌들을 신고 있다. 오키나와의 리조트 호텔이라면, 간신히 받아들여질지도 모르나 여기는 홋카이도이고 이 호텔은 그런 한심한 행색으로 드나들 곳이 아니다.

그러나 요즘 젊은이들에게 그런 경향이 있음을 오늘 처음 깨달은 것은 아니다. 그들, 그 여성들은 명품이 없다. 아니, 고가면 다 좋다는 말은 아니다. 내게는 삼만 엔 이하의 정장도 있고 삼만 엔 이상의 티셔츠도 있다. 그런 문제가 아니다.

직장 여성 후배들은 퇴근 후 미팅이 있는 날은 잔뜩 차려입고 오면서 거래처 손님이 초대한 공연이나 클래식 콘서트에는 보통 출퇴근 때보다 더 한심한 옷을 입고 온다. 아무리 생각해도 차림새는 상관없을 것 같다고 떠들면서 내가 입은 정장을 우습게 쳐다본다. 야외 라이브에 가는 게 아니지 않냐고 한마디하고 싶었으나 그녀들은 분명 자신들이 좋아하는 아티스트의 공연이라면 야외든 해변이든 잔뜩 차려입고 갈 것이 틀림없다. 그러면서 '이 아줌마, 뭐라는 거야? 늘 저렇게 경계를 나눈다니까'라고 할 것이다. 마음대로 떠들어라, 나중에 현장에 가서 창피나 당해라. 이런 심정으로 도착하면 비록 소수이기는 하나 그녀들과 비슷한 사람들이 여기저기 있어 후배들이 그리 눈에 띄지 않는다.

―일본인에게 아직 문턱이 높은 분야에 캐주얼한 복장으로 오는 젊은이가 있으니 개척의 여지가 있다고 느껴지네요.

최대한 배려해 던지는 상대의 말을 진심으로 받아들이니 이런 습관이 고쳐질 리 없다. 아니면 대부분 격식을 차려입고 오는 곳에 자신은 일상복으로 왔다는 것 자체에 우월감을 느끼나.

저 비치 샌들도 평소에는 넥타이를 매고 열심히 일했으니까

호수 위의 불꽃놀이

쉴 때는 가장 편안한 차림으로 즐기자는 것일까. 그럴지도 모른
다. 이천 엔짜리 커피니, 바가지라고 생각하는 커플이라면 이런
데 오지 않았겠지.

　—내게 재능이 있는지 없는지, 아카네는 돈으로 판단하려 해.

　문고판을 백에 넣어왔는데 잠깐 바깥 공기라도 쐬는 것도 좋
을 듯해 이천 엔을 단숨에 들이켰다.


　키 큰 침엽수가 가득한 산책길을 나와 전망 테라스로 나왔
다. 칼데라 호수인 도야코에서는 오른편으로 활화산인 우스잔
과 쇼와신잔을 볼 수 있고, 그쪽으로 온천 마을이 펼쳐져 있다.
주위에는 숙박객처럼은 보이지 않는 사람들이 드문드문 눈에
띄었는데 이 호텔 자체가 도야코의 관광지이기 때문일까. 그렇
다면 티 라운지 역시 숙박객 아닌 사람들이 찾는 것도 당연하겠
지. 커플의 복장 정도로 짜증을 낸 자신이 한심하다.

　양손을 펼쳐 호수를 향해 크게 기지개를 켰다. 그와 동시에
찰칵 바로 옆에서 소리가 났다. 내 손가락 끝에서 십 센티미터
도 떨어지지 않은 곳에서 남자가 호수를 배경으로 피스 사인을
하고 있다.

　"죄송해요. 몰랐어요. 내 손이 사진에 찍혔을지도 몰라요."

　"괜찮아요. 여행 기념 스냅 사진이니까요."

　남자가 웃으면서 대답한다. 마음을 놓다가 뭔가 깨닫고 얼굴

을 찌푸리고 만다. 아주 거칠지는 않으나 이 행색은 분명 라이더다. 나와 또래 정도로 보이니 참 편안한 신세인가 보다.

"오토바이로 여행하세요?"

"그렇습니다."

"좋네요. 홋카이도 일주?"

"아뇨, 아닙니다. 설마요. 조금 빨리 여름 휴가를 받아 호수를 돌고 있죠."

평소에는 제대로 일하고 있는 듯해 살짝 호감도가 오른다.

"드문 일이네요. 남자분이 호수를 돌다니. 라이더들은 넓고 긴 직선 도로를 달리려고 오는 것 아닌가요? 호수 주변은 복잡한 길이 많잖아요."

"저는 호수를 좋아하는 아내의 영향을 받아서요. 도야코는 주위 사십삼 킬로미터, 지름 약 십 킬로미터, 일본에서 세 번째로 큰 칼데라 호수이고, 나카노시마에는 에조 사슴이 서식하고 있죠. ……이런 간단한 정보는 일단 입력되어 있답니다."

결혼했는데 혼자 여행 중이라고? 남편을 혼자 여행에 보내다니 결혼 경험은 없으나 부인이 대단하다 싶다. 나는 집안일로 힘든데 너는 여행이나 가냐고 불평하지는 않았을까.

"도야코에 가면 꼭 이 호텔에서 사진을 찍으라고 해서. 저야 뭐, 굳이 이런 데까지 오나 싶은데 여성들에게는 유명한 곳인가요?"

"글쎄요. 가끔 드라마 촬영지로 이용되니 와보고 싶은 사람이 있지 않을까요?"

"그렇군요. 드라마라……. 자랑할 수 있겠네요. 어떤 드라마인데요?"

요즘 세상에 금요 와이드 극장《도야코 살인사건·홋카이도 출신 형사 오이시 미쓰고로》라고 대답해봤자 좋아할 것 같지 않다. 뭐야? 이러면서 실망할 수준이리라. 평소 15퍼센트의 시청률을 올리는 시간대인데 한 자릿수 시청률이 나온 작품이다.

"저도 제목까지는 몰라요. 드라마를 잘 몰라서요. 죄송해요."

아뇨, 됐다며 피차 한쪽 손을 흔들며 자리를 마무리하려는 시점에서 그럼 가보겠다며 고개를 숙였다. 요 앞 공원까지 가보고 싶다. 그러나 한 걸음 내디뎠을 때 갑자기 눈앞이 새까매졌다. 눈꺼풀 위로 눈을 꾹 누른 것 같은 압박감에 사로잡히고 발밑이 흔들렸다.

"괜찮으세요?"

조심스럽게 내 팔을 잡은 손을 뿌리치는 것처럼 보이지 않도록 천천히 빼내고 두 발에 힘을 주어 버티고 서서, 눈을 감은 채 머릿속으로 열까지 셌다. 살짝 숨을 토해내고 이제 됐다며 눈을 뜬다.

"괜찮습니다. 빈혈이에요. 가끔 이래요."

"여기 묵으세요?"

"그렇습니다."

"그럼 안심입니다. 로비까지 같이 가드릴게요."

"고맙습니다. 하지만 정말 괜찮아졌어요."

억지로 괜찮다고 하며 남은 힘을 짜내 달렸다. 친절해 보이는 사람이다. 기혼자이고 로비까지라고 말했으니 같이 가도 좋았을지 모른다. 다만 스치는 사람이라 해도 누군가의 손을 잡으면 다음은 혼자 설 수 없게 될 것 같았다. 인정하고 싶지는 않으나…… 무서웠다.

객실의 호수 쪽 벽은 천장에서 바닥까지 거의 전체가 유리로 되어 있으니 침대에 누워 도야코를 둘러볼 수 있다. 하늘이나 호수, 산의 색도 그때와 거의 변함이 없다. 가난한 학생이었을 때는 도저히 묵을 수 없었던 리조트 호텔에서 바라봐도 자연은 전혀 변함이 없다.

변하지 않는 것도 있는데 그것을 알아차릴 틈도 없을 만큼 일해 온 나는 무엇을 얻었나.

자신에게 투자하라는 어머니의 말을 듣고 용돈을 차근차근 저금통에 모으듯 공부해 홋카이도대학에 진학했다. 특별한 이유는 없었다. 온후한 기후의 작은 해변 마을에서 태어나고 자란 내게는 인생에서 한번쯤 광대한 북쪽 대지에서 살아보고 싶다는 동경이 있었고 그 꿈을 이룰 수 있다면 대학 4년 동안 지내는 게 최고가 아닐까 하는 결론에 도달했을 뿐이다.

어머니는 진짜 라벤더 꽃밭이라도 보고 싶은 거냐고 물었으나 그런 바람을 가진 적은 한 번도 없었다. 내게 라벤더란 보라색 카펫 같은 꽃밭이 아니라 갈색으로 말린 잎이다. 선물로 부적 주머니가 많이 팔리는 것은 우리 마을이 라벤더 명소이기 때문이 아니다. 국내산 선향의 90퍼센트가 생산되는 '선향의 마을'로서 향기를 강조할 수 있는 것을 선물로 선택했을 뿐이다. 라벤더만이 아니라 허브밭 같은 것은 본 적 없다. 지금 생각해 보면 그 말린 꽃잎은 싸구려 외국산이 아니었을까. 선물이란 원래 그런 법이다.

원래 고향이나 부모와 불화한 것도 아니어서 학창 시절에 특별히 해방감을 느낀 바도 없고 반대로 불만도 없이 느긋하게 지냈다. 아웃도어 동아리에 들어가 선술집에서 아르바이트하고 물론 수업에도 성실하게 출석했다. 정신을 차리니 3학년 여름이었다.

오토바이로 투어링 여행을 온 구누기다 오사무와 만난 게 바로 도야코 호숫가였다.

아웃도어 동아리 친구들과 차 두 대에 나눠 타고 불꽃놀이를 보러 간 날 밤, 일행과 떨어지고 말았다. 마침 옆에서 불꽃놀이를 보던 오사무는 내가 미아가 된 것을 알고 위험하다며 같이 친구들을 찾아주었다.

다행히 20분쯤 있다가 친구들과 합류할 수 있었는데 그게 조금 유감이었다. 만약 찾지 못했으면 오사무가 텐트를 친 캠프장에 같이 가자고 했기 때문이다.

—내 텐트를 써도 돼. 나는 옆 텐트에 들어가면 되니까.

피차 여행 중이었으면 가볍게 주소나 전화번호를 물었을 수 있겠으나 지역 주민이라는 의식이 있던 내게는 길거리에서 남자를 만난 것이니까 먼저 물을 수는 없었다. 여성이 먼저 마음에 드는 이성에게 말을 거는 게 그 당시 유행이었는데도 오사무가 먼저 물어봐주길 바랐다. 그러다 문득 고맙다고 해야 할 사람은 나라는 사실을 깨달았다. 마침 아르바이트 선술집 「호쿠교조」의 할인권이 지갑에 있던 터라 오사무에게 건넸다.

—삿포로에 오면 꼭 오세요. 연어 루이베(언 생선을 그대로 얇게 썰어 먹는 홋카이도 특선 음식)가 맛있어요.

오사무는 간다 만다 말없이 웃으며 할인권을 받았다. 해물 요리가 맛있지만, 여행 책자에 나올 만한 유명한 집은 아니다. 고작 10퍼센트 할인권을 받았다고 오리라고는 생각하지 않아 거의 기대하지 않았다. 다른 지역 사람이 연어 루이베를 알겠냐는 동아리 친구의 말에 임연수어나 연어알처럼 많이 아는 것을 얘기할 걸 그랬다고 후회했다.

그런데 이틀 뒤 밤, 오사무가 가게를 찾아왔다. 냉동 연어가 뭔지 궁금하다면서. 그리고 연어 루이베를 맛있게 먹었다. 그날 그는 유스호스텔을 예약했는데 그곳에 가지 않고 내 아파트에 왔다. 여행자를 재워주는 일은 그 당시 여대생에게 드문 일은 아니었다.

다음 날부터 사흘 동안 직접 헬멧을 사서 오사무의 오토바이 뒷자리에 타고 홋카이도 여행에 나섰다. 도쿄의 유명 사립대학에 다니는 동갑인 오사무는 앞으로는 각본가가 되고 싶다고 했다. 그렇다면 유명 드라마 촬영지를 안내해줄까 하고 물었는데 그런 데가 아니라 현지인만 아는, 이야기의 무대가 될 법한 분위기 있는 곳을 찾고 싶다고 했다.

시나리오 헌팅이라고 한단다.

오사무는 대학에 들어간 해부터 TV 방송국이 주최하는 드라마 시나리오 응모전에 여러 번 참가했고 일 년 전, 최종 심사까지 남은 적이 있다고 한다.

—마이아사방송국의 시나리오 응모전 팀은 최종 심사까지 남은 사람들을 모아 일 년 동안 한 달에 한 번 공부 모임을 열어줘. 매번 과제가 나와. 일테면 《형사 울프》의 한 회 플롯이나 금요 와이드 극장용으로 마쓰키 류세이의 《수레바퀴의 살인》을 현대판으로 고친 플롯을 내라는 거야. 참가자 모두가 과제를 가져와 서로 의견을 나누고 프로그램 프로듀서가 평가를 해줘.

《형사 울프》는 고향의 아버지가 매주 빼먹지 않고 보는 인기 형사 드라마였고 마쓰키 류세이도 읽은 적은 없으나 이름은 아는 작가였다. 플롯이란 시나리오가 되기 전 단계로, 장면별로 줄

거리를 정리한 것이라고 알려주었다.

  ─공부 모임이라는 명목이지만, 프로듀서 눈에 든 플롯이 채용된 적도 있어. 지금 토요일 오후 11시에 방송하는 《귀족 탐정 아리스가와 교노스케》의 각본가도 콩쿠르에 입상하지 못했지만, 공부 모임에서 뽑힌 거야.

  그 드라마는 몰랐으나 TV 너머의 사람들은 자신과는 다른 세계의 사람이라고 생각했는데 눈앞에 그곳과 아주 가까운 사람이 있다니, 진심으로 오사무가 대단하게 느껴졌다.

  ─오사무의 플롯은 채용되었어?

  ─아니, 나는 말이야, 스기하라 씨라고 나를 높이 평가하는 프로듀서가 해준 말인데. 나는 다른 사람들보다 두각을 드러내고 있지만, 호불호가 분명한 글을 쓴대. 스기하라 씨 같은 프로듀서나 현장 사람들은 시청자 불만이 있더라도 참신한 작품을 써야 한다고 생각하지만, 결국은 스폰서의 마음에 들어야 한다더라. 그래서 모든 사람이 쉽게 받아들이는 어정쩡한 작품들만 나오는 상황이라 나처럼 이 업계에 새로운 바람을 일으킬 참신한 신인은 도태되고 만다고.

  솔직히 이때는 오사무의 말을 반 이상 알아듣지 못했다. 그저 다른 나라 이야기를 듣는 것처럼 완전히 빠져 열심히 맞장구를 쳤다.

  ─하지만 말이야, 스기하라 씨는 내가 아깝다며 플롯 작가 일

을 줬어.

공부 모임처럼 정해진 과제의 플롯을 쓰는 게 아니라 드라마가 될 법한 소설이나 만화를 스스로 찾아내 플롯을 쓰고 시청자층이나 장점을 적어 기획서 같은 것을 만드는 일이다.

—한 달에 스무 개를 쓰고 십만 엔이야. 내 귀중한 수입원이지. 내년 1월에 방송되는《홉 스텝 댄스》라는 드라마는 내가 낸 안이야. 뭐, 시나리오는 스폰서를 설득하려고 유명 각본가가 썼지만.

시급 팔천 엔인 자신과는 다른 세계의 이야기라고 생각했다. 그리고 오사무는 이렇게 말했다.

—각본가에는 두 종류가 있어. 장인과 아티스트. 지금은 프로가 되는 발판으로 원작을 각색하는 장인의 일에 만족하고 있지만, 언젠가는 나만의 시나리오로 승부하는 아티스트가 되고 싶어. 홋카이도에서의 시나리오 헌팅도 그때를 위해서 하는 거야.

삿포로부터 시코쓰코, 도야코를 달려 무로란을 거쳐 지큐미사키 끝에서 바다를 바라보면서 이 경치를 배경으로 한 드라마가 TV에서 나오는 것을 상상했다. 그것은 아주 먼 미래의 일 같았다.

항구 주변을 어슬렁어슬렁 걷는데 '일본 제일의 언덕'이라는 간판이 눈에 들어왔다. 가보려고 좁은 골목을 걸었으나 기울기도 도로 폭도 길이도 전혀 대단하지 않았다. 일본 제일이라 할

만큼 좁다거나 짧은 것도 아니다. 어정쩡한 언덕이었다. 도대체 뭐가 일본 제일일까. 둘이 그런 생각을 하면서 온갖 의견을 냈다. 예전에는 통행료를 내게 했는데 그게 일본에서 제일 비쌌나? 일본을 대표할 만한 인물의 집에 가려고 언덕을 만들었나? 다 올라간 지점에서 낡은 간판을 발견했다.

　—에도 말기, 여기에 '일본 제일'이라는 이름의 메밀국수 집이 있었대.

　—그게 뭐야.

대단한 언덕도 아닌데 괜히 운동만 했나 싶어서 둘이 마주 보며 한숨을 쉬다가 풋, 웃음을 터뜨리고 말았다.

　—나, 언젠가 이 얘기 꼭 쓸 거야.

오사무는 그렇게 말하고 간판 옆에 나를 세우고 사진을 찍었다.

도야코는 그때와 같은 색이다. 저 멀리 *끄트머리*에 가격이 표시되어 있지도 않다…….


식욕은 없었으나 다음에 이런 기회가 없을 것 같아 호텔의 프렌치 레스토랑에 들어가 가벼운 코스를 주문했다. 낮의 티 라운지처럼 엉뚱한 복장의 사람은 없었다.

중년 부부처럼 보이는 사람들, 아직 초등학생인 아이들을 데려온 부부, 둘 중 누가 이곳에 오자고 제안했을까. 같은 가치관을 지닌 둘이 결혼해 매일 같은 것에 둘러싸여 같은 것을 먹고 같은 취미를 공유하면서 지내면 한쪽이 제안해도 반대 의견을 내지 않을지도 모른다.

같은 지붕 아래에서 지내지 않더라도 둘이 같은 방향을 보고 있다면 마음을 나눌 수 있을지 모른다.

홋카이도와 도쿄, 오사무와 장거리 연애를 한 일 년 반, 조금이라도 오사무에게 다가가려고 그전에는 거의 보지 않은 TV 드라마를 최대한 봤다. 각본가 이름은 하나도 몰랐는데 의식하자 하시다 드라마, 노지마 드라마, 기타가와 드라마라는 식으로 연기자가 아니라 각본가의 이름을 딴 드라마가 많다는 사실을 깨달았다. 각본가는 제작진의 하나가 아니라 핵심 그 자체임을 느끼고 그 사실을 오사무에게 전했다. 지명도만으로 판단한 게 아니라 자신이 재밌다고 생각한 작품의 각본가 이름을 몇 명 열거했다.

「나도 ○○씨는 좋은 작품을 썼다고 감탄하며 봤어. 하지만 언젠가 반드시, 따라잡을 거야. 추월할 거야.」

그런 대화를 나눌 때가 가장 행복했다. 만난 해의 크리스마스는 내가 도쿄까지 갔다. 잠깐 프로듀서와 회의를 해야 한다며 마이아사방송국까지 나를 데려갔다. 일반인도 들어갈 수 있는 구역을 통과하자 관계자 입구에서 기다리던 스기하라 프로듀서가 미리 준비한 내 출입증도 건넸다. 그것을 목에 거는 것만으로 업계 사람이 된 것 같아 가슴이 두근거렸다.

정오가 지났는데도 인사는 굿모닝이었다. 오사무가 가볍게 인사하는 사람에게 나도 인사했는데 지나간 다음 "저 사람, 개그맨 ○○씨인 거 알아?"라는 말을 들었을 때의 흥분이란.

스기하라 프로듀서와 오사무의 회의에도 동석했다.

—이거 말이야, 주인공 남녀를 반대로 다시 써줄래? 기타자와 마호로 액션물을 만들고 싶다는 안이 나왔어.

—좋습니다. 그러면 과거에 유도 올림픽 예비 선수였다는 설정을 태권도 일본 챔피언으로 바꿀까요?

인기 급상승 중인 인기 여배우의 이름이 오가니, 그저 입을 벌리고 들을 수밖에 없었는데 속으로는 이 드라마의 각본을 오사무가 쓰게 되기를 빌었다. 아무런 지식도 없고 전혀 도울 수도 없는 내가 오사무와 도통 어울리지 않는 것 같았는데 응원해주는 사람이 있는 것만으로 기쁘다고 말해주었다. 드라마 촬영지로도 이용되는 프렌치 레스토랑에서 식사하고 크리스마스 선물로 은 펜던트를 받았다.

그때와는 정반대 계절이지만, 이곳에 머무는 사람 중에도 오늘, 이 장소가, 인생에서 잊을 수 없는 추억이 될 사람이 있지 않을까.

혼자 식사한다고 해서 주위가 나를 어떻게 생각할지는 그다지 신경 쓰지 않는다. 얼마 전까지는 퇴근길에 외식하면 집에 돌아가 해야 할 일이 줄어들어 좋은데도 외로운 여자라고 보이는 게 싫어 도시락 같은 것을 샀는데 마흔을 넘기고는 생각을 바꿨다.

비굴해질 일은 전혀 없다. 나는 지금까지 일해왔다. 그러므로 맛있는 음식을 먹어 내일을 위한 에너지를 비축해야 한다.

그래도 고급 리조트 프렌치 레스토랑에서 혼자 식사하는 사람이 나만이 아니라는 사실에 조금 놀랐다. 나보다 조금 연상일까. 시간이나 공간을 허비하는 일 없이 와인과 식사를 자연스럽게 즐기는 듯 보인다. 아마 나처럼, 이럴 권리가 자신에게 있다는 생각도 하지 않으리라. 나는 아직 거기까지 도달하지 못했다.

그리고 역시 내게는 결혼 생각이 없는 것 같다. 부부나 가족 숙박객보다 혼자 즐기는 여성에게 동경의 시선을 던지고 있으니까.

오후 7시 반이다. 도야코에서 4월 하순부터 약 반년에 걸쳐, 매일 밤, 8시 45분부터 20분 동안, 호수에서 불꽃놀이를 한다. 식사 후에는 방에서 와인을 마시면서 그것을 즐기자…….

온천 거리에 도착해 택시에서 내렸다. 불꽃놀이 시작까지 앞으로 30분 남았다. 선물 가게가 늘어선 길을 통과한다. 평일인데도 정말 사람이 많다. 그래도 나 하나쯤 자리 잡을 곳은 있겠지. 호숫가에 도착했다. 배에서 쏘는 불꽃놀이를 정면에서 볼 수 있는 특등석이다. 관람객이 여기저기 보이는데 아직 빈자리는 있다. 죄송하다는 말을 내뱉으며 인파를 헤치고 앞으로 나아가다가 앗! 눈이 마주친 사람이 있었다.

전망 테라스에서 이야기를 나눈 사람이다. 괜찮으면 이리로 오라며 호수가 보이는 벤치 자리를 내주어서 이번에는 거절하지 않고 고맙다며 옆에 앉았다.

"일부러 여기까지?"

"방에서 보려 했는데 아무래도 불꽃놀이는 소리가 펑펑 울리는 곳에서 봐야 할 것 같아서."

학창 시절에 동아리 친구들과 헤어진 것도 그 때문이다. 일정 인원이 모여 앉을 자리를 찾다 보니 절로 뒤쪽 자리가 되고 말았다. 다 같이 즐기는 것이 우선 목표라면 그것도 괜찮다. 나는 단체 행동을 그리 싫어하지 않아서 다른 것은 다 양보할 마음이 있었으나.

"무슨 이유에선지는 모르겠으나 불꽃놀이만은 양보할 수가 없어요."

"그 맘이 뭔지 알 것 같아요."

오사무도 같은 말을 했었다. 그러나 라이더는 "하지만"이라며 말을 이었다.

"불꽃놀이를 이렇게 가까운 곳에서 보는 것은 십여 년 만입니다. 딸이 아직 세 살쯤일 때 가족 다 같이 집 근처 불꽃놀이를 보러 갔는데 한 발을 쏘자마자 무섭다며 울음을 터뜨려서. 이후로는 회장에 가지 않고 매년 집 2층에서 봤어요."

딸이 세 살. 십여 년만……

"따님, 몇 살이세요?"

"스무 살입니다."

그렇게 큰 딸이 있는 것처럼 보이지 않는다고 떠오른 생각을 그대로 전하고 두세 번 서로의 나이를 가늠할 질문을 나누다가 마지막에는 생년월일을 말해 동갑임을 알아냈다. '기미즈'라고 이름까지 알려주었다. 결혼해 아이가 있는 친구가 많아서 꼬마를 발견하면 내가 이 아이의 부모라 해도 이상할 게 없다고 생각한 적은 있으나 스무 살짜리를 떠올린 적은 없다. 딱 보기에도 불량해 보였다면 나랑은 다른 사람이라고 딱 선을 그었을 텐데 성실해 보이는 사람은 무조건 존경심이 솟구친다.

여러 해 전의 연애를 괜스레 떠올리는 일도 당연히 없으리라.

"따님이 그렇게 성장했으니 부부도 다시 연인처럼 바뀌겠네요."

"아이고, 그게. 아이 진로를 놓고 다퉈 반쯤 집을 나간 상태라."

"따님이 뭐가 되고 싶다는데요?"

"특수 분장 공부를 하러 미국에 가고 싶다고."

"고질라 같은 거요?"

당연히 다툴 만하겠구나. 손에 잡히지 않는, 앞날이 불안정한 일이다. 무엇보다 공부한다 해서 관련 직업을 갖는다는 보장도 없다.

"최종적인 담판은 돌아가서 해야겠지만, 뭐, 부부가 응원해주게 되지 않을까요."

"아니, 따님……. 자식이라 선선히 응원하게 되는 건가요?"

기미즈 씨는 바로 말의 요지를 못 알아들은 듯하다.

"일테면 부인이 지금부터 그런 일을 하겠다고 하면요?"

기미즈 씨는 호수 위의 맑은 공기를 들이켜려는 듯 등과 목을 쭉 늘리고 살짝 몸을 내민 채 음, 하고 신음했다.

"그것도 괜찮지 않을까요. 우리는 피차 학생 때 아이가 생기는 바람에 저는 일만 했어요. 그러다가 이번에는 딸의 진로로 골치가 아팠고요. ……솔직히 아내가 뭘 하고 싶은지 생각해본 적도 없네요. 그러니까 앞으로 시작하고 싶은 게 있다면 응원해줘도 좋지 않을까요."

"결혼 전의 부인이라도, 같은 생각이셨을까요?"

나는 그렇게 하지 못했다. 거품 경제가 꺼지고 취직 빙하기에 돌입하자 자기에게 투자해 국립 4년제 대학에 갔는데도 잡무만 담당하는 사무직 채용밖에 되지 않았다. 남녀 공동 참가 회사라는 용어가 생기고 취직 시험 때 '종합직은 남자, 여자는 사무직' 뿐이라는 채용은 지금은 금지되었으나 당시에는 당연시되었다. 도쿄에서 여대생을 평등하게 채용하라는 시위를 했다는 뉴스를 TV로 보면서 진심으로 나도 참여하고 싶다고 공감했을 정도다. 그래도 일부 상장 기업인 증권회사에 입사한 것만으로도 다행이었다.

"그건, 어려운 문제네요. 당시의 나라면 무슨 소리냐며 깨끗하게 헤어졌을 것 같네요."

도쿄 회사에 취직되었다고 오사무에게 보고하자, 혹시 나를 따라온 거냐며 곤란하다는 식으로 물었다. 오사무와 장거리 연애를 할 필요가 없어진 것도 물론 기뻤다. 하지만 취직은 도쿄의 일부 상장 기업에 하자는 꿈은 십 대 때부터 세운 인생 설계였다. 다만 학창 시절, 오사무를 보러 도쿄에 올 때마다 늘 얻어먹기만 했으니 의지하러 온다고 오해해도 어쩔 수 없었다.

"내게 여유가 없는데 다른 사람까지 응원하기는 힘들지요."

그 무렵, 나는 자립하기 위해 필사적이었다. 거품 경제기의 여운을 버리지 못한 선배들은 출퇴근 복장을 점검했고 회사 창피한 짓이라며 혼을 냈던 터라 월급의 반은 의류비로 사라졌다.

─무시하면 그만이지. 알맹이 없는 사람일수록 무장한다니까.

오사무는 웃어넘겼으나 그 무렵의 나는 조직에서 일하는 사람의 마음을 도통 모른다며 차가운 시선으로 그를 바라봤다. 살림은 빠듯했으나 잘 꾸미는 게 싫지 않았고 퇴근하고 화려한 차림으로 회사 동료들과 거리를 돌아다니는 것도 즐거웠다.

회사에서 사무직 여성 사원을 대상으로 종합직 승급 시험이 생긴 것은 입사하고 삼 년 뒤였다. 몇 개의 비즈니스 잡지가 주요 회사의 종합직 여성 수 순위를 발표한 직후였다. 퇴근 후 회식이나 노래방 모임을 다 끊고 다시 자기 투자를 위해 공부를 시작했다.

"여유라니, 돈 말인가요?"

"그것도 있지만, 그것만은 아니죠. 저는 공무원인데 제 일에 만족합니다. 하지만 저는 뜬 구름을 잡는 듯한 직업을 원하는 사람을 보면 일을 얕잡아 보지 마라, 네 꿈이란 것은 결국은 평범한 일에 종사하는 대다수 사람 위에 성립하는 여흥 같은 것 아니냐, 왜 자신에게 특별한 재능이 있는 듯한 얼굴을 하고 있냐고 따지고 싶은 심정이 들어요. 딱히 그 사람이 나를 무시한 것도 나를 깔본 것도 아닌데 말이죠. 그게 나를 최대한 지키려는 수단이었음을 이 나이가 되어서야 깨달았어요."

"저는…… 이 나이가 되어서도 깨닫지 못했어요. 아주 오래전에 사귄 사람이 각본가를 꿈꿨는데 저는 그를 응원하지 못했어요."

파바바바박, 밤하늘에 콩알이 터지는 듯한 소리가 울리고 조그만 스타마인(star mine, 수많은 별이 흩어지는 듯 연속해 터지는 현상) 불꽃이 터졌다. 불꽃놀이가 시작된다는 신호다. 호수 위에 커다란 꽃이 피었다. 하나, 둘, 셋……. 배 속이 울린다. 지금 여기 있음을 실감할 수 있어 좋았다.

"호수에서 하는 불꽃놀이, 참 좋네요. 호수에 비치는 불꽃이라니 정말 화려해요."

기미즈 씨가 말했다. 불꽃에 시선을 두고 있는데 나와는 시선 높이가 조금 다르다. 같은 높이로 시선을 던지니 호수 위에 불꽃이 비쳤다. 아름답기는 했으나 '꽃이 폈다!' 같은 느낌은 없었다.

호수에 비치는 불꽃은 어쩐지 드라마 같다. 진짜 인간의 인생을 반영한 것. 그것을 아름답다고 느끼는 대부분은 하늘과 호수를 다 즐길 테지만, 호수 쪽에 더 몰입하는 사람도 있을 것이다. 그리고 나처럼 하늘만 바라다보며 아래가 수면이든 지면이든 개의치 않는 사람도 당연히 있을 것이다.

어쩌면 다른 사람보다 내가 드라마에 더 관심이 없었을지 모른다. 책을 읽어도 픽션보다는 논픽션이 더 좋다. 누군가가 만들어낸 이야기보다 실제로 땅에 발을 붙이고 사는 사람의 이야기가, 드라마틱함이나 놀라움, 두근거림은 없더라도 흥미롭다.

이런 내가 각본가라는 일을 이해했을 리 없다. 그 순간 높은 밤하늘에 똑바로 쏘아진 불꽃이 궤도를 바꿨다. 발사대에서 비스듬하게 궤도를 그리며 호수 바로 위에서 꽃을 피웠다. 공작의 날개 같다. 이어서 한 마리, 두 마리, 공작이 호수 위에 나타났다. 수면에 비친 반원의 불꽃도 공작이 무리 지어 있는 듯 보인다. 불꽃의 위치가 너무 높아도 너무 낮아도 하늘과 호수 양쪽에 아름다운 공작의 모습을 그려낼 수 없었으리라. 내가 불꽃놀이를 기획하는 사람이라면 이런 발상은 불가능했을 것이다. 동그란 불꽃을 반밖에 못 보다니 너무 아깝지 않냐며 끝까지 훼방을 놓았을 것이다.

"아이고, 이거 굉장하네!"

기미즈 씨가 목소리를 높였다.

"정말…… 그러네요."

진심으로 수면에 비치는 불꽃이 아름답다고 느꼈다.


"호텔까지 바래다 드릴까요?"라고 기미즈 씨는 말했으나 도로까지만 나오면 호텔 셔틀버스가 있으니 괜찮다며 감사의 마음만 전하고 그 자리에서 헤어졌다. 가까운 친구에게조차 털어놓지 못한 생각을 어쩌다 만난 여행자에게 밝히다니. 학창 시절, 수많은 여행자가 홋카이도를 찾는다는 것은 알았으나 여행자 사이에 어떤 교류가 생기는지까지는 알지 못했다.

우연히 지나친 사람에게 격려를 받은 경험이 있는 사람은 내 예상보다 훨씬 많을 것이다.

호텔에 도착하자 예약한 에스테틱 시간에 얼추 맞았다. 몸이

굳은 것 같으면 집 근처 중국 마사지 가게에 자주 갔는데, 에스테틱은 처음이다. 아로마나 음이온처럼 효과가 분명치 않은 것보다 뭉친 곳을 잘근잘근 풀어주는 게 더 좋았다.

접수를 마치고 전용 가운으로 갈아입고 어두컴컴한 방으로 들어가자 낯익은 향기가 났다. 라벤더다. 새하얗고 긴 손발의 요정 같은 여성이 다가와 조금 낮고 편안한 목소리로 침대에 똑바로 누워 눈을 감으라고 말했다.

고급 호텔의 별채 같은, 차분한 색으로 인테리어를 통일한 비일상적인 공간이 눈을 감는 순간, 어릴 때 살았던 좁은 아파트 거실로 변했다. 작은 주머니에 말린 라벤더 꽃잎을 열심히 채운다. 그토록 매일 연애운 부적을 만들었으면서 전혀 득을 못 본 것은 내가 그 주머니를 십 엔으로만 봤기 때문이리라.

돈을 위해 자기 투자를 계속한 아이는 종합직 승급 시험에 붙자마자 자신이 인간으로서도 승격되었다는 착각에 빠졌다.

플롯 작가의 수입은 여전히 십만 엔이라 홈 센터에서 아르바이트하는 오사무를 더는 존경할 수 없었다. 재미있는 구성이 생각났다며 신나서 얘기하는데 구성이 통과되면 그때 좋아하는 게 어떠냐고 차가운 시선으로 그를 봤던 것 같다.

오사무가 많은 소설과 만화를 읽는 것도, TV 드라마뿐만 아니라 영화나 연극도 시간이 허락하는 한 보고 연구하는 것도, 알았다. 그러면서도 자기 투자에 성공했다고 착각하고 기세등

등해진 나는 오사무의 노력이 열매를 맺지 못한 것은 그에게 재능이 없어서라고 생각했다.

그래도 그를 좋아했다. 그는 한 달 분량의 플롯이 완전히 못 쓰게 되어 억울해도 그것을 절대 다른 사람 탓이라거나 시대 탓으로 돌리지 않았다. 생활이 힘들어도 데이트 비용은 반씩 부담했고 내 생일이나 크리스마스에는 늘 선물도 해주었다. 그는 누구에게도 의지하지 않고 자신의 발로 서 있었다. 그런 점이 좋았는데, 사귀고 그는 한 번도 변하지 않았는데, 내 탓에 끝나고 말았다.

종합직이 되자 월급이 두 배가 되었다. 유니폼을 입는 사무직과 달리 정장을 스스로 사야 했다. 회사 밖에서뿐만 아니라 안에서 원하는 정장을 입을 수 있는 상황이 된 것이다. 싸구려 옷은 회사의 수치. 구두도 정장도 전통 있는 브랜드 물건을 갖추었다. 그런데 오사무가 선물한 액세서리는 죄다 만 엔 이하면 살 수 있는 것들이었다. 그래도 이십 대에는 자신이 능력보다 더 쓰고 있다는 자각이 있어서 그런대로 괜찮았다. 매일, 억 단위의 숫자를 다루다 보니 금전 감각이 마비되었다고.

내 서른 살 생일에 모든 게 망가져버렸다. 그날은 평일이라 일을 끝내고 정장을 입은 채 오사무와 만나기로 한 장소로 갔다. 그는 평소와 다름없이 청바지에 체크무늬 플란넬 셔츠 차림으로 나타나 나를 로바다야키 가게로 데려갔다. 테이블 위에 풍로가 놓여 있고 그곳에 건어물 등을 직접 구워 먹는 가게였다. 정장에 냄새가 배겠다는 걱정만 들었다. 오사무는 그곳에서 맥주로 건배한 다음 선물을 내밀었다. 조그만 사각형 상자를 열자 반지가 들어 있었고 내 정장과는 어울리지 않았다.

―싸구려처럼 보일 수도 있지만, 사실은 17세기 프랑스에서 만든 앤티크여서 저금을 다 털어 샀어.

―뭐?

―이제 놀라네. 하지만 거짓말이야. 아카네는 결국, 돈, 돈이구나.

―그렇지 않아. 오사무가 꿈을 이루길 바라. 하지만 아주 조금, 장래가 걱정되기도 해.

―나도 약혼반지로 이런 걸 내밀지는 않아. 헷갈리게 해서 미안해. 하지만 나, 각본가로 밥 먹고 살 수 있을 때까지는 결혼할 마음 없어.

―그런 거, 기다리지도 않아.

힘없이 중얼거린 말에 우리의 십 년이 끝났다. 나는 네 재능 같은 거 믿지 않는다고 말한 것이나 마찬가지였다.

―꿈이 없는 아카네는, 모를 테지.

그 가게에서 루이베를 먹을 수 있다는 사실을 가게를 나올 때 알았지만, 아무래도 이렇게 끝내는 게 둘에게 더 맞는 것 같아 모른 척했다.

이야기의 끝

246

꿈을 좇는 사람과 헤어진 뒤, 자신과 비슷한, 현실적인 사람과 사귀지도 않았다. 사랑 같은 거 이제 하지 않겠다며 의식적으로 멀리한 것도 아니다. 자립한 여성을, 지지해주겠다고 애써 나서는 남자도 없었겠지. 그렇다고 해서 내가 먼저 다가서는 방법도 몰랐다.

그때 상사가 회사가 주최하는 세미나에 참가하라고 권했다. 부장 이상의 관리직이 추천하지 않으면 참가할 수 없으며, 장래 유망한 젊은 사원을 모아 관리직 시험을 목표로 공부하는 모임이란다. 새로운, 자기 투자였다.

그렇게 마흔두 살. 과장이라는 직책에 올랐다. 간이 두 번이나 나빠져, 입원했다. 두 번째 입원은 반년 전이다. 병으로 생긴 여유 시간을 어떻게 유용하게 사용하면 좋을지 몰라 그냥 인터넷 서핑을 하다가 문득 오사무의 이름을 검색해보고 싶어졌다. 각본가로 데뷔했다면 놀랄 일이라고 중얼대며 이름을 치며 어떤 결과를 바랐을까. 이름 뒤에 '각본'이라고 적어 넣었다.

그러자 한 건이 나왔다. 마이아사방송국의 금요 와이드 극장 《도야코 살인사건·홋카이도 출신 형사 오이시 미쓰고로》. 방송은 두 주 뒤였다. 『은방울꽃 특급』이라는 이름도 모르는 여성 작가의 소설이 원작인 듯한데 오사무가 어떻게 각색했는지 알고 싶어 먼저 읽어둘까 싶어 인터넷 서점에서 검색했으나 절판이었다. 줄거리를 읽어보니 원작의 무대는 산인 지방의 작은 마을로, 홋카이도와는 관계가 없는 듯하다. 홋카이도, 게다가 도야코를 무대로 한 것은 방송국의 뜻이었을까, 아니면 오사무가 선택한 것일까.

방영하는 날, TV 앞에 얌전히 앉아 드라마를 봤다. 도야코 호숫가에서 발견된 리조트 호텔 후계자의 시체. 약혼자의 죽음을 알고 울며 무너지는 미녀. 거기에 주인공 형사가 등장하고…….

—나는, 일본 제일의 형사다.

—아니, 뭐가 제일입니까?

—아, 그게, 우리 집이 운영하는 메밀국수 가게 이름이 '일본 제일'이야.

"손님." 생각에 잠겨 있는데 다른 곳에서 소리가 들려 눈을 떴다.

"어디 아프세요?"

아프기는커녕 기분 좋게 꿈속에서 헤매고 있었는데 에스테틱 직원이 걱정스럽게 내 얼굴을 내려다보고 있다. 그런데 그 얼굴이 뿌옇게 흐려 잘 보이지 않는다. 어두컴컴한 조명 탓이 아니다.

"괜찮아요." 대답은 그렇게 했으나 눈물이 하염없이 흘렀다. 수건을 줘서 얼굴에 덮고 눌렀다. 따뜻하고 부드럽다. 이래서는 눈물이 멈추지 않을 것 같다.

"죄송해요. 이런저런 생각을 하다가, 그만."

수건을 댄 채 숨을 멈추고 눈물을 참아보려 한다.

"손님, 그냥 우세요. 눈물도 림프액과 같아 전부 흘려버려야 예뻐지니까요."

그런 말을 들으니 더 참을 수 없다. 최선을 다하고, 다하고, 다해 일해 무엇을 얻었나. 그게 내가 바란 것일까. 누군가를 돕기 위해서도 아니고 꿈을 이루기 위해서도 아니다.

나만을 위해 사는데, 몸을 깎고 계속 투자할 의미가 있을까.


방으로 돌아오자 프런트에 누가 맡긴 물건이 있다는 메시지가 와 있어 방까지 가져달라고 했다. A4 용지가 든 갈색 봉투, 기미즈 씨가 보낸 것이다. 안에는 글이 적힌 종이 다발과 메모 용지에 적힌 기미즈 씨의 짧은 편지가 곁들여 있었다.

「함께 불꽃놀이를 본 인연으로 이 소설을 받아주시면 좋겠습니다. 돌려주실 필요는 없습니다. 내일부터도 좋은 여행을!」

소설이구나. 그렇게 생각하며 종이를 넘겨본다. 기미즈 씨가 여러 번 읽었는지, 아니면 다른 사람도 이 소설을 읽었는지, 종이 끝에 접은 흔적이 있고 구겨진 페이지도 있다. 이 정도 분량이라면 하룻밤이면 충분히 읽을 것이다.

제목은 「하늘 저편」이라는 데 작가 이름은 없다. 아무래도 프로 작가가 쓴 것은 아니고 작가를 꿈꾸는 사람이 쓴 것 같았다.

산간 마을의 빵집 딸, 에미는 잘못 건넨 잔돈을 계기로 만난 햄 씨라는 청년과 사귀게 되는데 햄 씨가 홋카이도대학에 진학하자 장거리 연애를 하게 된다. 햄 씨에게 부지런히 편지를 쓰다가 소설을 조금씩 써서 보낸다. 에미가 사랑스러워서인지 햄 씨는 소설을 칭찬하지만, 에미가 소설가를 목표로 하리라는 생각은 하지 않는다. 에미 자신도 마찬가지다.

마침내 햄 씨는 마을로 돌아와 교사가 되고 에미와 약혼한다. 그때 마침 인기 작가 마쓰키 류세이 밑에서 도우미 생활을 하면서 작가 공부를 한다는 에미의 초등학교 친구 미치요의 연락이 오고, 에미에게 도쿄로 가 작가가 될 기회가 찾아온다. 한없이 흥분하는 에미. 그러나 햄 씨와 부모님은 모두 반대한다. 에미도 포기했으나 어느 날 문득 포기할 수 없다는 마음이 들어 가출 비슷하게 뛰쳐나온다. 하지만 역에는 햄 씨의 모습이 있었다…….

여기서 끝났다. 아무래도 기시감이 있는 내용이다. 최근 사람들이 좋아하는 드라마나 영화 또는 화제의 책 중에 대답은 당신 마음에 있다는 식으로 애매하게 끝을 맺는 작품이 늘어나지 않았나. 마지막 화에서 일 화를 남기고 끝난 것 같은. 이런 행동과 생각은 이상하다고 비판받지 않으려고 도망칠 길을 작가가 만들어놓은 것 같아, 나는 그리 좋아하지 않는다. 예술이란 모든 것을 드러내지 않고 상상할 여지를 남기는 것이라는 그럴듯한 발언도 할 수 있고 작품을 한심하다고 비판하는 당신 결론이 한심한 것이라고 책임 전가도 할 수 있다.

그러나 제대로 된 결론을 내렸으면 좋겠다. 그 결과를 어떻게 받아들이는가의 지점에서 만드는 사람과 받아들이는 사람의 대화가 이루어지고 궁합이 맞는지 아닌지 판단할 수 있으니까.

다만 궁합이라는 면에서, 이것이 에미의 수기라면 나는 에미라는 여자가 싫다. 항상 수동적인 자세이면서 훌륭한 청년을 만나고 작가가 될 기회까지 얻는다. 이것이 사실일지라도 문체도 마음에 안 든다. 자신은 햄 씨에게 사랑받고 있다는 여유. 그리고 작가를 꿈꾸지도 않았는데 친구 오디션을 따라갔다가 뽑혔다고 말하는 것 같은 숨겨진 자만심. 에미의 마음에는 자신은 선택된 사람이라는 생각이 당연한 듯 존재한다.

멋진 선택지를 놓고 고민하게 되네. ……평생 고민해라. 이런 타입은 어떤 선택을 하더라도 그런대로 행복한 인생을 보내면서 다른 사람에게 말할 때만 비극의 여주인공처럼 "아아, 그때 이런 선택을 했더라면"이라고 말하며 눈물짓는다. 그것이 또 활력이 되고 인생의 다채로움을 더한다.

―주인공 남녀를 반대로 쓸 수 있겠어?

만약 내가 각본가이고 꼭 이 작품을 드라마로 만들어야 한다면 이런 방법을 쓰겠다.

햄 씨가 잘못한 것은 하나도 없다. 성실하게 공부하고 진학하고 약혼자가 있는 땅으로 돌아와 건실한 직업을 얻었다. 에미의 꿈을 그냥 넘기지 않는다. 에미를 걱정하고 현실의 엄격함을 고려한 끝에 결론을 내린다.

그래도 에미는 전차를 타버릴 것이다. 꿈이 없는 너는 내 마음을 모른다며. 드라마의 시작은 이 장면에서 시작한다. 햄 씨는 평소와 다름없이 일하러 가고 몇 년 뒤, 어쩌다 들른 책방에서 에미가 쓴 책을 발견할지 모른다. 그 속에서 자신과 비슷한 인물이나 추억의 장소, 에미와 둘이 나눈 대화의 단편을 발견하고……

에미와 자신이 인생의 한 지점에서 만난 것만은 틀림없다며, 살짝 눈물을 흘리고 다음 날부터는 다시 같은 생활로 돌아간다.

늘 수고했어. 내일도, 힘내. ……자신에게 그렇게 성원을 보내며.

집에 돌아가면 커다란 거울을 사자. 아니, 애써 홋카이도까지 왔으니까 아름답게 조각된 나무 테두리의, 아주 비싼 거울을 사자. 내게 어울리는 거울을.

이야기의 끝

거 리 의　　불 빛

「로얄 삿포로 호텔」 봉황의 방에서는 홋카이도대학 경제학부 교수인 기요하라 세이시로의 퇴임 기념 파티가 개최되고 있다. 원래는 올해 3월 말로 퇴직했어야 하는데 논문 관계로 반년 간 임기를 연장했다고 한다. 그 논문이 미국의 권위 있는 잡지에 실렸으니 이 파티의 분위기가 한껏 고조된 것도 지극히 당연하다. 백 명이 넘는 옛 제자들이 회사에 휴가까지 내면서 먼 길을 달려왔다. 회식 파티장 곳곳에 동기들끼리 모여 추억 이야기로 흥을 내다가 기회를 봐서 기요하라의 테이블로 가서 인사를 드린다. 테이블 앞에는 유명 가게 마냥 긴 줄이 생겼다. 무슨 뿌리라도 내린 것처럼 회장의 사람 수와 맞지 않은 의자를 당당히 점령하고 있는 것은 나와 내 일행 셋뿐이다. 하지만 교수와 동기생 연배이니 너그럽게 봐주지 않을까.

대학을 막 졸업한 것처럼 보이는 젊은이들도 있다. 학창 시절을 끝낸 이후의 햇수가 길든 짧든, 아마도 여기 있는 대부분은 학창 시절의 자신으로 돌아가 있을 터이다. 내가 그리운 친구들과 재회한 것은……

"몇 년 만이지?"

"뭐라고? 사에키도 미즈와리(위스키 등 독주를 물에 타 마시는 것)로 할래?"

마쓰모토 도시로가 내 질문에 완전히 엉뚱한 질문으로 되묻는다. 레드와인과 화이트와인 잔을 쟁반에 올려놓고 돌아다니는 종업원에게 미즈와리는 없는지 물었나 보다. 아직 괜찮다며 반도 더 남은 맥주잔을 들어 올렸다가 기어이 입으로 가져갔다. 그때 센카와 마모루가 음식 담은 접시를 들고 돌아왔다.

"학생들이 실습으로 만든 거래. 대학 구내에서 살 수 있다네. 맛있으면 선물로 좋겠어."

센카와는 그렇게 말하고 접시를 내려놓는데 삼 인분의 개인 접시에는 옅은 분홍색 햄과 두껍게 자른 베이컨, 얼핏 봐도 통통한 소시지가 보기 좋게 놓여 있다. 꼼꼼한 성격은 시간이 흘러도 마찬가지구나. 당시를 추억하며 감상에 젖는다.

나와 마쓰모토, 센카와, 그리고 오늘의 주인공 기요하라는 대학 때 '세이후소'라는 이름의 아파트에서 사 년간 함께 지냈다.

이른바 동고동락한 사이다. 부모님은 공부시키려고 자식을 그 먼 땅까지 보냈겠으나 부모 마음을 모르는 자식들은 허구한 날 마작으로 시간을 보냈다. 일주일에 닷새는 누군가의 방에서 밤 새도록 마작 테이블을 끼고 앉았으니 나쁜 친구라는 말이 딱 맞 는 표현일 것이다.

8제곱미터의 방에 화장실도 욕실도 없어, 화장실은 아파트 바로 밖에 있는 공동 화장실, 욕실은 걸어서 8분 거리에 있는 대 중목욕탕을 이용했다. 어떤 게 누구 비누인지 모를 정도로 목욕 도 넷이 같이 다녔다. 당연히 방에는 부엌도 작은 싱크대도 없 었고 식사는 아파트 옆의 주인집 거실(당시는 그곳을 식당이라 불렀 다)에서 했다. 예순이 다 된 부부 둘이 살면서 부인 혼자 학생 열 여섯 명의 식사를 만들었다. 역학 관계가 치우치지 않게 각 학 년을 네 명씩 받은 듯한데 나이를 알 수 없는 학생도 몇 명 있었 다. 그런 가운데 집주인 부부가 우리 네 명을 특별히 예뻐한 것 은 우리가 아들과 동갑이었기 때문일 것이다. 아들은 도쿄의 대 학에 진학해 있었다.

─집 근처에 훌륭한 대학이 있는데 말이야. 아이고, 도쿄에서 혼자 사니까 걱정인데 세상일은 돌고 도는 거지. 내가 타지에서 온 애들에게 잘해주면 우리 애도 누군가 잘해주겠지.

그렇게 말하며 주인아저씨가 우리에게 알려준 것이, 마작이 었다.

부인의 음식은 맛은 있었으나 차림은 엉망이었다. 커다란 접시에 담긴 반찬이 각 학년용 테이블에 덜렁 놓여 있을 뿐이다. 고로케도, 호박 조림도, 감자 샐러드도. 돼지고기 된장국이나 카레는 냄비째. 그것을 소담스럽게 담아준 사람이 센카와였다. 처음에는 살뜰한 사람이라고 감탄했는데 남자만 다섯인 형제 중 셋째인 그는 다른 사람이 나눠주면 불공평하다는 생각이 들었단다. 형의 카스텔라가 더 크지 않나, 동생의 카레가 많지 않나, 불안해 제대로 먹을 수 없어 직접 그 역할을 맡았다는 말을 듣고 이후로는 편안히 맡기기로 했다.

외아들인 나는 생각지도 못한 이유였다.

햄도 베이컨도 소시지도 똑같이 나뉘어 있다.

"그래서, 무슨 얘기였어?"

마쓰모토가 미즈와리를 받으면서 내게 물었다.

"넷이 다 모인 게 몇 년 만이냐고 물었어."

"그렇게 오래됐나? 의외로 얼마 안 된 것 같은데."

요즘에는 집 1층에서 글을 쓰는데 간단한 한자도 생각나지 않아 사전을 가지러 2층 서재로 올라가다가 '어라! 뭐하러 왔더라?'라고 생각하고 그냥 다시 내려오는 지경이지만, 사반세기 전의 일은 또렷하게 기억난다.

마쓰모토의 두 번째 결혼식으로 때는 거품 경제 절정기. 요코하마의 고층 타워 빌딩의 가장 꼭대기 레스토랑을 통째로 빌려

성대한 파티를 열었다. 여흥으로 시작한 빙고 대회에서 TV를 땄는데 분명히 3등 경품이었을 것이다. 부인은 띠동갑 연하의 모델 같은 미녀였다.

마쓰모토는 학창 시절에도 여자들에게 인기가 많았다. 나와 센카와, 기요하라처럼 지방에서 지방으로 진학한 녀석들은 아무리 시간이 흘러도 촌스러운데 수도권인 요코하마 출신의 마쓰모토는 입학할 때부터 선 굵은 이목구비에 어울리는 세련된 복장과 헤어스타일로 여학생들의 주목을 모았다. 마쓰모토는 LP 플레이어도 가지고 있어서 종종 비틀스를 틀어줬다. 그 방에 여자를 데려오는 일도 많았다. 벽이 얇은 아파트 방에서 여자의 교성을 어떻게든 안 들리게 하려고 심야에도 플레이어의 음량을 최대로 높였는데 그게 오히려 여자를 데려왔다는 신호가 되어 다음 날 아침, 주인집 아줌마에게 자주 혼났다. "부러우면 언제든 소개해줄게." 담배를 물고 싱글대며 그렇게 여러 번 말했지만, 부탁한 적은 한 번도 없다.

"미녀 부인은 잘 지내나?"

센카와가 마쓰모토에게 물었다. 마쓰모토는 늘 두세 명의 여자 친구가 있어서 아파트 앞에서 아수라장이 벌어진 게 한두 번이 아니었다. 긁어 부스럼이 될까 싶어 우리는 다들 방에 틀어박혀 창문으로 고개만 내밀고 상황을 지켜봤는데 가장 태평한 표정이었던 것은 항상 문제의 장본인인 마쓰모토였다. 첫 번째

부인과 이혼한 것도 마쓰모토의 불륜이 원인이었다. 원만한 이혼이라는 말을 처음 들은 것도 마쓰모토의 입을 통해서다.

"미인? 그게 누구야?"

마쓰모토는 장난처럼 대답하면서 재킷 주머니에서 휴대전화를 꺼내 최근 찍은 사진을 보여줬다. 최신형 스마트폰이다. 매끈한 부인의 윤곽은 이제 동글동글해졌지만, 그래도 여전히 미인이다. 분홍색 옷을 입은 갓난아이를 안고 행복하게 미소 짓고 있다.

"귀엽지? 지난달에 태어났어. 나도 끝내 할아버지로 데뷔했어."

아무래도 우리에게 사진을 보여줄 기회를 엿보고 있었으리라. 부인에 대해서는 말하지 않고 다른 갓난아이 사진을 쓱쓱 밀어 여러 장 보여줬다.

"딸이 태어났을 때도 기뻤지만, 울지, 열도 잘 나지, 힘든 게 더 컸는데 손주는 귀여워만 하면 되니까 아주 좋아."

"아직은 잠만 자잖아. 일단 말하기 시작해봐라. 더 귀엽다."

경쟁하듯 센카와도 휴대전화를 꺼냈다. 나처럼 구식이다. 일단은 바탕 화면을 보여준다. 손주 셋이 총출동한다. 첫째는 내년 봄, 초등학교 들어가서 얼마 전 일찌감치 책가방을 샀다며 신나서 유치원 운동회 사진을 보여준다. 마쓰모토도 센카와도 아이들과 함께 살지는 않으나 차로 가볍게 오갈 수 있는 거리에 있다고 한다.

그게 제일 좋지. 도쿄에 사는 맏딸의 아이가 초등학교 1학년 때부터 한 달에 한 번꼴로 편지를 보낸다. 아내에게 보내는 메시지가 대부분인데 내게 전하는 메시지도 잊지 않는다. 물론 개 이야기가 전부인데 동물에 관한 것은 고등학교 이과 교사인 할아버지에게 보고해야 한다고 생각한 듯하다.

"아이에게서 사악함을 뺀 게 손주야. 그러니까 천사지."

마쓰모토가 대단한 말이라도 한 듯 한쪽 검지로 콧등을 쓸어내렸다.

그건 아니라고 말하고 싶었으나 꾹 참고 베이컨 덩어리를 입에 던져 넣었다. 나도 그렇게 생각했을 때가 있었다. 특히 친손주는 각별했다…….

"그런데."

대화에 끼려 하지 않는 내게 센카와가 말을 걸었다.

"지난달, 기요하라에게 전화했더니 사에키는 부인과 동반이라고 했는데. 왜 여기 안 모셔왔어?"

"은방울꽃의 그녀가 왔다고?"

마쓰모토가 말했다. 취직 시험을 치러 고향으로 돌아갔을 때 결혼 전 아내에게 선물이나 할까 해서 아르바이트에 매진했다. 뭘 줘야 좋아할지 도통 알 수 없어 마쓰모토에게 상의했고 당시 그와 사귄 여자가 백화점까지 같이 가줬다. 마쓰모토 취향의 화려한 여자는 자신에게나 어울릴 법한 것만 권했는데 내가 봐도 아내에게 어울리지 않을 것들뿐이었다. 그래서 직접 은방울꽃 형태의 브로치를 골랐다.

—그렇구나. 은방울꽃처럼 가련하고 청순한 아가씨구나.

마쓰모토는 싱글대며 고개를 끄덕이더니 이후로는 은방울꽃의 그녀라고 불렀다. 이 짜증스러운 남자는 내 결혼식에서 처음 대면한 신부를 은방울꽃의 신부라고 부르는 통에 마치 내가 그들 앞에서 늘 그렇게 부른 것처럼 아내가 오해하게 한 탓에 결혼식 전이라 안 그래도 한껏 긴장해있던 나를 더 혼란스럽게 만든 A급 전범이다.

"아니, 그게 원래는 같이 오려 했는데 갑자기 오지 못하게 됐어."

"혹시 몸이 안 좋아?"

센카와가 걱정하며 물었다. 이 나이에 갑작스러운 취소라면 당연히 일단 원인은 건강 문제이리라 생각할 것이다. 다들 건강 진단 결과지에는 많든 적든 주의 사항이 적혀 있으니까.

"아, 대단한 일은 아니야."

건강 문제를 부정하지 않는 뉘앙스로 답했다. 사실은 아내가 거부했다. 하지만 내 잘못이라고는 생각하지 않는다. 조금이라도 그런 마음이 들었다면 이번만은 내가 접고 들어갔을 것이다. 모교를 보여주겠다는 약속은 사십 년이나 된 아내와의 약속이니까.

한바탕 손주 자랑을 끝낸 마쓰모토와 센카와는 이번에는 취미 얘기를 꺼냈다. 정년퇴직 후 마쓰모토는 골프 삼매경, 센카와는 요리 교실을 다닌다고 한다.

"일주일에 두 번, 우리 같은 은퇴족을 대상으로 간단한 가정 요리를 알려주는 남성 전용 요리 교실이야. 솔직히 처음에는 감자를 깎아도 버리는 게 더 많아 고전했다니까. 그런데 지금은 카레도 하고 감자조림도 척척 해. 얼마 전에는 며느리가 감기에 걸렸고 마침 마누라도 자리를 비웠는데 내가 손주들에게 카레를 해줬어. 할아버지 카레가 엄마 카레보다 맛있단다. 그야 당연하지. 고기보다 채소가 많은 엄마의 건강한 카레와는 다르거든. 뭐니 뭐니 해도 애들은 고기를 좋아하지. 게다가 양파를 달달 볶아서……."

센카와의 요리 이야기는 끝이 없다. 그런데 마쓰모토도 재미있다는 듯 맞장구를 치고 있다. 손주들에게 사랑을 받으려면 과자 교실에라도 다녀야 할까, 젊은 부인들이 모이는 교실이면 좋겠어……, 세 살 버릇은 정말 여든까지 가는 모양이다.

"참, 은방울꽃의 그녀는 빵집을 하지 않았나?"

마쓰모토가 문득 기억난 듯 말했다. 괜한 소리를 하네. 우리 집에는 신경 좀 꺼. 그렇게 탄식하고 마는데 아마 이 자리에 기요하라가 있었다면 더 빨리 이 화제가 나왔을 것이다. 학창 시절의 기억은 선명하게 남아 있지만, 기요하라처럼 날짜까지 자세히 기억하지는 못한다. 기요하라는 여전히 제자들에 둘러싸여 있다. 줄이 줄어들 것 같지 않다. 이런 상태라면 우리가 저 긴 줄에 합류할 일은 없으리라. 그와는 앞으로 다른 장소에서 같이 한잔하기로 되어 있다.

"그러면 사에키도 빵을 만들 줄 알아? 부럽네. 퇴직 후에 내 가게를 가졌으면 좋겠다고 진심으로 생각하기도 했는데, 어때?"

센카와가 말했다. 센카와는 대학 졸업 후 도쿄에 본사가 있는 대형 문구 제조사에 들어갔다. 이번에도 기요하라에게 줄 기념품을 만년필로 정하자, 센카와가 모두 준비했다.

"가게를 열면 내가 상담해줄게."

마쓰모토가 말했다. 그는 부모에게 물려받은 부동산 회사를 운영하고 있다. 거품 경제가 무너진 뒤에는 야반도주를 생각할 정도로 힘들었으나 타고난 능력으로 극복하고 지금은 사위에게 회사를 맡기고 자신은 상담 역할로 물러났다.

"그래도 구체적인 경영은 사에키에게 묻는 게 낫겠지."

또 내게 이야기가 돌아온다.

"나는 가게에는 전혀 관여하지 않아. 퇴직했어도 올해 인원이 부족하다 해서 초청으로 학교에 나갔고."

"그래? 요즘 학교는 교사 인원이 아주 부족한가 봐."

초등학교 입학을 앞둔 손주가 있는 센카와는 짐작 가는 바가 있는지, 복잡한 표정으로 고개를 끄덕였다.

"그렇게 큰일은 아니야. 시골이라 젊은 교사가 없어. 그게 다야. 오랜만에 교단에 섰는데 고등학생은 참 솔직하더라."

말하다 보니 자신감이 생겼다. 그렇다, 오늘날의 학교가 생각만큼 그렇게 부패한 것은 아니다. 옛날보다 시련의 장이 된 것도 아니다. 중학교도 아직 단단하다. 아이들의 마음이 약해졌을 뿐이다.

연회도 절정을 맞아 기요하라가 연설을 시작했다. 이 정도는 아니지만 나도 성대한 송별회를 받았다. 충실하게 일했다고 당당하게 말할 수 있다. 그렇다고 매일 하하 호호 웃으며 보낸 것은 아니다. 마쓰모토나 센카와도 마찬가지일 것이다. 연회장에 모인 젊은이들도 여기서는 활짝 웃고 있으나 사회에서는 대부분 몸과 마음을 다 던져 끙끙대며 열심히 살고 있을 터이다. 그래서 더 동창과 만나는 이 자리에 참석할 수 있었으리라. 고생담을 농담으로 바꿔 말하고 다시 만날 날까지 힘내자고 약속하고 다시 삶으로 돌아간다.

세상 사람들을 이런 것을 두고 사소한 행복이라고 할까, 풍요로운 인생이라고 부르지 않을까. 그런데 젊은 나이에 세상에 등을 돌리면 어쩔 셈인가. 집에 틀어박히면 어쩔 셈인가. 네가 그렇게 지내버리면 앞으로 친구와 인생을 추억할 시간이 없어진다는 사실을 알아라. ……응? 모에야.

산인 지방의 조그만 산간 마을에서 태어나고 자란 나는, 대학을 졸업하고 고향으로 돌아가 같은 마을에서 태어나고 자란 아내와 결혼했다. 때는 고도 경제 성장기, 풍족한 생활을 위해 도시를 꿈꾸는 사람도 많았으나 애써 고향으로 돌아간다는 선택을 했다. 고향을 버리고 나 혼자 행복해지는 게 어렵지는 않았다. 그러나 언제나 고향을 버렸다는 찜찜함을 품고 살아갈 것이다. 그리고 오히려 그런 선택은 인생을 개척할 때 필요한 것은 개인의 능력과 노력이 아니라 태어난 환경임을 증명하는 것이 된다. 작은 마을에서 태어난 사람은 평생, 거기서 보이는 것만이 세상 전부라고 생각하며 살아야 할까. 아무것도 없을 것 같은 높은 산 너머에 실은 무수한 등불이 켜진 거리가 있음을 깨닫지 못한 채 살아야 할까.

마을 밖으로 진학하고 등불이 있음을 안 자신은 그 안으로 갈 수 있었다. 그러나 그걸로 만족할 수 있을까. 내 고향에 등불을 켜는 것, 소중한 사람들이 등불 속에서 살도록 노력하는 것이야말로 자신이 이 마을에 태어난 의미가 아닐까.

그렇다면 고향으로 돌아가 아이들에게 등불이 존재함을 알리자. 한 사람, 한 사람이 등불을 켤 수 있는 사람이 되도록, 이 몸을 바치자. ……이런 결의를 안고 고등학교 교사라는 길을 택했다. 지금은 가장 안정된 직업으로 알려져 있으나 당시는 '안 풀려 어쩔 수 없이' 교사를 선택하는 시대였다. 선생이라도 할까. 선생밖에 못 됐네.

내가 뭔가 포기하고 시골로 돌아온 것처럼, 사실은 도시 생활을 동경하고, 도시에 사는 사람은 선망하고, 아니면 질투한다고, 어째서 제일 이해해주리라 믿었던 사람이 오해하게 되었을까.

둘이서 따뜻한 가정을 만들었고 마을과 함께 살아왔다고 착각한 것은 나 혼자였나.

큰딸과 큰아들이 나란히 비행기 객실 승무원과 선원이 되어 마을을 떠날 때 깨달았어야 한다. 하지만 자식들이 그렇게 터전을 떠난 데 불만이 있는 것은 아니다. 문제는 등불을 켤 가능성을 품은 젊은이들이 스스로, 그 가능성을 버렸다는 것이다.

대단한 이유도 없이. 그렇게 생각하는 것도 나 혼자다.

마쓰모토와 친구들은 아직도 내가 일을 많이 하는 것처럼 받아들였을 수도 있겠으나 비상근 강사로 집과 가까운 공립 고등학교에 근무하는 것은 월수금 일주일에 사흘, 하루 두 시간씩 총 여섯 시간이다. 시간에 구속되지 않도록, 어느 요일이나 오전 중 두 시간 연속해 강의할 수 있게 시간표를 짜주었다. 교장으로 퇴임한 모교인 사립 고등학교는 아니나 아는 교사도 몇 명 있다. 하지만 그들은 수업이 없더라도 근무시간이라 차를 마시거나 여담이나 나눌 상황이 아니다. 방해가 되지 않도록 내 일이 끝나면 바로 학교를 떠났다.

귀가는 오후 1시인데 그에 맞춰 아내도 가게에서 돌아와 둘이 조금 늦은 점심을 먹는다. 매일 출근했을 때와 변함없이 아내가 직접 만든 샌드위치가 정해진 메뉴다. 집에서 그것을 먹을 때는 따뜻한 수프가 따라 나온다. 느긋한 시간이 생겼다는 증거다. 아내는 오후 3시에 다시 가게로 돌아간다. 경영 일선에서 물러나라고 권하자 미소를 지으며 퇴직 여행을 데리고 가주면 그렇게 하겠다고 해서, 아직 지키지 못한 약속을 지키려고 홋카이도 투어 팸플릿을 모으고 나만의 계획을 세웠다. 그러니까 집에서의 시간이 남아돈다는 소리다.

아들 부부와 함께 사는 집에 혼자 있는 것이, 몇 년 만인가. 아들 부부라 해도 아들 히데키는 선원이라 한 달에 한 손가락으로 꼽을 정도만 집에 온다. 며느리 아키는 아내 가게에서 일하고 있다. 원래 고등학교 때 아르바이트하러 왔다가 아들과 사귀어 결혼하게 되었다. 부모와 자식은 이런 것까지 닮나 싶어 어이가 없었으나 며느리에 대한 불만은 전혀 없다. 밝고 싹싹하게 일하고, 무엇보다 귀여운 손녀 모에를 낳아주었다.

히데키의 결혼으로 집을 두 세대 동거 주택으로 고쳐서, 아들 부부와는 저녁 정도만 보는데 모에가 어렸을 때는 종종 우리 거실로 놀러 왔다. "할아버지, 놀아줘!" 이런 말을 들어도 어떻게 놀아줘야 할지 몰라 서재에서 동물이나 식물도감을 보여주었다. 사진과 그림을 보여주며 이름을 알려주자 모에는 자연스럽게 자연과 글자를 배웠고 초등학교에 갈 무렵에는 히라가나는 물론 가타카나, 간단한 한자도 쓸 수 있었다. 어느 순간부터는 도감 없이 도감에 실린 것을 줄줄 얘기해 우리 부부는 "박사 났네, 장관 났네!"라며 즐거워했다.

아들 부부는 열 살만 지나면 평범해질 거라고 웃으면서 냉정하게 말했으나 중학교에 들어가서도 성적이 꽤 좋았다. "할아버지를 닮았나 보네." 나를 배려해 던진 며느리의 말에 "그러면 할아버지와 같은 대학에 갈까?"라고 대답해 나를 정말 기쁘게 했다. 모교를 안내하는 계획에 모에도 데려가자고 아내에게 제안하자 그러자며 아내도 기꺼이 동의했다.

아침부터 혼자 있게 되면 수십 년간 잠들어 있던 책을 다시 읽자 했는데……. 장마가 시작되면서부터 혼자만 집을 지키는 상황이 되지 못했다.

아들 부부의 거주 공간과 이어진 곳은 집 안쪽에서는 1층 부엌뿐이다. 현관이 따로 있어서 식사 때 외에는 얼굴 볼 일이 거의 없다. 처음으로 이상하게 느낀 것은 오후 1시에 아내가 가게에서 돌아온 기척이 나서 부엌에 가니 아내가 아들 부부의 거주 공간으로 이어진 문으로 들어오고 있었다.

―며느리가 부탁해서. 다리미 전원을 켜놓은 것 같으니까 확인해달라고.

아내는 당황하며 그렇게 말했다. 덜렁대는 아내에게는 자주 있는 일이었으나 빈틈없는 며느리가 그랬다니 웬일인가 싶었다.

—그거 큰일 날 뻔했네.

—하지만 전원은 꺼져 있었어. 잠깐 신경이 쓰였나 봐.

　서둘러 집을 나왔는데 문을 잠갔나 마음에 걸릴 때는 내게도 있었던 터라 더는 묻지 않았다. 그런데 며칠 후, 서재에서 책을 읽는데 복도 아래에서 무슨 소리가 들린 것 같았다. 아내가 돌아오기에는 이른 시간이었다. 최근에는 시골에도 노인들의 집을 노린 빈집털이가 늘어 소동이 났다. 호신용으로 현관에 숨겨 둔 목검을 들고 소리가 나는 쪽으로 살금살금 다가갔다. 소리는 부엌에서 들려왔다. 아내일 수도 있으니 갑자기 휘두르지 않도록 목검을 조심스레 겨누고 안으로 들어갔는데, 그곳에 모에가 있었다.

　학교는 어떻게 했냐고 묻자 배가 아파서 결석했다며 모에는 아랫배에 손을 얹고 대답했다. 병원에는 안 갔다기에 차로 데려다주겠다고 했으나 자고 나면 나을 거라면서 도망치듯 부엌을 나갔다. 그 직후 전자레인지에서 가열이 끝났다는 알림음이 울렸다. 열어 보니 감자튀김과 닭튀김이 맛있는 김을 올리고 있었다. 배가 아프다면서 이런 걸 먹나 싶어 의문이 들었으나 그보다 음식을 데우다가 그냥 가버린 게 마음에 걸려 가져다줄까 했다. 하지만 아들 부부의 공간에 들어간 적은 한 번도 없다. 긴급 사태도 아니다. 복통이 가라앉으면 직접 가지러 오겠지 싶어 전자레인지 안에 그릇을 그대로 놓아두고 거실로 돌아왔다.

그 후 돌아온 아내에게 모에가 복통으로 결석한 것 같다고 알리자 그렇다며 잠시의 침묵을 두고 대답했다. 알고 있었구나. 나만 모르고 목검을 들고 설친 것이 부끄러워 바로 화제를 바꿨는데 그때 조금 더 제대로 물어봤어야 했다.

아내는 확연히 무언가를 숨기는 표정을 짓고 있었으니까. 나이를 먹어도 표정은 그날 아침과 똑같았다.

결국, 내가 모에의 등교 거부 사실을 안 것은 그로부터 일주일 뒤였다. 한심한 이야기인데 그때 이미 모에는 한 달이나 학교를 쉬고 있었다.


참석자 전원이 만세 삼창을 하며 모임은 화기애애한 분위기 속에서 끝났다. 장소를 옮기려고 입구가 혼잡해지기 전에 자리에서 일어났다. 가게는 오늘의 주인공인 기요하라가 예약했는데 조금 더 있어야 합류할 것이다.

집에서 출발하기 전 미리 프린트한 가게 지도가 가방에 들어 있다.

"걸어서 10분도 안 걸린대."

마쓰모토가 휴대전화를 보면서 말했다. 나름 시대의 흐름을 쫓아가고 있다고 생각했는데 아무래도 한발 늦은 듯하다.

"뭐야! 아들에게 지도를 인쇄해달라고 했는데."

센카와보다는 한발 앞섰나. 아니, 오십보백보다. 가게는 큰

도로에서 하나 들어간 길에 있었다. 누가 아르바이트비를 받거나 집에서 돈이 온 날에는 이렇게 종종 거리로 나섰다.

밤인데도 이렇게 밝은 곳이 있다는 것을, 시골을 떠나 처음 알았다. 그 시골에 있을 때는 버스를 타고 시가지 고등학교에 다니는 자신을 도시로 나온 사람이라고 착각했다. 그러나 등불의 수가 십 분의 일, 아니 백 분의 일에도 미치지 못했다. 그녀를 이곳에 데려오면 어떤 표정을 지을까 상상했다. 산 너머를 어떻게든 볼 수 없을까 하며 하늘만 올려다보는 그녀의 얼굴을 떠올렸다. 틀림없이 눈을 동그랗게 뜨고 예쁘다! 예쁘다! 요란을 떨 것이다. 내 팔을 잡고 폴짝폴짝 뛰며 밤거리를 걸을 것이다. 이런 멋진 곳에 데려와 줘서 고맙다며 등불을 가득 담은 눈동자로 나를 바라봐 줄 것이다.

그렇게 자신이 바깥세상을 더 안다는 우월감에 잠겨 상상하고 있을 때 그녀의 시선은 더 많은 등불이 켜진 거리를 보고 있었다.

"아, 세이후소에는 가봤어?"

마쓰모토가 물어왔다.

"아니, 오늘 오후 비행기로 도착해서. 내일쯤 천천히 산책이나 해볼까 해."

너는 가봤냐고 이어 물어보려다가 말을 멈췄다. 질문한 것을 후회하는 듯한 표정이 순간이나마 마쓰모토의 얼굴에 떠오르는 것을 봤기 때문이다.

"없어졌지?"

선선하게, 센카와가 말을 이었다.

"뭐야. 너도 갔었어?"

"십 년 전에."

센카와의 아들은 아버지와 같은 대학에 진학해 부부가 함께 입학식에 참석했단다.

"이런 기회가 아니면 못 가잖아. 실은 아들도 세이후소에 살면 좋겠다 싶어 사전에 부동산에 전화해봤지. 그랬더니 그런 아파트는 없다더라. 뭐, 그것도 이상할 건 없지. 우리가 살 때 주인 부부 벌써 육십 대였잖아. 그로부터 삼십 년이 지났으니 계속 운영하고 있을 리 없지. 그래도 그 터에 뭐가 생겼나 보려고 아내와 아들을 데리고 갔더니 멋진 맨션이 세워져 있더라. 그런데 그 안에는, 주인집이 남아 있었어. 문패에도 아저씨 이름이 있었고."

센카와가 말하는 광경이 마치 자신이 본 것처럼 머릿속에 펼쳐졌다. 그 집에 도어폰이 붙어 있었던 기억은 없다. 학생이 몇 시에 돌아오든 언제든 밥을 먹을 수 있도록 밤에도 잠그지 않는 현관의 미닫이문을 덜컹덜컹 소리를 내며 열고 살짝 긴장한 채 실례하겠다며 말을 건다.

"그랬더니 아주머니가 나왔어. 아주 건강한 모습으로."

아주머니는 센카와를 보고도 누군지 못 알아봤다고 한다.

"그런데 내 뒤에 선 아들을 보고 혹시 센카와? 라고 하더라. 기억해줬어. '어머! 젊고 아름다운 부인을 얻었네'라고도 하고. 우리 마누라, 나보다 연상인데."

센카와는 코를 훌쩍인 다음 역시 밤은 춥다면 일부러 몸을 부르르 떨었으나 그런 연기를 하지 않아도 그때의 기쁨이 손에 잡힐 듯 그려졌다. 동시에 부럽기도 했다. 자신은 왜 제때 가족을 데리고 찾지 못했을까. 한심한 고집은 부리는 게 아니었다.

센카와 가족은 식당으로 올라가 한동안 아주머니와 이야기를 나눴다고 한다.

"아저씨는 한 해 전에 돌아가셨다고 했어. 뭐, 오래 사신 셈이지. 아저씨도 우리를 기억하셨는지 종종 같이 마작을 했다고 말씀하셨대."

"하이라이트를 맛있게 피우셨지."

마쓰모토가 흐뭇한 표정으로 말했다. 한창 마작을 하다가 아저씨가 준 하이라이트를 피운 탓에 지금도 마작과 하이라이트의 파란 담뱃갑은 나란히 떠오른다.

"어제는 집도 없었어. 센카와의 말을 들으니 그나마 다행이네."

고개를 끄덕이면서 깨달았다.

"우리, 당시 아저씨 나이보다 많아."

이야기의 끝

"완전히 할아버지지."

마쓰모토가 말하자 정말이라며 센카와가 절절한 표정으로 고개를 끄덕였다.

"거기 살길 잘했어."

기어이 말이 나오고 말았다. 마쓰모토에게 놀림을 당하리라 생각했는데 "그렇지"라며 곱씹는 듯 말을 뱉었다. 이대로 다 같이 어깨동무하고 당시 유행한 노래라도 부르면서 걷고 싶었는데 마침 가게가 바로 앞에 나타났다.

〈호쿠교조〉…… 체인점은 아닌 것 같은데 학생과 젊은 샐러리맨이 좋아할 듯한 가게다.


안쪽 테이블 자리로 안내된 뒤 다시금 가게 안을 둘러봤다. 검게 그을린 대들보가 그대로 드러난 천장은 어부의 오두막을 연상시킨다. 벽에는 풍어를 비는 형형색색의 깃발이 걸려 있다. 기타하라 미레이의 「이시가리반카」가 흐르고 있다. 여기저기 젊은이들이 보이기는 하나 불편하지는 않다. 생맥주를 주문하고 메뉴를 펼쳤다. 학생 아르바이트로 보이는 점원이 오늘의 추천 메뉴는 이거라며 카운터 안을 가리켜서 일단 그것을 확인한다.

루이베, 임연수어, 날개줄고기……. 기요하라가 이 가게를 선택한 이유를 알 것 같다.

루이베와 회 모둠을 주문하자 마쓰모토와 센카와는 다시 손주 이야기를 시작했다. 센카와의 막내 손자가 어란 알레르기라는 말을 꺼낸 것이 시작이었다. 호텔에서 했던 것처럼 무조건 귀엽다고 자랑하는 내용이 아니다. 아들 일가가 놀러 온다고 해서 최상급 회를 배달시켰는데 성게와 연어알이 들어 있어서 난리가 났다는 것이다.

"그냥 안 먹이면 되는 일이잖아. 그런데 애한테 참으라고 하는 게 미안하다며 돌아간 다음 아들이 문자를 보냈어. 며느리가 그렇게 하라고 했겠지. 아니, 같이 안 산 게 그나마 다행이야."

"우리는……." 마쓰모토가 말을 잇는 바람에 소리 내어 동의하지는 않았으나 마음은 안다는 뜻으로 속으로 끄덕였다.


젊음이 넘치는 소란 속에서 사십삼 년간 근무하고 지금도 일주일에 여섯 시간은 그 안에 몸을 두고 있어도 생활 소음이 없는 공간에서 지내는 시간이 하루의 반을 차지하게 되자 이 나이에도 청각이 예민해진 듯하다. 어느 날 아침, 9시가 지났을까, 창문을 열고 2층 서재에서 책을 읽는데 음악이 들렸다. 젊은이들이 듣는 빠른 곡이었다.

이 시간대, 이 주변에서 이런 음악을 듣는 젊은이가 있을까 생각해봤는데 무엇보다 평일이다. 근처에는 대학도 전문학교도 없다. 게다가 음악이 의외로 아주 가까이에서 들리는 것 같았다. 소리가 들리는 곳을 찾으려 창문으로 고개를 내밀고 신경을 귀에 집중하자 아니, 우리 집 2층 아닌가.

모에인가? 몸이 아파 쉬면서 들을 만한 음악은 아니다. 지난번 부엌에서 만났을 때의 기억이 떠오르면서 어떤 예감이 들었다. 가족이라는 필터 탓에 설마 내 손녀가 그럴 리 없다고 간과했으나 교사로서는 바로 알아차릴 수 있었다.

모에, 등교 거부가 아닐까.

그래서 낮에 돌아온 아내에게 확인했더니 어렵사리 다 털어놓았다. 얼버무리면 당장 본인에게 묻겠다고 다그쳤다. 아내는 매일, 나 몰래 모에에게 점심을 가져다주고 있었다.

—왜 내게 말하지 않았지? 학교 일은 내가 잘 알잖아?

사실은 내심 상당히 불만스러웠는데 아내의 대답에 더 불쾌해졌다.

—이유를 말해도 당신은 이해하지 못할 것 같아서.

—그건 들어봐야 알지.

당연히 이해하리라 생각해 단언했는데 그야말로 이해할 수 있는 게 아니었다.

중학교 2학년인 모에의 반에는 요즘 종종 듣는 학급 카스트라는 게 심했다고 한다. 모에는 반에서도 최고 그룹에 속했으나 위화감을 품었다. 성적이 좋은 그런 그룹은 대체로 목소리가 크다. 무신경하게 다른 사람에게 상처를 주지만, 학교 행사 등에서

반을 이끄는 사람 역시 상위 카스트 그룹이라는 것은 부정할 수 없다. 그런데 연휴가 끝나고 한 여학생을 따돌리는 일이 시작되었다고 한다. 무시하거나 물건을 숨기고 교사가 보이지 않는 곳에서 밀치는 등 폭력을 가하는 오랜 방식뿐만 아니라 휴대전화를 이용한 괴롭힘도 이루어졌단다. 리듬감이 없다는 사실을 다 알면서 춤추게 하고 그것을 동영상으로 찍어 인터넷에 올리는 방식이다. 폭행을 가하거나 옷을 벗기는 내용이라면 학교를 넘어 경찰이 개입한다는 사실을 아이들도 나름 학습했으리라. 춤으로는 처분을 내리기 어렵다. 담임이 알아차렸을 때는 이미 늦어 그 학생은 등교 거부가 되었단다.

―그래서? 너랑 무슨 상관인데?

괴롭힘에 가담하고 말았나. 괴롭힘을 당한 애가 친구인데 돕지 못했나. 도움의 손길을 내밀었는데 그 탓에 다음 표적이 되어 등교할 수 없게 되었나.

그 어떤 것도 아니었다.

괴롭힘에 가담하지 않았다. 보고도 못 본 척했다. 피해자와는 그리 친하지 않았으나 다만 그런 악의로 가득 찬 곳에 있고 싶지 않다. 더는 인간임을 절망하고 싶지 않다. 오직 그 이유였다.

담임이 우리 집을 찾은 흔적이 없었던 것은 괴롭힘 문제로 정신이 없는 탓에 관계자도 아닌 모에까지 신경 쓸 틈이 없기 때문이다.

그런 이유가 통한단 말인가. 목구멍까지 그 말이 나왔으나 아내에게 해봤자 소용없는 일이다. 조부모 둘이서 결론 낼 일도 아니었다.

—다 같이 이야기해보자고 며느리에게 말해둬.

냉정하게 말하고, 그날 밤, 나와 아내, 며느리와 모에가 부엌에서 대화하는 자리를 마련했다. 나는 일단 모에에게 말했다.

—모에야. 할아버지는 오랫동안 학교에서 일했는데 교실의 수만큼 크고 작은 문제가 있었다. 모두가 매일 웃으며 즐겁게 등교하는 학급은 없는 거나 마찬가지야. 가끔 있더라도 삼 년 내내 그럴 수는 없어. 그것은 나쁜 사람이 끼어 있어서가 아니야. 잘못을 저지르기 쉬운 사람이 있기 때문이지. 특정한 누군가가 그러는 게 아니라 내가 그럴 수도 있어. 그 속에서 잘못을 고쳐 나가는 게 교사의 역할이야. 하지만 진짜로 올바르게 성장하는 것은 아이들 자신일지 모른다. 자신과 다른 이의 잘못을 깨닫고 그것을 고치려고 노력함으로써 인간은 성장하고 용기를 얻지. 다른 사람과 협력하고 단결할 수도 있어. 강해질 수 있고. 사회에 나가면 더 힘든 일이 기다리고 있단다. 그때 자신을 지켜주는 게 십 대에 기른 강인함이야. 지금 도망치면 안 된다. 모에는 무엇이든 될 가능성이 있어. 미래를 개척해야지. 그러려면 학교에 가라.

총명한 모에에게는 너무 긴 설명이었을지 모른다고 생각했다. 이렇게 길게 말하지 않더라도 이 아이라면 바로 이해할 것이다. 그러나 뜻밖의 답이 돌아왔다.

—할아버지는 할머니의 꿈을 막아놓고?

머릿속이 새하얘지고 온몸에서 몰려든 피가 머리로 솟구치는 듯했다.

—누구한테 무슨 소리를 들었는지는 모르겠지만, 다 아는 것처럼 떠들지 마라. 너 혼자 모든 것을 다 이해한다고 생각하는 것 같은데 제멋대로 이유를 붙여 등교 거부하는 것을 불쾌하게 여길 친구도 있을지 모른다는 생각도 해봐라. 특히 괴롭힘을 당한 아이는 네가 등교 거부를 한다는 것을 알면 어떨까. 도와주지도 않았으면서 그저 자기가 게으른 것을 다른 사람의 고통에 편승하다니, 그건 도가 너무 지나치지. 오히려 괴롭힌 애보다 네가 악질이라고 생각하지 않겠냐.

—당신, 말이 너무 지나쳐요!

아내가 내 가슴에 매달리며 말렸으나 때는 이미 늦었다. 모에는 눈물짓고 몸을 부들부들 떨며 방을 뛰쳐나갔다. 하지만 실수했다고는 생각하지 않았다. 부모라면 당연히 이해하리라는 생각에 눈으로 며느리에게 물었는데 아주 김새는 대답이 돌아왔다.

—모에가 스스로 학교에 가고 싶다고 할 때까지 기다리려고 해요. 그러니 아버님도 모에를 너그러운 마음을 지켜봐주세요.

이야기의 끝

전형적으로 아이를 오냐오냐 키우는 어머니의 말투다. 그렇게 말하고 기다렸다가 학교로 돌아온 아이는, 내 기억에 없다. 등교 거부는 길어지면 길어질수록 정신적으로, 복귀가 힘들어지는데. 반 아이들의 시선이 피해자에게 쏠려 있는 동안 몸이 아팠다고 얼버무리며 돌아가는 편이 모에를 위하는 길임을 정녕 모른단 말인가.

그런 마음을 너그럽다고 생각하다니. 하지만 어머니란 늘 그런 존재다.

―히데키는 뭐라고 했니?

―그 사람에게 걱정을 끼치고 싶지 않아 말하지 않았어요.

―뭐? 너는 아버지라는 존재가 뭐라고 생각하니!

그렇게 강하게 호통칠 생각은 아니었다. 애당초 목소리 높이는 일을 좋아하지도 않는다. 그래 봤자 상대와의 거리를 좁힐 수 없다는 것도 잘 안다. 남는 것은 불신과 공포뿐이다. 이 두 가지 감정을 담은 눈으로 며느리가 나를 바라보며 모에와 마찬가지로 도망치듯 방을 나갔다.

―당신 말 중에 틀린 말은 하나도 없어요.

남은 아내가 조용히 말했다. 역시 아내는 나를 제일 이해하는구나.

―하지만 당신처럼 매사를 논리적으로 생각하는 사람만 있지는 않아요. 자신이 틀렸다는 것을 알아도 감정으로는 쉽게 받

거리의 불빛

아들이지 못해요. 당신이 그런 마음을 알아줄 때까지 나는 며느리와 모에 편을 들 거예요.

그리고 모에의 여름방학이 되자 손녀와 둘이 기분 전환차 여행을 가겠다며 어디 가는지도 알리지 않고 커다란 여행 가방을 들고 나갔다. 이후 식사는 도시락 가게에서 해결하고 있다.


생맥주를 벌컥벌컥 들이켰다.

"나도 내 식사 정도는 만들 수 있게 요리 교실이나 다닐까?"

"어이, 이봐. 무슨 일이야? 은방울꽃의 그대와 싸우기라도 했어?"

마쓰모토가 내 어깨에 팔을 두르며 물었다. 여기서 털어놓으면 속이 시원할 수도 있겠으나 십수 년 만에 재회했고 다시 언제 만날지도 모를 친구에게 지난 한 달간의 불만을 털어놓자니 마음이 걸렸다.

"아니야. 제삼의 인생을 모색 중이야."

그렇게 대답하는 참에 기요하라가 왔다. 하나 건너 테이블에 있던 남녀 네 명이 선생님, 수고하셨다며 말을 걸어왔다. 일반 회사원이라 생각했는데 아무래도 파티에 온 제자들인 듯하다.

기요하라가 우리 테이블에 도착할 무렵 마쓰모토가 그걸 달라고 카운터 안의 주인에게 말을 걸었다. 젊은 점원이 샴페인 병과 전용 잔을 가지고 왔다. 마쓰모토가 미리 가게에 전화로 확인하니 평소에는 샴페인 같은 것은 팔지 않는데 오늘을 위해 준비해주겠다고 했다.

"괜찮으면 저 사람들 잔도."

마쓰모토가 네 명의 잔을 추가해 건배했다. 다 같이 준비했다며 센카와가 기념품을 건네고 넷이서 테이블에 다시 앉자, 기요하라가 드디어 넥타이를 풀었다.

"기다리게 해서 미안해."

"센카와와 손주 자랑을 하다 보니 시간이 금방 지나갔어. 사에키는 제삼의 인생을 생각 중이래."

마쓰모토가 씩 이를 드러내며 웃었다. 요리 몇 개를 추가 주문하고 셋이서 기요하라를 둘러쌌다.

"기요하라는 앞으로 어떻게 할 거야?"

센카와가 물었다.

"아직 정리해야 할 게 많은데 아내와 배 여행을 가자고는 했어."

그러냐며 다들 반색했다. 클래식을 좋아하는 수재는 퇴직 후의 계획도 모던하구나. 시기는, 코스는, 일정은? 쉴새 없이 질문이 쏟아졌다. 이미 점 찍어둔 투어가 있단다. 내년 봄쯤에 '후지산'이라는 배를 타고 요코하마에서 출발해 꼬박 한 달에 걸쳐 세계를 일주한단다.

"후지산이라면 일본 최고의 호화 여객선이잖아. 대단하다!"

마쓰모토가 말했다. TV 프로그램에서 소개하는 것을 본 적 있단다. 카지노, 영화관, 댄스 홀, 수영장까지 온갖 오락 시설을 다 갖추고 있단다. 식사도 일식, 중식, 프렌치, 이탈리안까지 일류의 맛을 즐길 수 있다.

"그야말로 유유자적이구나."

기요하라 부부에게는 아이가 없다. 가정 문제로 골머리를 앓을 일도 없으리라.

"그래도 부인과 단둘이라……."

센카와가 툭 내뱉자 마쓰모토가 신음했다.

"24시간 내내 같이 있는 것은 아니겠지."

수습하려 했으나 내가 말할 처지는 아니다.

"아내는 벌써 십 년 전부터 열심히 사교 댄스를 췄어. 젊은 파트너를 찾아 댄스 삼매경에 빠지겠다며 벌써 손꼽아 기다리고 있다니까. 얼마 전 빌려온 《타이타닉》 DVD가 영향을 준 것 같아."

기요하라가 우습다는 듯 말했다.

"그러면 너는 혼자 뭐 할 건데? 한 달은 길어."

마쓰모토가 묻자 기요하라는 이 질문을 기다렸다는 듯 눈을 반짝이며 모두를 둘러봤다.

"소설을 써볼까 해."

배 여행 발언에 이어 다시 마쓰모토와 센카와가 놀라움의 소리를 높였다. 역시 만년필을 사주길 잘했다고 하다가 아니, 컴퓨터로 쓰는 거 아니냐며 축제 준비를 의논하는 학생처럼 떠든다.

"그런데 경제학부 교수가 소설을 쓸 수 있겠어?"

센카와가 물었다.

"독서량에는 자신이 있어. 퇴직했으니까 하는 말인데 어릴 때 꿈이 소설가였어. 삼촌이 출판사에서 일해서 부모님도 찬성하실 줄 알았는데 허튼소리 말라고 일축당했지. 그래서 정년퇴직하고 도전하기로 했지."

"굉장하다. 쓰는 데서 끝나는 게 아니라 소설가가 되겠다고?"

마쓰모토가 감탄한 듯 말했다.

"그 유명한 작가 마쓰키 류세이도 데뷔는 늦었어. 아마 쉰 살이었을 거야. 당시 오십은 요즘의 예순다섯과 비슷하지 않을까?"

"그러면 다음은 출판 기념 파티겠네."

마쓰모토가 의기양양하게 말한 뒤 "너는 마쓰키 류세이의 책을 읽어봤냐?"라며 센카와에게 나지막하게 물었다. 그야 당연하지 않냐며 센카와가 유명한 작품 이름 몇 개를 대자 드라마로 본 거 아니냐며 마쓰모토가 자신의 지식을 폭로했다.

기요하라가 잠자코 나를 봤다.

"부인은 그 후로 소설은?"

"없지."

"그래……?"

아내가 소설가를 목표로 했던 사실은 이 가운데 기요하라만 안다. 재학 중에 아내는 편지와 함께 자신이 쓴 소설을 보냈다. 아마추어가 쓴 것치고는 상당히 재미있어 다음 이야기가 기다려졌는데 정말 소설가를 꿈꿀 줄은 몰랐다.

마쓰키 류세이의 제자가 되겠다며 도쿄로 보내달라는 말을 꺼낸 것은 약혼 후였다. 청천벽력, 아닌 밤중에 홍두깨였다. 처음에는 무슨 소리를 들었는지 이해하지 못했다. 초등학교 때의 친구 소개라는데 모든 게 너무 쉬워 보였다. 기요하라의 삼촌이 도쿄 출판사에서 일한다는 것은 학창 시절부터 알고 있었다. 기요하라의 방 책장에는 이십 명 정도의 작가 이름이 있었는데 공통점이 하나도 없어서 어떤 기준으로 골랐냐고 물었더니 삼촌이 담당한 작가들이라고 했다. 그래서 나는 아내 몰래 기요하라에게 전화를 걸어 사정을 설명하고 삼촌에게 마쓰키 류세이에 관해 물어봐달라고 부탁했다.

"내 방법이 옳았을까?"

"너희 부부가 그 후로 어떻게 지냈는지 나는 몰라. 하지만 이것만은 말할 수 있어. 마쓰키 류세이의 제자였다는 작가, 들어본 적 있어?"

그런 생각은 지금까지 해본 적 없다.

"뭐야? 은방울꽃의 그대도 작가 지망생이었어?"

마쓰모토가 끼어들었다. 하지만 새삼스레 그때 얘기는 하고 싶지 않다. 기요하라가 입을 열었다.

"너도 이 나이가 되었으니 쓰고 싶은 이야기 한둘쯤은 있지 않냐? 그보다 내 구상 좀 들어봐. 은퇴한 4인조가 도쿠가와가 숨긴 보물을 둘러싼 음모에 휘말려 과감하게 맞선다는 이야기야."

"우리가 모델이야?"

센카와도 가세할 무렵 화장실에 가려고 일어섰다. 볼일을 보고 나오는데 어두컴컴한 복도 구석에 여자가 서 있었다. 조금 전 함께 건배한 기요하라의 제자였다. 실례하겠다며 그녀 앞을 지나쳤다.

"햄 씨!"

옛날이야기를 한 탓인지 아내가 부른 것 같아 걸음을 멈추고 돌아봤다. 기요하라의 제자와 눈이 마주쳤는데 그녀가 이 호칭을 알 리 없다. 그보다 내 이름도 모르지 않을까.

"아, 아니에요. 죄송했습니다."

여자가 고개를 숙이더니 종종걸음으로 사라졌다. 잘못 들은 게 아니란 말인가. 아니면 말을 걸기는 했는데 내가 잘못 들었나. 테이블로 돌아온 뒤에도 그녀가 이쪽을 힐끔힐끔 보는 게 느껴졌다. 도대체 무슨 일이지? 기요하라에게 물어보고 싶었는데 정말 진심인지 소설 구상 이야기에 잔뜩 흥이 나 있어서 뒤로 미루기로 했다.

"야! 사에키. 나는 사격의 명수이고 센카와는 검의 달인이라는 설정으로 해달라고 했는데 너는 뭐 할래?"

분명히 학창 시절에도 이런 얘기를 하지 않았나. 외국 모험 영화를 넷이 보고 돌아오는 길이었다.

"기요하라는 체스를 잘 두는 참모였지. 나는 당연히 폭탄을 만드는 발명가고."

그렇게 그 무렵 열광한 영화 이야기로 화제가 변했다. 영화를 보면 꼭 들른 라멘 가게가 아직도 있단다.

이렇게 된 이상 일상의 골치 아픈 일들은 이제 잊자.


실컷 먹고 마신 뒤에 마쓰모토가 당장 학교에 가보자고 제안했다. "찬성!" 센카와와 동시에 손을 든 다음 불법 침입이 아닌지 눈으로 기요하라에게 물었다. 찬성이라며 기요하라가 손을 들자마자 가게에 택시를 불러달라고 부탁했다.

기요하라의 제자들 자리까지 우리가 계산했다. 가게를 나오다가 입구에서 돌아봤는데 역시 화장실에서 만난 제자가 이쪽을 보고 있다. 하지만 더 신경 쓰지 않고 밖으로 나왔다. 대형 택시 조수석에 센카와가 타고 뒷자리에 마쓰모토, 내가 탔는데 기요하라가 없다. 제자들에게 붙잡힌 게 아니냐고 센카와가 말해서 한동안 기다리니 기요하라가 가게에서 나왔다. 미안하다며 내 옆자리에 올라탔다.

센카와가 홋카이도대학 정문까지 가자고 운전사에게 말했다.

"까먹지 않게, 이것을."

기요하라가 기념품 같은 게 든 종이봉투에서 서류가 든 커다란 갈색 봉투를 꺼냈다.

"조금 전 제자가 주더라. 네 물건이 아니냐며."

기요하라에게 봉투를 받았는데 본 적 없는 물건이다. 봉해 있지 않은 봉투를 열고 안을 들여다보니 종이 다발이 있었다. 워드프로세서로 친 글자가 빼곡하게 있는 것은 알겠는데 어두운 차 안에서는 내용물을 꺼내지 않은 채 내용을 읽기는 어려웠다. 그러나 이 물건을 홋카이도에 가지고 오지 않았다는 것만은 분명하다.

"아니, 호텔에 돌아가서 천천히 확인해 봐. 자네 물건이 아니면 내가 다시 그 친구에게 돌려줄 테니까 프런트에 맡겨놓으면 돼. 호텔이 어디지?"

"스테이션 호텔이야."

"연락하면 내일이라도 연구실 학생에게 가져오라고 할게."

기요하라는 이 자리에서 도로 받아 갈 생각은 전혀 없는 듯하다. 됐다 싶어서 봉투를 가방에 넣었다. 이러는 사이에 목적지에 도착했다. 큰 도로에서 조금 빠져나왔을 뿐인데도 차가운 밤바람이 불어 술 깨기에 딱 좋았다.

대학은 넓지만, 아무 말 하지 않아도 다들 어디에 가려고 하는지 안다. 고지대에 선 대학 창립자 동상 앞이다. 그렇다고 위대한 선생을 만나려는 것은 아니다. 동상을 등지고 조금 전까지 술잔을 기울인 거리를 향해 넷이 나란히 섰다.

"똑같네……."

여기서 보는 야경은, 내가 학창 시절 가장 좋아한 전망이다.

하코다테와 고베, 나가사키 등 유명한 야경 장소를 다 가봤다. 발밑을 가득 메운 불빛의 카펫은 어디나 보는 사람을 빨아들일 것처럼 아름답게 빛났다. 반면 지금 우리 아래 펼쳐진 풍경은 시커먼 바다를 연상시키는 어둠이다. 대학 내의 넓은 녹지가 그렇게 보이게 하는 것이다. 그리고 거대한 바다 너머에 선명한 거리의 불빛이 있다.

이과 학생인 나는 연구실에서 먹고 자는 일이 많았다. 그러다가 이 경치에 시선이 머문 것이다. 시커먼 바다는 높은 요새처럼 고향 마을을 둘러싼 산과 비슷했다. 하지만 고향의 경치와 다른 점은 그 너머에 눈부신 불빛이 빛나고 있다는 것이다. 손을 뻗는다고 닿을 거리는 아니다. 빨려들 것 같은 감각을 일으키지도 않는다. 멀리 떨어져 있기는 하나 자신의 발로 갈 수 없는 거리도 아니다.

그런 경치를 바라보면서 미래와 고향의 소중한 사람을 생각했다. 어느 날인가, 밀회라도 하려는 거냐고 느닷없이 마쓰모토가 뒤에서 말을 걸었다. 이곳을 좋아한다고 털어놓자 신기한 우연이라며 마쓰모토도 이곳을 좋아한다고 했다. 바다가 아름다운 요코하마 출신이 왜 이런 데를 좋아하냐고 물었더니 그에게도 나름의 이유가 있었다.

"옛날에는 여기에 서면 지금은 평범한 학생에 불과하지만, 언젠가는 빛을 마음대로 다루는 사람이 되자는 화려한 상상이 마구 솟았는데 지금 보니 반짝이는 것은 딱 이 정도 떨어져 있는 게 좋은 것 같아. 너무 가까우면 빨려드니까."

마쓰모토가 야경을 바라보며 말했다.

"실은 여기도 아내를 데리고 왔었어. 아들은 야경을 더 가깝게 볼 수 없냐고 불만스러워했는데 아내는 뚫어지게 보더라."

센카와가 말했다.

"나는 벽에 부딪힐 때마다 이곳에 와."

기요하라가 말했다.

이곳에서 마쓰모토를 만나고 며칠 뒤, 곰팡내 나는 방에서 한창 마작을 하다가 갑자기 이 풍경이 보고 싶어져 다 같이 온 이후로는 이곳이 세이후소 다음으로 우리 넷이 모이는 장소가 되었다. 밤새워 술을 마신 적도 있다. 그때 경비 아저씨에게 엄청나게 혼났다.

얼어 죽는다, 이 녀석들아! 이런 말이었던 것 같다.

말없이 시간이 흘러간다. 그때 그랬지, 라며 떠들지 않아도 각자 이곳의 추억을 떠올리고 있을 것이다. 그리고 아마도, 아무도, 나까지 포함해 다시 넷이 이곳에 모이고 싶다는 말은 하지 않을 것이다.

하지만 다시 이곳에서 모이기를 다들 기원하고 있으리라…….

호텔에 도착하니 바로 수마가 덮쳐왔는데 기요하라에게 받은 서류가 신경 쓰여 확인하기로 했다. 원고에는 「하늘 저편」이라는 제목의 단편 소설 같은 문장이 적혀 있었다.

저 산 너머에는 무엇이 있을까. 먼 경치만 바라보며 공상을 즐기는 빵집 소녀…….

이게 뭐지? 첫 페이지를 읽자마자 알았다. 이것은 내 아내를 모델로 쓴 소설이라는 것을. 심야 12시가 훌쩍 지났는데도 기요하라에게 확인해볼까 싶어 가방 바닥에서 휴대전화를 꺼냈는데 착신 램프가 깜빡이고 있다. 문자가 한 통 들어와 있다.

오후 8시 착신, 아내였다.

「햄 씨, 잘 지내요? 호텔에 도착하면 연락해요. 나도 바로 근처에 있어요.」

여 로 의  끝

높은 산으로 둘러싸인 작은 마을에 나의 모든 게 있을 무렵에는 아직, 산은 그저 계절을 알려주는 달력 같은 것이지 '요새'라고 생각한 적은 한 번도 없었다. 그렇게 느끼기 시작한 것은 산 너머에 다른 마을이 있고 그 너머에는 또 더 큰 마을이 있음을 안 뒤로다.

여기까지는, 할머니와 같다.

도시에서 꿈을 이룰 기회가 찾아왔음에도 주위의 이해를 얻지 못해 작은 마을에서 평생을 산 할머니에게 저 산들은 틀림없이 '요새'였을 것이다. 하지만 지금, 할머니에게 그 일을 물어보면 시대 탓이었다며 웃으면서 말하지 않을까. 10퍼센트쯤의 안타까움을 눈가에 드리우고.

포기한 것은 자신만이 아니다. 그 무렵 그 마을에는 진학하길 바랐으나 경제적인 이유로 단념할 수밖에 없었던 사람들도 많았고, 따로 좋아하는 사람이 있는데도 울며불며 부모가 정한 사람과 결혼한 사람도 있다고. 후자는 내 상상이지만, 인구 과소화가 진행되어 오천 명도 못 미치는 이 마을에서 다섯 명 정도의 할머니는 그랬었다 해도 이상할 일은 아니다.

그런 사람들은 산을 올려다보며, 그보다 훨씬 위의 하늘을 유유히 흘러가는 구름에 자신의 모습을 의탁하고, 실제로는 손에 닿지도 않는데 적어도 생각만이라도 저 구름에 자신을 실어 먼 곳으로 가길 바라면서 수십 년의 시간을 이 마을에서 지냈으리라.

그러지 않았을까.

산의 모습은 그대로라도, 마을을 둘러싼 환경은 시골이라도 변했다.

예전에는 구불구불 이어진 산 비탈길을 차로 한 시간이나 넘어야 가던 이웃 마을도 내가 태어났을 때는 이미, 정확히는 아빠가 초등학교 5학년 때, 터널이 뚫려 20분 안에 갈 수 있게 되었다. 그곳에서 공항버스를 타면 하루 한 대이기는 하나 두 시간 안에 도쿄까지 갈 수 있다. 특급 전차로 오사카까지 가서 거기서 신칸센으로 갈아타면 한나절도 안 걸린다.

대학에도, 각 학년의 사 분의 일 정도가 진학하고 맞선 결혼 얘기를 가끔 듣긴 했으나 울며불며했다는 에피소드는 전혀 듣지 못했다. 바비큐 파티 같은 미팅 안내 포스터를 이따금 마을에서 보긴 했으나 참가하고 싶냐 아니냐는 제쳐두고라도 아주 즐거운 분위기를 자아내고 있었다.

그런 시대의 변천을 할머니 세대 사람은 직접 봐왔으니까 산을 '요새'라고는 생각하지 않을 것이다. 아니면 낮아졌다고 느낄까. 아니다. 그것은 발전의 혜택을 본 사람들 얘기다.

조금만 더 늦게 태어날 것을. 이런 생각을 하며 한 번이라도 한숨을 내쉰 사람이 훨씬 더 많을 것이다.

할머니는 아들이 선원이 되겠다고 했을 때 어떤 생각을 했을까. 딸이 비행기 승무원이 되었을 때 진심으로 축복했을까. 마음 한구석에는 나도 이 시대에 태어났으면 좋았을 것이라고 부러워하는 마음이 들었을 게 틀림없다.

그렇다면 할머니는, 또 다음 세대인 나를 보며, 이 시대에 태어났으면 좋았겠다고 생각한 적 있을까…….

"모에야. 파노라마 촬영은 어딜 눌러야 하니?"

비눗방울이 터지듯 내 머릿속에 부풀어 있던 생각이 단숨에 사라지고 현실 세계로 끌려온다. 할머니가 내민 강렬한 핑크색 디지털카메라의 선명함은 대자연 속에서는 아주 튀는 데도 묘하게 잘 어울린다.

아침부터 버스로 시레토코의 다섯 호수를 관광한 후 점심에는 연어 덮밥을 먹고 크루즈 배를 탔다. 일반인은 육로로 방문할 수 없고 세계자연유산에도 등록된 시레토코반도의 자연을 바다에서 보는 코스다. 높은 산에서 바다까지 산록을 펼친 대지의 색, 단단한 바위의 색, 그것을 거울처럼 비추는 투명한 물의 색, 그리고 하늘까지 투명한 하늘의 색, 모두 다 선명하게 자기주장을 하고 있다. 인공적인 물건이 두드러질 여지가 전혀 없다. 그렇다고 밖에서 들어온 색을 배제하지도 않고 넓은 품으로 맞아준다.

선명한 배경은 할머니까지 평소보다 열 살은 젊게 보이게 한다. 이런 곳에 있으니까 내 안에 있는 탁한 색깔까지 바랜 듯해영 마음이 불편하다.

"한가운데 버튼을 누르고 화살표를 파노라마에 맞춰."

말보다 빨리 손을 움직여 작동하고 할머니에게 카메라를 건넸다. "그렇게 하는구나." 할머니는 내게 받은 카메라를 그대로 눈높이에 대고 셔터를 누르기 시작했다. 정말 기계치라니까. 마음속으로는 어이가 없었으나 표정으로도 말로도 드러내지는 않는다.

온종일 집에 틀어박혀 있는 나를 밖으로 끌고 나온 사람이 할머니다. 사실은 할아버지와 올 계획이었는데 나와 홋카이도에 오는 바람에 갑자기 개인용 카메라를 사야 했으니까 사용 방법을 모르는 게 당연하다.

높이 백 미터 절벽에서 바다로 떨어지는 폭포를 유노하나노타키, 일명 '남자의 눈물'이라고 부른다고 가이드가 설명한다. 조금 전에는 분명 '소녀의 눈물'도 있었다. 소녀의 눈물은 청순한 이미지가 있는데 남자의 눈물은 뭐지?

아빠도, 동물이 나오는 프로그램을 볼 때마다 TV 앞에서 훌쩍이며 운다. 나와 엄마가 놀리면 남자가 더 순수한 법이라고 주장하는데 이제까지 할아버지가 우는 모습은 본 적 없다.

"어머! 그래?" 가이드의 설명에 일일이 맞장구치며 열심히 셔터를 누르는 할머니는 남자의 눈물이라는 소리를 듣고도 할아버지를 조금도 생각하지 않는 듯하다.

"모에야. 이 코스는 큰곰을 볼 수도 있대."

눈을 반짝이며 그런 소리를 해도 뭐라고 대답해야 할지 모르겠다. 곰이야, 재작년 우리 마을에도 출몰한 건데. 빵을 만드는 할머니는 늘 버터나 꿀 냄새가 몸에 배어 있으니까 혼자 산 근처를 돌아다니지 말라고 할아버지의 주의를 들었다. 아니면 여행지에서 만나는 곰은 다른 것일까.

"바다도 예쁘네. 에메랄드그린에 코발트블루. 왜 가까이서 볼 때와 먼바다가 다르지?"

할아버지라면 바로 대답해줄 수 있을 텐데. 그런데 내가 침묵을 지켜도 할머니는 개의치 않고 계속 이야기한다. 땅에서 삼십 센티미터쯤 발이 떠 있다는 말은 여행지의 할머니를 보니, 이런 거구나 싶다.

그렇다고는 해도, 이제, 바다가 지긋지긋하다.

할머니가 나를 홋카이도로 데려온 이유는 안다. 요새처럼 높은 산 너머에 있는 세상, 그중에서도 특히 광대한 장소를, 내게 보여주고 싶었으리라. 학교에 가지 않는 내게, 좁은 세계를 놓고 고민할 필요는 없다고 알려주려는 게 분명하다. 지금은 괴롭더라도 세상은 넓고, 도망칠 곳은 얼마든지 있다고.

그것은, 아주 낡은 생각이다.


나도, 산 너머 마을에 가면 해방감을 느끼던 시절이 있었다. 아빠는 선원, 엄마는 제빵사로 부모 모두 쉬는 날이 일정치 않은 직업치고는 여행에 많이 데려가주었다. 교토나 나라의 절, 디즈니랜드라는 누구나 아는 관광지부터 우리가 사는 마을보다 훨씬 궁벽한 곳까지. 특히 바다에는 일 년에 한 번은 반드시 왔다.

─바다는 굉장해. 모에가 집에서 어떤 방향으로 가더라도 바다가 나온단다.

아빠는 자주 그런 말을 했다. 아빠는 중학생이 되었을 때부터 마을을 나가고 싶다는 마음뿐이었단다. 매일 밤 지도를 펼쳐 놓고 어디로 갈지 생각했다. 그렇게 공상 가출이 시작되었는데 거리가 짧든 길든 어떤 바다에 도달했을 때쯤 잠들었다고.

나는 공상 가출이라는 말을 좋아했다. 어릴 때는 어른에게 혼나 집에 있고 싶지 않을 때도, 친구와 싸우고 마을을 나가고 싶을 때도, 그저 막연하게 어딘가 멀리 가고 싶다는 생각이 들 때도, 혼자 멀리 갈 수는 없다. 기껏해야 마을 외곽까지다. 그것조차 곰이 나오면 위험하다고 생판 모르는 어른들까지 나서서 말린다. 하지만 공상 가출은 자유다.

어쩌면 마을에서 도망치는 시뮬레이션이었을지 모른다. 정말 안 되겠다 싶으면 도망치면 된다. 그런 생각을 품으면 대체로 모든 일은 넘길 수 있다고 믿었는데…….

지금은 전혀 그렇게 생각하지 않는다.

스무 명이 타는 배는 만석이다. 여름방학이라는데 할머니 또래가 대부분이다. 그래도 가족끼리 온 사람들도 몇몇 있어서 내 또래 남자애가 하나 있다. 그다지 경치를 즐길 마음도 없는 내가 못마땅하게 생각하는 것도 그렇지만, 그는 배에 탔을 때부터 스마트폰만 보고 있다. 시레토코에 관해 알아보고 있지는, 않으리라. 평소와 다름없이 친한 친구들과 수다를 떨고 모르는 사람들과도 그것을 공유한다. 어디서 왔는지 모르겠으나 그에게는 시레토코나 집이나 스마트폰을 쓰는 곳이라는 의미에서 똑같다.

나도 지금 당장 그처럼 할 수 있다. 내가 아주 먼 곳에 있더라도 그런 사실만 알리지 않으면 상대에게는 내가 집에 있는 것이나 마찬가지다.

아무리 멀리 도망쳐도, 상대에게는 소용없다, 고도 할 수 있다.

직접 괴롭힘을 당하면 그 자리에서 도망치면 그만이다. 마을을 떠나면 그만이다. 사라진 뒤에 험담을 들을 수도 있겠으나 돌아가지만 않으면 그 말을 직접 들을 일도 없고 시간이 흐르면 사라진다. 쫓아다니며 험담할 만큼 근성 있는 악인은 그리 많지 않고 그런 일을 당하려면 나도 그만큼 악독한 짓을 했을 것이다.

하지만 지금은 어디로 도망치든 완전히 새로운 생활을 시작하는 것은 어렵다. 새로 친구를 만들어도, 이름만 검색하면 비방과 중상이 흘러넘친다. 이런 아이와 친해지면 안 되겠다고 생각하고 태도를 바꾸기도 한다. 그래도 평범한 생활 속에서는 빼앗길 게 별로 없을지 모른다.

하지만 만약 큰 꿈을 품고 있다면. 연예인이나 운동선수, 그리고 소설가. 아무리 노력해 꿈을 이뤄도 흥미로운 표적이 생겼다며 돌을 던질 것이다. 인터넷이라는 공간을 이용해.

마나에게 한 것과 마찬가지로.


초등학교 고학년쯤부터 내 꿈은 소설가였다. 그렇다고 유명 작가가 인터뷰에서 종종 얘기하듯 아침부터 밤까지 책만 읽거나 책을 벗 삼아 지내는 날들을 보낸 것은 아니다. 학교 도서관에서 일주일에 한 권을 빌리고, 한 달에 한 번 용돈을 받는 날이면 좋아하는 시리즈의 문고판을 두 권 사서 읽는다. 그 정도가 다였으나 주위 사람보다는 취미가 뭐냐는 질문에 독서라고 대답할 정도는 된다는 자신감은 있었다.

중학생이 되어 들어간 동아리는 컴퓨터 동아리였다.

부원은 1학년 남녀를 합쳐 열다섯 명. 문화계 동아리치고는 나름 규모가 큰 편인데 활동 내용은 학교 홈페이지 안에서 학생들이 글을 쓰는 코너 업데이트와 학교 행사 포스터나 전단 작성 같은 소소한 일들이었다. 실제로 일주일에 반 이상 출석해 활동하는 사람은 한 손으로 꼽을 정도였다.

컴퓨터 동아리는 시골 학교 동아리에서 연습하면 한심해질 뿐이라고 여겨 이웃 마을 축구부나 야구팀에 들어간 아이들이, 일단 이름이나 걸어두는 곳이었다. 그래서 운동회의 동아리 대항 릴레이에서는 언제나 우승한다. 체육 동아리를 이겼다고 우월감에 절어 있는 애들을 보며 속으로 한심해했으나 그들의 인기는 높다. 가장 열 받는 일은 내가 남자를 보고 컴퓨터 동아리에 들어갔다고 하는 소리를 들었을 때다.

웃기지 마. 부러우면 너도 들어와. 컴퓨터 동아리가 뭐라고? 머리에 떠오른 이런 말들을 실제로 내뱉은 적은 한 번도 없다. 괜한 말은 성가신 일의 발단이 될 뿐이라는 것 정도는 시골의 상식적인 아이라면 열 살이면 깨닫는 이치다.

내가 컴퓨터 동아리에 들어간 것은 내 컴퓨터를 가지려는 계획 때문이었다. 우리 집에는 컴퓨터다 한 대밖에 없다. 게다가 두 세대가 동거하는 주택의 할아버지가 사는 서재에 있어서 일일이 사용 허가를 받아야 한다. 고등학교 이과 교사였던 할아버지는 내가 부탁하지도 않는데 '그런 이유로 과학관'이라는 어린이용 이과 사이트를 오늘은 안 보냐고 물어온다. 게다가 연예인이나 TV 프로그램의 공식 사이트를 보는 것은 하루에 한 번뿐이라는 도무지 이해할 수 없는 제약도 있다.

이럴 바에는 한 대도 없는 게 낫다. 어정쩡하게 쓰는 게 싫어 중학교 입학 때 노트북을 사달라고 했는데 그 자리에서 기각당했다. 엄마는 그런 범죄의 온상 같은 것을 사줄 수 없다며 할아버지조차 생각하지 못한 편견을 전면에 내세워 반대했다. 마을의 빵집에서는 매일 크고 작은 다양한 소문이 모이니 어쩔 수 없다.

그러면서 부모님과 조부모가 다 일한다는 이유로 휴대전화는 내가 바라지도 않았는데 그냥 줬다. 학교 친구들과 문자는 해도 되지만, 인터넷은 하지 말라고 매일 밥 먹을 때마다 잔소리하려면 아예 주지 말지. 지금도 그렇게 생각한다.

아니, 그렇게 생각하지 않는다.

해약하고 싶다고 언제든 말할 수 있는데도 지금도 내 파카 주머니에 들어 있는 사각형 형태의 물건이 느껴진다. 전원도 켜져 있다. 나쁜 점만 있는 것도 아니다. 이게 없으면 소설을 쓰고 싶다는 마음이 들지도 않았을 것이다.

하지만, 마나를 궁지에 몰 일도 없었다.


"모에야. 큰곰이야, 큰곰!"

할머니가 가리키는 방향으로 눈을 돌렸다. 갈색 큰곰이 새끼 두 마리를 데리고 해안가 바위를 걷고 있다. 새끼까지 데리고 나오는 일은 드문데 운이 좋으시네요. 가이드의 말에 대부분이 흥분한 채 고개를 끄덕인다. 그 열기에 편승하지 않은 사람은 나와 스마트폰을 든 남자애뿐이다.

어머니로 보이는 여성이 적당히 좀 하라고 한마디 하는데도 됐다며 아래만 보고 있을 뿐이다. 이렇게 날씨도 좋고 경치도 좋은데 왜 그러냐며 어머니는 질리지도 않고 잔소리하는데 그는 이제 완전히 무시하고 있다. 아마도 어머니 옆에 있는 사람이 아버지일 텐데 둘의 상황에는 전혀 개의치 않고 커다란 망원 렌즈가 달린 카메라로 큰곰의 모습을 좇고 있다. 어머니도 살짝 한숨을 쉬고 큰곰 쪽으로 시선을 돌렸다.

'애써 이렇게 멀리까지 데려왔는데'라는 어머니의 마음이 여기까지 들리는 것만 같다. 하지만 할머니도 같은 생각일지 모른다. 내 미적지근한 반응에 실망하지는 않았을까.

하지만 일부러 시큰둥하게 행동하는 게 아니다. 여행을 어떻게 즐겨야 할지 도통 모르겠다.

고등학교 교장까지 한 자신의 손녀가 등교 거부를 한다는 사실을 받아들이지 못해 냉랭한 분위기를 온 집 안에 뿜어내는 할아버지로부터 자신을 빼내어 데리고 나와준 것은 감사한다.

홋카이도에 가자는 할머니의 말에 두말없이 그러자고 대답했지만, 홋카이도 어디를 가고 싶은지, 뭘 하고 싶은지는 전혀 생각나지 않았다. 겨울이라면 스노보드나 스키를 탈 수 있고 눈 축제도 있겠으나 여름철 홋카이도에는 무엇이 있나. 스마트폰으로 찾아보니 인기 관광지로 후라노 라벤더 꽃밭과 아사히야마 동물원이 나왔고 사진도 있었다.

인생의 반 이상을 인터넷 없이 산 사람은 이것을 직접 보고 싶다고 생각할지도 모른다. 그곳이 멀면 멀수록 비일상의 공간으로 가는 듯한 기분을 맛볼 것이다. 여행하는 동안만은 일상의 번뇌로부터 해방될 게 틀림없다.

어디든 괜찮다며 여행 계획을 전부 할머니에게 맡겼다. 할머니는 할아버지 몰래 계획을 세우려고 집 컴퓨터를 쓰지 않고 어차피 컴퓨터를 거의 안 쓴다는 마을 상점가에 딱 하나 있는 여행사를 오간 탓에 할머니의 희망 목록을 전혀 알 도리가 없었다. 하지만 이 여행이, 반쯤은 나를 배려해서이고, 나머지 반은 할머니의 반란인 것 같아서 굳이 알려 하지 않았다. 할아버지의 정년퇴직 후 드디어 할머니는 반기를 들고 할아버지에게서 도망치려는 것이다.

그렇다면 도쿄가 더 좋은데. 그렇게 제안하고 싶었으나 꾹 참 았다. 할머니의 과거 일기를 봤다는 게 들통날 테니까.

"아이고, 정말 좋았어!" 아주 흡족해하는 할아버지 일행의 뒤 를 따라 할머니와 배에서 내렸다. 다 같이 '매혹적인 홋카이도 동부, 하루 투어'라는 간판이 걸린 버스로 향한다. 우리 자리는 할머니가 일찌감치 멀미 체질이라고 신고한 덕분에 운전석 쪽 이 아닌 첫 번째 앞자리다.

이번 여행을 오려고 탄 페리에서 할머니는 내내 누워 있었 다. 누워 있으면 아무렇지도 않은데 일어나면 바로 진동이 세로 방향으로 몸에 전달되어 속이 울렁거린다는 것이다.

—버스보다 커서 괜찮을 줄 알았는데.

나를 걱정시키지 않으려고 웃었으나 얼굴이 창백했다.

—하지만 도착하면 괜찮을 거야. 좋은 약이 생겨선지, 아니면 체질이 바뀌었는지 차나 전차는 정말 아무렇지도 않거든.

그 말대로 홋카이도에 도착한 뒤로는 정말 컨디션이 좋았다. 아마도 페리는 처음이라 조금 불안했을 텐데 아들의 직장을 수 업 참관일 같은 기분으로 보고 싶은 마음도 있었으리라. 요금도 가격 할인이 적용된 것 같고.

"여러분, 다 오셨어요?"

가이드가 인원을 확인한다. 창가 쪽이 할머니 자리라 통로에

여로의 끝

선 가이드와 내 거리는 삼십 센티미터 정도일까. 시레토코반도를 관광할 때는 「시레토코 여정」이라는 노래를 불러서 나이 든 손님들의 엄청난 갈채를 받았으니 또 무슨 노래를 부를지 모른다.

"그러면 이제부터 시레토코도케를 넘어 네무로까지 가겠습니다. 중간에 시베쓰에서 잠깐 쉴 텐데 그사이에도 급한 용무가 생기시면 부담 없이 말씀하세요."

박수가 대답 대신인 듯 이번에도 갈채가 쏟아졌다. 할머니도 가이드를 향해 손뼉을 치고 있다. 전국 각지에서 우연히 이날 홋카이도의 이 땅을 찾아 같은 투어에 참가한 사람들의 연대감을 즐기고 있는 듯하다.

할머니의 마음은 지금, 그 마을에 없다. 할아버지를 조금도 신경 쓰지 않는 듯한데 옛날 남자치고는 자기 일은 스스로 할 줄 아는 사람이다. 양말이 어디 있는지 여전히 모르는 아빠보다 훨씬 걱정이 안 된다.

나도 건성으로 손뼉을 쳤다. 한숨을 쉬면서.

정말 스마트폰 탓일까.

휴대전화가 없는 시대였더라도 이 여행을 즐기지 못했을지 모른다. 오히려 마나 일이 없었다면 주머니에 휴대전화가 들어 있더라도 평범하게 즐겼을지 모른다. 할머니보다 먼저 큰곰을 발견하고 열심히 사진을 찍어대고 지금쯤은 가이드의 존재는 완전히 무시하고 친구들에게 사진을 보내고 있을지 모른다.

할머니가 즐거워 보이는 것은 그 마을에 아무것도 남겨두지 않았기 때문이다. 그러니 이어져 있다는 공포에 시달릴 일도 없다. 어쩌면 할머니가 그때 전차를 탔더라면 할머니는 행복하지 못했을 것 같다. 어째서, 할아버지는 웃으며 할머니를 보내주지 않았을까.

할머니의 일기를 발견한 것은, 학교에 가지 않은 지 두 주일이 지났을 때다. 혼자 보내는 길고 긴 시간을 독서로 보내고 싶었다. 두꺼운 종이책을 읽고 싶어 할아버지가 일하러 간 사이에 서재에 숨어 들어가 읽을 만한 것을 찾았다.

유리문이 달린 책장에는『나는 고양이로소이다』『이즈의 무희』같은 일본문학전집과『바람과 함께 사라지다』같은 세계문학전집이 빼곡하게 꽂혀 있었다. 책장 가장 위 선반의 왼쪽 끝에 있는『폭풍의 언덕』을 꺼냈다. 첫 부분이나 읽어볼까 해서 상자에서 책 한 권을 꺼내려는데 흔들어도 좀처럼 나오지 않았다. 자세히 보니 책과 종이 상자 사이에 종이 몇 장이 접혀 끼워져 있었다.

그것은 원고지에 쓴 할머니의 일기, 라기보다 수기였다. 다른 책도 찾아보니『폭풍의 언덕』상자와『바람과 함께 사라지다』총 세 권에 끼워져 있었다. 옆에 꽂힌『햄릿』에는 없었다.

할머니는 어릴 때부터 아무것도 없는 그 마을에서, 높은 산을 올려다보며 공상만 했다. 그러나 초등학교 6학년 때 전학 온 미치요라는 친구와 친해지면서 소설을 쓰기 시작한다.

설마 할머니가? 소설을 쓰는 젊은 모습의 할머니를 상상하는 것은 힘들었다. 내게 할머니는 제빵사였고 누구보다 빵 만들기를 좋아하는 사람으로 각인되어 있기 때문이다. 증조할아버지 때부터 빵집을 해왔기 때문에 할머니도 철들면서 당연히 제빵사를 목표로 했으리라 믿어 의심치 않았다.

소설을 쓰는 모습이 떠오르지 않은 할머니 대신 순간이나마 내가 젊은 시절의 할머니와 겹쳐졌는데 그건 아니라며 머릿속으로 지워버렸다. 나는 미치요다. 그럭저럭 작문을 잘 쓰고 내용은 술술 떠들며 나름 문학도인 척하지만, 이야기를 만드는 능력은 그녀의 발끝에도 미치지 못한다.

젊은 시절의 할머니 모습은 에토 마나와 겹쳐졌다.

학교 컴퓨터를 이용해 소설을 쓰고 나아가 내 컴퓨터를 선물 받자는 생각에 컴퓨터 동아리에 들어갔으나 주위에 사람이 있으면 집중하지 못했다. 뭐 하냐고 들여다보면 창피해져 세 줄 정도만 써도 원래 생각이 사라지고 만다.

어쩔 수 없이 동아리 활동 중에는 보건이나 방범 알림 글을 쓰는 역할을 자처했는데 학교에서 풀지 못한 욕구는 어디선가 풀어야 했다.

인터넷을 하면 안 된다고 식탁에서 잔소리를 들은 몇 분 뒤,

내 방에서 스마트폰을 들고 「꿈 공방」이라는 소설 투고 사이트에 접속했다. 쓰는 사람도 읽는 사람도 십 대 여자인 사이트도 여럿 있어서 어차피 투고할 거라면 이런 데가 더 나으리라 생각해 그런 데를 중심으로 읽던 시기도 있었다. 하지만 아무래도 딱 와닿지 않았다. 문장도 엉망이었고 내용도 똑같은 것뿐이었다. 다재다능한 남자와 평범한 여고생의 러브스토리라니, 하나만 읽어도 충분한데 그런 것을 내가 쓰다니, 그럴 생각은 눈곱만치도 없다.

이 마을 남자와는 절대 사귀지 않을 것이다.

투고 작품을 몇 개 읽고 뭐가 좋을지 진단하던 중에 너무 재미있어서 매료된 것이 「꿈 공방」에 실린 『유리 양』이라는 작품이다. 작자의 이름은 사라시나 에마.

작자와 이름이 같은 주인공, 에마는 열두 살 생일에 맞은 아침, 머리와 양쪽 팔과 다리, 위아래 둘로 나뉜 몸통 등, 일곱 개의 유리 조각으로 만들어진 유리 인간이 되었다. 머리맡에 놓인 보낸 사람 불명의 생일 카드에는 '이것은 네가 유리처럼 투명한 마음을 지닌 멋진 사람이 되라고 주는 선물이야'라는 메시지 외에 주의 사항이 적혀 있었다.

유리 인간으로 있는 기간은 일주일. 유리는 사소한 충격으로는 깨지지 않으나 하루에 한 번, 자신 이외의 누군가를 위한 행동을 하지 않으면 한 부분씩 깨진다. 판정은 그날의 끝, 자정 0

시. 칠 일째 그 시간에 한 부분이라도 남아 있으면 원래의 인간 몸으로 돌아오지만, 다 깨지면 죽는다. 그 말은 일주일 동안 딱 한 번이라도 좋은 일을 하면 되니까 쉽지? 그러면, 힘내!

유리 인간이 된 에마는 상황을 제대로 이해하지 못한 채 일단 평소처럼 학교에 갔다. 아무래도 에마 이외의 사람에게는 평범하게 보이는 듯하다. 에마는 재빨리 공작 시간에 같은 반의 시각 장애인 남학생의 작품을 함께 완성하는데 그날 밤, 시계의 긴 바늘과 짧은 바늘이 일직선을 이룸과 동시에 오른팔 부분이 어이없이 깨지고 만다.

아직 1장만 올라왔고 부정기적으로 업데이트되는 탓에 언제 다음을 읽을 수 있을지 모른다. 그런데도 나는 날마다 세 번이나 그 작품을 읽었다.「꿈 공방」에서는 투고된 소설마다 댓글을 달 수 있게 되어 있어서 '정말 재미있어요. 다음을 기대할게요'라는 댓글을 썼다. 인터넷에 댓글을 단 것은 처음이었다.

엄마가 알았다면 졸도했을 일인데 불안도 죄책감도 없었다. 아니, 칭찬이잖아. 나를 흥분시킨 작품을 만나 그저 기뻤다. 자신도 이런 작품을 쓰고 싶다. 그렇게 생각하면서 노트에 쓴 짧은 작품은 모두『유리 양』의 발끝에도 미치지 못했는데도 당시의 나는 자신과 에마를 라이벌로 여겼다.

『유리 양』은 두 달에 한 번꼴로 업데이트되었고 댓글 창에는 가끔 비판도 보였으나 확실히 핵심 팬층이 늘었다.

합주부의 새해 콘서트 포스터를 같은 학년 동아리 회원 마나와 함께 만들게 된 것은 1학년 2학기도 거의 끝나갈 무렵이었다. 출석률은 높았으나 컴퓨터실 가장 끝자리 컴퓨터를 차지하고 매번 뭔가 열심히 작업하는 마나와 공동 작업하는 것은 처음이었다. 반도 출신 학교도 달라서 같은 방에 있어도 거의 이야기를 나누지 않았다. 서양 인형처럼 새하얀 피부에 오목조목한 이목구비를 지닌, 시골과는 어울리지 않은 예쁜 얼굴도 말 거는 것을 어렵게 한 이유였다.

―그림이 중심이라 영 힘들어.

아이디어가 전혀 떠오르지 않아 먼저 포기하는 게 장땡이라는 심정으로 마우스를 내던지자 마나는 너무하다며 웃고는 이렇게 말했다.

―모에는 확실히 글을 잘 써. 낭비 없이 필요한 것을 다 갖춰 정말 읽기 쉽게 써. 얼마 전 인권 작품도 뽑혔지? 부러워. 나는 늘 문장이 너무 늘어진다는 소리를 듣는데.

그렇지 않다고 대답하려 했는데 마나의 글을 읽은 적이 없다. 나만 칭찬받아 수줍게 웃고 있는데 마나는 계속 말했다.

―소설, 안 써? 컴퓨터 동아리에 그것 때문에 들어왔다고 생각했는데.

어떻게 알았어? 그렇게 되묻지는 않았다. 기분 좋게 대답했다가 나중에 손바닥 뒤집듯 차가운 목소리로 "기분 나빠"라는 소리를 들을 가능성도 충분히 있다. 주위 아이 대부분이 소설이나 만화를 읽고 이 사람의 작품이 좋다고 당연하듯 말하지만, 누군가 노트 구석에 일러스트라도 그리고 있으면 이상하다며 소리를 지른다. 그 순간부터 덕후 소리를 듣는다. 그래서 나는 비겁한 대답을 했다.

—마나, 네가 그렇지?

—어! 알았어?

마나는 선선하게 수긍했다. 그래서 나도 실은 마찬가지라고 밝혔다.

—괜찮으면 서로의 작품을 보여주자.

동료가 생겼다는 생각에 너무 좋아 그렇게 제안했는데 마나는 이 제안에는 흔쾌히 끄덕이지 않았다.

—완성한 작품이 몇 개 있기는 한데 지금 쓰는 작품이 완성되면 그걸 읽어줬으면 해.

그러면 나도 지금부터 새 작품을 써보겠다며 분위기에 휩쓸려 대답하고 서로 소설을 보여주자는 건은 보류했다. 하지만 서로의 프로필을 교환하고 "써?" "쓰고 있어" "살짝 슬럼프야" 같은 짧은 문자를 교환하게 되었다. 반의 친한 친구와 나누는 길고 긴 대화보다 이쪽이 내 일상에 짜릿한 영감을 주는 듯해 스마트폰이 있어 다행이라고 처음 생각했다.

"모에야. 저기가 구나시리토란다."

할머니가 창에 기댄 얼굴을 살짝 돌리고 말했다. 러시아와 영토 분쟁을 벌이고 있는 네 개 섬 중 하나임은 나도 안다.

"큰 섬이네. 게다가 이렇게 클 줄은 몰랐어."

할머니는 감탄한 듯 목소리를 높였는데 나도 솔직히 공감이 가 고개를 끄덕였다. 교과서 지도에서 보고 머릿속으로 그려본 것과는 완전히 다르다.

"바다에 선 같은 게 그어져 있지 않은데."

할머니의 머릿속에도 교과서는 아니지만, 북방 영토라는 선이 그어진 지도가 떠오른 모양이다.

혹시 할머니의 의도를 착각하고 있는 게 아닐까.

페리를 타고 오타루에 도착한 다음부터 특급 열차와 버스를 갈아타며 달려간 곳은 내가 잠깐 찾아본 곳이 아니라 최북단 마을 와쓰카나이였다. 사로베쓰 습지에도 들렀는데 라벤더 꽃밭은 아니었다. 노란색과 하얀색의 고산식물 같은 꽃이 흐드러져 있고 그 앞으로 바다가 보였다. 시장에서 연어알과 성게알, 가리비가 한가득 올라간 해물 덮밥을 먹은 다음에 같이 간 곳이 소야미사키였다.

일본 최북단이라는 비석이 있고 「소야미사키」라는 노래가 끊임없이 흘렀다. 그에 맞춰 할머니도 따라 흥얼거려서 순간 '아니, 그렇게 여기 오고 싶었나?'라고 생각했는데 주위에서 노

여로의 끝

랫소리가 들려와 일정 나이 이상 사람에게는 유명한 노래임을 알았다.

도대체 뭐가 그리 좋은지, 도통 알 수 없었다.

다만, 한 가지 생각난 게 있었다. 할아버지와 할머니가 가끔 보는 노래 프로그램에서는 고베와 나가사키 같은 지명이 등장하는 노래가 가끔 나온다. 이것도 아마, 관심 있는 장소의 사진을 쉽게 볼 수 없던 시절 사람들에게는 노래가 먼 장소를 떠올리게 하는 역할을 한 게 아닐까.

할머니의 부모님이 시작한 빵집 이름도 〈베이커리 라벤더〉이다. 식물도감을 보고 붙였다는데 둘이 처음으로 홋카이도를 방문한 것은 환갑을 넘은 뒤였다고 했다.

여행에서 돌아온 두 사람은 가을에 갔으면서 놀란 표정으로 나란히 은방울꽃과 라벤더도 없더라며 말한 일은, 손주들, 내 아빠와 이모에게는 강한 인상을 남긴 듯 추모제가 열릴 때마다 화제에 올랐다. 증조부모가 생각한 홋카이도는 일 년 내내 꽃이 피어 있었고, 그들의 생각을 콕 짚어 부정하고 놀린 사람도 주위에 없었으리라.

실제로 사위인 할아버지는 홋카이도대학을 나왔으나 이런저런 감상을 늘어놓는 두 사람에게 다들 그렇게 생각한다며 다정하게 대답해주었단다. 틀림없이 내가 같은 말을 했으면 한심한 표정을 지으며 제대로 알아보라고 지적했을 것이다.

빵집이 인기가 있었던 것도, 그 좁은 마을에서 북쪽의 광대한 땅을 동경하는 아줌마들이 많았기 때문이지 않을까. 그 가게를 물려받은 할머니는 홋카이도에 온 뒤로 빵을 파는 것을 보면 반드시 샀다. 여러 맛을 보고 싶다며 반씩 나눠 먹자고 해 나도 꽤 많은 빵을 먹었다. 이거다 싶은 빵을 발견하면 메모까지 하는 것을 보면 천상 제빵사구나 싶다.

정말 소설가를 꿈꿨을까. 그 꿈은 깨끗이 잊어버리고 말았을까. 내가 한 짓을 밝히면 화를 낼까. 그런 생각을 하면서 중간에 사마로코라는 호수를 보기도 했으나 물릴 정도로 바다만 보며 여기까지 왔다.

솔직히 이제 바다는 충분히 본 것 같다. 단순히 그렇게 느끼고 있었는데 북방 영토라 칭하는 섬들을 바다 너머로 보며 생각했다.

바다 역시 요새가 아닐까.

산을 넘더라도 그 너머에는 또 요새가 있다. 일본의 끝까지 왔는데도, 또 요새가 있다. 도망칠 수 없다면 그 안에서 싸워라.

할머니는 이 가르침을 내게 주려는 게 아닐까. ……아! 그게 사실이라면 말하지도 않았는데 알아서 잘 깨달았으니 나는 정말 말귀를 잘 알아듣는 아이구나. 하지만 싸우는 방법을 모르겠다. 아니면 도망칠 수 없다면 포기하란 소리일까. 한정된 환경 속에서 최선책을 생각하라고.

할머니가 소설가를 포기하고 제빵사가 되었던 것처럼. 게다가 꿈만 꿨던 게 아니다. 바로 손에 넣을 기회가 바로 앞까지 왔었는데.

마나처럼…….


2학년이 되어 마나와 같은 반이 되었지만, 교실에서는 1학년 때부터 친한 애들과 같이 어울렸다. 리더는 루카. 핵심 농구부원으로 머리도 그런대로 좋고 반장 선거에 직접 나서지는 않으나 추천을 받으면 웃으며 받아들이는 타입의 아이로, 시원시원한 분위기가 좋았다.

1학년 때 루카가 〈베이커리 라벤더〉의 팬이라면서 거의 존재감 없는 내게 말을 걸었다는 말을 들었다. 다른 애들에게 모에네 집 빵은 정말 맛있다며 추천해준 것도 정말 기뻤다.

그런 루카가 다시 도시락을 함께 먹자는데 그 제안을 거절하면서까지 마나와 함께 있을 이유는 없었다. 애당초 마나는 제안하지도 않았고 그녀에게도 서로 말이 잘 통할 것 같은 얌전한 친구들이 있었다.

동아리 활동 때 컴퓨터실에서 이따금 함께 작업하고 문자로 「썼어?」라는 대화를 나누는 정도가 우리에게는 딱 좋았다. 「썼어」라는 문자가 도착한 것은 골든위크 전, 『유리 양』의 제6장이 끝나 드디어 한 부분만 남은 유리 양이 어떻게 될지 두근대는 가슴을 부여잡고 상상하고 있을 때였다.

봄방학에 드디어 개인 노트북을 선물 받고, 스스로 생각해도 꽤 잘 썼다고 생각되는 단편을 마침 끝냈던 터라 연휴가 끝나면 바로 동아리 시간에 서로의 작품을 돌려보자고 약속했다.

내가 얄팍한 클리어 파일을 내민 데 반해 마나는 두꺼운 갈색 봉투를 들고 왔다. 먼저 봉투를 받고 안을 열어 커다랗게 적힌 제목을 본 순간 나도 모르게 숨을 멈췄다.

—『유리 양』이잖아.

천천히 토해낸 숨과 함께 패배 선언 같은 힘없는 목소리가 흘러나왔다.

—알아?

마나는 놀라 눈을 동그랗게 떴는데 이번에는 고개를 끄덕이는 게 전부였다. 내 모습을 전혀 개의치 않고 마나의 표정이 갑자기 환해졌다.

—꿈 공장은 책으로 발간될 기회도 있으니 모에도 당연히 알 수도 있겠다. 그래도 안다니까 괜스레 부끄럽네. 어쩌면 나도 모에의 작품을 읽었을지도 모르겠다.

그럴 리는 없어. 꿈 공장에서는 인터넷이라 해도 심사가 있다.

—모에 것도 보여줘.

마나는 흥분해 두 손을 내밀었으나 나는 파일을 뒤로 숨겼다.

―안 돼, 절대 안 돼!『유리 양』을 쓴 사람에게 보여줄 순 없어! 내 작품은 조금 더 연기야.

요란스럽게 빌며 고개를 조아리니 마나는 어쩔 수 없다며 웃었다. 주제에 잘난 척하네. 눈에도 안 띄는 그룹 주제에. 그때의 내가 그렇게 생각했나.

그래서 나는, 그런 짓을 하고 말았다.


버스는 노샷푸미사키에 도착했다. 체류 시간은 한 시간이다. 꽃게를 먹자며 잔뜩 신난 사람들이 잔뜩 서두르는 가운데 할머니와 나는 노샷푸미사키 끝까지 걸어갔다.

"일본의 동쪽 끝이야."

할머니는 구나시리토를 바라보면서 그렇게 말했는데 소야미사키가 일본의 최북단이라는 말을 들었을 때처럼 이곳이 끝이라는 실감은 전혀 들지 않았다. 동쪽이라고 하면 아무래도 도쿄의 이미지가 커서, 일본 지도의 형태를 알더라도 정말 여기가 일본의 동쪽 끝인지 의심하고 만다.

"북쪽과 동쪽을 직접 밟아봤으니까 이제 서쪽과 남쪽만 가보면 일본의 크기를 실감할 수 있겠다."

할머니가 말했다.

"할머니, 오셀로를 두는 것도 아닌데."

"그렇기는 하다."

할머니는 젊은이처럼 입을 쏙 내밀었다. 그냥 흘려 넘기기는 했으나 내게는 할머니 같은 아이디어가 없다. 만약 할머니가 소설가가 되었다면 어떤 이야기가 생겼을 것이다.

"만약에 말이야……, 외국에 가서 꿈을 이루고 싶어 하는 애가 있고 그 꿈을 이룰 수도 있는데 주위가 말려서 포기하게 되면 그 아이는 바다가 요새처럼 보일까?"

바다를 바라보던 할머니는 "그러네……"라며 더 멀리 시선을 던지더니 "응?"이라며 미간을 찌푸리고 나를 봤다.

"너 역시 세계문학전집을 읽었구나."

잠자코 고개를 끄덕이고는 고개를 숙인 채 할머니에게 내내 묻고 싶었던 이야기를 시작했다.

"꿈을 빼앗긴다는 거, 어떤 기분이야?"

조금 기다렸는데도 할머니는 대답하지 않았다. 수십 년 전의 일이라도 역시 커다란 응어리로 남아 있나. 건드려서는 안 될 상처가 되었을까. 미안하다고 말하려고 고개를 드는데 할머니는 서글픈 표정으로 나를 보고 있다.

"모에야, 누군가에게 상처를 줬니?"

어떻게 알았을까. 이번에는 내가 입을 다물고 말았다. 하지만 조금만 생각해도 쉽게 알 일이다. 내가 피해자라면 피해자의 기분 같은 것은 묻지 않는다. 자신이 가장 잘 이해할 테니까. 할머니가 슬퍼진 것은 이제까지 나를 피해자라고 생각했기 때문이

다. 학교에 안 가게 된 이유를 반 친구들 탓으로 돌린 것도 믿어
주었다. 그러므로 할아버지의 질책에도 내 편이 되어주었고 여
행까지 데려왔는데.

할머니는 내게 실망했을까.

"그 마을에서는 말이야, 속삭이듯 말해도 메아리가 되어 퍼
지니까 아무것도 말할 수 없지. 미안하다고 상대에게만 하면 되
는데 다들 듣고 수군거려 이상한 소문이 퍼지지. 하지만 여기라
면 괜찮다. 할머니는 아무한테도 말 안 해."

할머니는 나를 똑바로 바라보며 힘차게 끄덕였다. 나도 상체
를 똑바로 세우고 하늘을 올려다봤다.


―모에, 컴퓨터 동아리지? 마나와 친해?

방과 후, 루카가 느닷없이 이렇게 물어온 것은 5월 중순이었
다.

―그렇게 친한 건 아닌데……. 동아리 활동 때 마나는 늘 혼
자 컴퓨터만 보고 있어서.

―혹시 덕후야? 이상한 취미라도 있나?

―그건 아냐. 그냥 소설을 쓸 뿐이지. 『유리 양』이라는 작품이
꿈 공방이라는 소설 투고 사이트에 올라와 있는데 꽤 재밌어.

―어머! 재밌겠다!

루카는 그렇게 말하고 내 등을 두드렸다. 잘됐다는 듯이.

마나가 내게 원고를 건넨 다음 날, 꿈 공방에도 『유리 양』 마지막 이야기가 올라왔다. 압권이었다. 유리 양은 원래 몸으로 돌아갈 수 있을까, 아니면 죽어버릴까. 그런 평범한 여자아이의 이야기가 아니었다.

꿈 공방에서는 두 달에 한 번, 완결된 작품을 대상으로 인기투표를 해서 1위에 오른 작품을 책 발간 검토회에 올린다. 다음 달부터 시작되는 투표에서 『유리 양』은 독보적인 1위를 달렸다. 하지만 어느 순간부터 갑자기, 비방 댓글이 두드러지기 시작했다.

읽은 사람이 전부 재밌다고 생각하는 작품 따위 있을 리 없고 평판 좋은 작품을 싫어하는 사람도 있다. 『유리 양』과 순위를 다투는 작가나 그 사람을 응원하는 사람이 발목을 잡으려고 하나 싶기도 했다.

작품이 게재되는 동안에도 신랄한 평가를 한 사람은 있다. 내용은 재미있는데 문장은 아직 더 연마하는 게 좋겠다. 주인공 시점에서 갑자기 신의 시점이 되는 부분이 있다. 유리가 깨지는 부분의 묘사가 부족해 산산이 부서진 것인지 금이 간 정도인지 모르겠다. 이런 사람들은 제대로 다 읽고 쓴 것이고 작가 자신을 공격하려는 생각이 전혀 없다는 것은 명백했다.

그런데 나중에 갑자기 늘어난 댓글은 달랐다. 인류 사상 최악의 졸작이다. 한심하다. 작가의 머리가 얼마나 나쁜지 훤히 보인다. 작가를 비난하고 싶다는 악의만이 느껴졌다.

그리고 그 무렵 루카가 마나를 무시하라는 문자를 보내왔다. 표면적인 이유는 태도가 마음에 들지 않는다는 것이었으나 진짜 이유는 금세 밝혀졌다. 마나가 컴퓨터 동아리 남자애에게 고백을 받고 거절했는데 그 남자애가 바로 루카가 좋아하는 애였다.

마나는 아무도 없는 곳에서 조용히 거절했으나 고백한 멍청한 놈이 프라이드라고 부를 만한 것도 없는 자아를 지키려고 다 모인 교실에서 차인 사실을 비극의 주인공이라도 된 것처럼 한탄하고는 될 대로 되라는 듯 사흘이나 학교에 나오지 않았다. 멋대로 질투하고 괴롭히기 시작한 멍청한 여자애. 마나에게 아무런 원한도 없으면서 내게 불똥이 튈까 봐 두려워 몰래 괴롭히는 바보 같은 반 애들. 자신의 반에서 일어나는 문제를 돌아보려고 하지 않는 멍청한 담임.

시골에는 바보들뿐이다.

악의를 그대로 드러낸 댓글도 빈약한 문장력이 바닥났는지 한동안은 잦아들었으나 얼핏 보기에는 칭찬처럼 보이는 댓글로 상황은 더 나빠졌다.

「나는 이 작품을 아주 재밌게 읽었다. 천재 SF 작가 노무라 료이치의 초기 작품과 구성이 비슷한데 작가는 그야말로 자신의 작품으로 승화시켰다.」

한심한 인간들이 죽어라 표절이라는 댓글을 달았다. 마침내 꿈 공방 사이트에서 『유리 양』이 삭제되고 일상의 소소한 수수

께끼를 미소년 탐정이 추리하다 끝나는 『따끈따끈한 클럽』이라
는 작품이 1위로 뽑혀 발간이 결정되었다.

인터넷에도 바보들뿐이네.

그리고 마나는 학교에도 오지 않게 되었다.

나중에 교실 안에서 탐문이 이루어졌다. 나는 '무시했다'라
는 항목에만 동그라미를 쳤다. 하지만 마나가 내게 말을 걸거나
도움을 요청한 적도 없다. 탐문 조사 결과만 보면 나는 방관자
다. 루카가 중심인 그룹 아이들은 구두를 숨기거나 체육 시간에
일부러 마나를 넘어뜨리는 등 어쨌든 적극적으로 괴롭혔다. 마
나에게 억지로 춤을 추게 하고 그것을 인터넷에 올리기도 했다.
담임의 감이 조금이라도 좋았더라면 주모자와 같은 그룹에 속
한 내가 무시만으로 끝난 것에 의문을 품었을 것이다.

루카가 전에 할아버지가 교장으로 재직한 옆 마을 사립 고교
에 가겠다고 한 적 있는데 그것과 이번 일은 관계없다. 루카가
보기에 나는 누구보다 큰일을 했으니까.

흥미로운 불씨의 제공. 꿈 공방에 『유리 양』의 비방 댓글을
단 것은 아마도 루카와 반 아이들이다.

마나가 좌절한 것은 교실 안에서의 괴롭힘보다 『유리 양』이
비난받아 책으로 발간될 기회를 잃었기 때문이리라. 학교에서
힘든 일이 있더라도 큰 세계와 이어질 꿈이라는 안식처가 있으
면 참았을지도 모른다. 그런데 가장 소중한 곳을 흙발로 짓밟힌

것이다. 마나의 절망과 공포는 얼마나 컸을까. 빼앗긴 것은 『유리 양』이라는 한 작품만이 아니다. 앞으로 새로운 작품을 쓰더라도 프로 작가로 데뷔해도, 아무리 인기를 얻어도, 바보들은 인터넷이라는 도구를 이용해 아주 쉽게 추적해 온다.

그, 바보들 제일 앞에 선 사람이 바로 나다.

게다가 무의식이 아니다. 나는 마음 저 깊은 곳에서 마나를 질투했다. 루카가 공격할지도 모른다고 조금도 생각하지 못했다, 고 하면 내 몸은 산산이 부서질 것이다.


버스는 바다를 등지고 마슈 온천으로 향한다. 오늘의 숙소다.

버스로 돌아와서도, 할머니는 마나 얘기를 언급하지 않았다. 얘기하다 지쳐 목이 말라 물을 단숨에 들이켠 내 페트병을 보고 할머니도 마시겠다고 말해준 게 다였다. 할머니의 수기를 읽고 처음에는 자신과 할머니를 겹쳐 생각하다가 곧 그것은 미치요로 변했고 마지막에는 할아버지로 변했다.

꿈을 좇는 사람, 꿈을 포기한 사람, 꿈을 돕는 사람, 꿈을 방해하는 사람.

내가 컴퓨터에 할머니의 수기를 쓴 것은 여행할 때 가지고 다니고 싶었기 때문이다. 그것을 오는 페리에서 일찌감치 내던진 것은 자신이 가지고 있어 봤자 아무런 답을 낼 수 없다고 포기했기 때문이다. 그리고 다시 읽으면 읽을수록 할아버지의 모습에 자신이 겹쳐졌기 때문이다. 이유도 모르고 학교에 가지 않는 나를 나무란 할아버지는 틀림없이 같은 감정으로 도쿄에 가려고 역으로 향한 할머니를 기다렸다가 일방적인 정론을 펼쳐 할머니를 데리고 집으로 돌아온 것이다.

수기는 할아버지가 기다리는 데서 끝났으나 할머니가 그 마을에서 계속 살고 있으니 답은 빤하다. 할머니는 자신의 꿈에 종지부를 찍으려고 수기를 썼을지 모른다. 다만 마지막 장면을 쓰지 못했다. 꿈이 사라진 순간은 그토록 괴로운 일이다.

나는 앞으로 어떻게 하면 좋을까.

페리에서 만난 도모코 씨에게 할머니의 수기를 건넨 것은 도모코 씨가 여행 기록을 글로 남기고 있었기 때문이다. 비디오카메라 영상도 훌륭했다. 방에서 천천히 쉬면서 보겠다며 책을 사 달라고 부탁도 했다. 그것이 마쓰키 류세이의 단편집이었던 까닭에 그 사람이라면 할머니의 수기를 어떻게 읽고 어떤 결말을 상상할지 알고 싶었다.

'우리 할머니의 수기예요.' 이런 말을 하며 건넬 수는 없었다. 긴 배 여행 중에 할머니와 도모코 씨가 마주칠 가능성은 충분히 있다. 그 전에 사촌 언니 얘기를 한 터라 그 연장선처럼 애매하게 얼버무리며 수기를 건넸다.

하지만 오타루에 도착할 때까지 도모코 씨가 나를 찾아와 수기에 대한 감상을 이야기하는 일은 없었다. 몸 상태가 그리 좋지 않았을지 모른다. 내가 물어보러 가지도 않았다. 그 이야기를 믿을 만한 사람이 받아준 것만으로 조금은 마음이 가벼워졌기 때문이다.

"할머니는 어떻게 할아버지를 용서했어?"

조그맣게 물었다. 다행히, 할머니는 노안이라 신문을 읽을 때는 돋보기가 필요했으나 귀는 아직 밝다.

지금은 싸움 끝에 할아버지와 헤어지는 형태가 되고 말았으나 평소에는 정말 사이가 좋았다. 어쩌면 이번이 첫 싸움이라고 여겨질 정도로. 아직 어렸을 때 할머니와 자주 산책했다. 시골의 포장 안 된 길가에는 계절마다 야생화가 피고 곤충도 볼 수 있다. 할머니에게 이름을 물으면 제대로 대답하지 못했는데 할머니는 그게 당연하다는 얼굴로 집에 가면 할아버지에게 물어봐라, 할아버지는 뭐든 안다고 했다. 그리고 정말 할아버지는 물은 것보다 더 알려주었다. 이 마을의 길 끝을 알려준 것뿐인데도 할아버지는 저 산 너머까지 다 아는 것 같아 존경했다.

"용서하다니, 무슨 소리니?"

"소설가가 되려고 집을 나왔는데 역에서 기다린 할아버지에게 끌려 돌아왔잖아?"

할머니는 살짝 고개를 기울였다.

"혹시 모에는 『바람의 언덕』과 『바람과 함께 사라지다』는 읽고 『안나 카레니나』는 안 읽었니?"

"다음이 있었어? 하지만 나, 『바람과 함께 사라지다』 옆의 책도 찾아봤는데 아무것도 없었어. 『햄릿』 말이야."

"순서가 틀렸어. 네 엄마가 읽고 그곳에 놓았나 보네. 햄 씨는 한번 읽은 책을 다시 읽을 바에는 새 책을 사는 사람이고, 히데키도 미와코도 그런 두꺼운 책을 읽을 애가 아니라 숨기기에 아주 좋은 장소라고 생각했지. 아마도 손주나 되어야 찾을 테고 그러면 옛날의 웃긴 이야기로 받아줄 것이라고."

할머니는 우습다는 듯 미소를 지었다. 할아버지를 햄 씨라고 부르는 톤도 따뜻해 이것만으로도 할머니가 여전히 할아버지를 좋아한다는 것을 알 수 있었다. 그건 그렇고,

"다음은 어떻게 되는데?"

"직접 말하기는 부끄럽지만, 네 오해는 풀어야겠구나."

할머니는 그렇게 말하고 이야기의 끝을 들려주었다.


햄 씨가 역에서 에미를 기다린 것은 버스를 타는 에미를 어머니가 봤기 때문이다. 이웃 마을로 향하는 버스는 빵집 앞을 지나간다. 어머니는 햄 씨의 직장에 전화했고 햄 씨는 직장을 뛰쳐나와 역으로 향했다.

하지만 에미를 억지로 끌고 돌아온 것은 아니다.

"배웅 정도는 하게 해줘야지."

그렇게 말하고 햄 씨는 에미에게 갈색 봉투를 건넸다. 안에는

명함과 명함이 들어 있었다. 명함은 긴슈샤라는 대형 출판사의 문예 편집자 기요하라 요시히코의 것이었다. 햄 씨의 대학 동창의 삼촌이었다.

"꼭 소설가가 되고 싶으면 마쓰키 류세이가 아니라 그 사람을 찾아가."

"왜 이런 일을?"

에미가 물었다. 햄 씨가 에미가 꿈을 이루기 위한 가장 좋은 방법을 생각한 끝에 이 결론을 내렸다고 대답했다. 그날, 에미는 끝내 전차에 타지 않았다. 나중에, 에미는 긴슈샤의 기요하라에게 이제까지 쓴 작품을 보내고 햄 씨와 둘이 출판사를 찾았다.

1년 후, 에미 생애 최초의 책 『은방울꽃 특급』이 세상에 나왔다.

할머니는 책을 꺼냈다.

"왜 안 알려줬어?"

"벌써 수십 년 전이었고 모에가 소설가가 되고 싶어 하는지도 몰랐잖아. 게다가 책을 내고 할머니의 첫 번째 꿈은 다 이뤄져서 만족했거든."

"두 번째 책은?"

"『은방울꽃 특급』은 전혀 안 팔렸어. 더는 묻지 마라. 할머니는 책을 쓰는 재능보다 빵 굽는 재능이 더 크다고 생각해다오."

할머니는 그렇게 말하고 쑥스러운 듯 말했다. 하지만 온화한 표정 그대로 똑바로 나를 바라봤다.

"하지만 모에야. 할아버지가 할머니에게 그렇게 해줬다고 해서 마나에 대한 보상으로 출판사를 알선해줘야겠다고는 생각하지 마라. 그렇다고 미래로 미뤄둬도 될 일도 아니야. 네가 지금 할 수 있는 가장 좋은 방법을 생각해라. 잘 들어라. 착각해서는 안 된다. 네가 편해질 방법이 아니야. 마나가 뭘 원하는지 잘 생각하렴."

할머니는 내가 상처받은 척하며 자기만 생각했다는 것까지 훤히 알고 있었다.

"나는……, 마나에게 사과해야 한다고 생각해. 그리고……, 누가 뭐라든 『유리 양』은 정말 재밌었다고 전하고 싶어. 또 새 작품을 써달라고 하고 싶어. 기다리는 사람이 많다거나 마나의 재능이 아깝다는 게 아니야. 내가 읽고 싶으니까 써달라고 부탁하고 싶어……. 어때?"

"집에 돌아가서 해도 좋고, 네 주머니에 든 편리한 도구를 사용해도 좋지 않을까? 그러라고 있는 거 아니니?"

파카 주머니 위로 스마트폰을 만져봤다.

"나도 이제 적당히 햄 씨에게 연락해야겠다. 외로워서 지금쯤 혼자 훌쩍이고 있지 않을까. 할아버지가 젊었을 때 지낸 마을을 천천히 안내하게 해보자."

할머니도 무릎에 둔 핸드백에서 휴대전화를 꺼냈다. 하지만 산길에 들어선 버스가 속도를 줄이면서 급커브를 돌며 나아간다. 이런 길에 들어서면 할머니는 끝이다. 눈을 감고 가만히 있지 않으면 멀미가 나고 만다. 할아버지에게 보내는 문자는 보류다. 하지만 나는 괜찮다. 곰곰이 생각하면서 말을 하나씩 끌어내자.

그 전에······.

"할머니."

부르자 할머니는 깜짝 놀란 듯 막 감은 눈을 뜨고 눈을 몇 번 깜빡였다.

"까먹고 말하지 못한 게 하나 있어. 할머니는 처음이자 마지막 책이라고 했는데 마지막인지는 아직 모르지."

"그러네." 할머니는 조그맣게 웃고 창 너머로 하늘을 올려다봤다. 북쪽 나라의 여름 저녁 하늘은 아직 높고 푸르다. 그 너머에 있는 이야기를 보고 싶다고, 할머니도 나도, 앞으로 내내 바랄 게 틀림없다.

# 순한 맛, 미나토 가나에?!

미나토 가나에. 이번에는 어떤 불온한 이야기가 기다리고 있을까? 첫 장을 열며 마음의 준비를 단단히 한다. 이번에야말로 작가의 그 서슬 퍼런 칼날에 베이지 않으리라, 그 서늘한 감정도 태연히 받아넘기기라 작정하고 글을 읽어 나간다.

에미는 깊은 산속 마을에 사는 소녀다. 빵집을 운영하는 부모님이 너무 바쁜 데다 마을을 나갈 기회만 오면 열이 나는 이상한 저주―본인의 표현에 따르면―를 타고 나 태어나 지금까지 마을 밖으로 나가지 못한다. 에미는 대신 공상을 즐겼다. 그러던 어느 날, 도시에서 전학 온 친구 덕분에 추리 소설이라는 것을 알게 되고, 에미도 글을 쓰게 된다. 중학생이 되어 멋진 고등학생 오빠를 알게 되고 처음으로 이웃 마을에 나가게 되고 어느새 그와 정혼한 사이가 된 채 대학생이 된 그에게 추리 소설을 써 보낸다. 그저 그게 전부였다. 그가 이웃 마을의 교사가 되어 돌아오고 자신은 제빵사가 되어 결혼하고 평범한 나날을 보내리라 생각했다. 오래전, 이 마을을 떠나 대도시에서 살며 유명 작가의 제자가 된 친구의 편지가 오기 전까지는. 친구에게 보낸 자신의 원고를 읽은 작가가 제자로 삼겠다고 한다. 그러니 도쿄로 오라고. 에미는 약혼자와 부모의 반대로 일단 단념했으나 끝내 그 마음을 완전히 접지 못하고 역으로 향한다. 그런데 그곳에는 이미 약혼자가 와 기다리고 있었다.

엥?「하늘 저편」을 읽은 후의 감상이다. 아무리 결심해도 그 이상을 선사하는 작가이긴 하구나. 이번에는 완전히 정반대로 가네. 아무것도 없다. 아무 일도 일어나지 않았다. 다음은 알아서 하란다. 이런 반칙이 있나. 이 사람이 이렇게 순해질 리가 없다. 분명 어디선가 끔찍하고 찜찜한 무언가를 준비해놓고 우리를 비웃고 있으리라.

장소가 홋카이도로 바뀐다. 드넓은 대지로 들어가는 광활한 바다 위의 배. 혼자 여행을 떠난 한 여성에게「하늘 저편」의 원고가 건네진다. 태아에게 들려줄 이야기를 기록하던 여성은 원고의 마지막을 완성한다. 그렇게 하나의 원고가 한 사람에게 다른 사람에게로 이어진다. 꿈을 포기하려고 온 청년, 다른 꿈을 찾아냈으나 주춤대는 사회 신입생, 자식을 위해 인생을 다 바쳤는데 배신당했다고 생각한 아저씨 라이더, 자기에게 투자해왔으나 혼자가 되었다고 생각하는 중년의 커리어우먼으로. 그때마다 이야기의 결말은 전혀 다른 색으로 변하고 이야기는 돌고돌아 이야기의 원래 주인공으로 이어진다.

그 과정에는 살인사건도 없고, 살 떨리는 경험도, 칼날 같은 감정도 없다. 우리 주위에 널리고 널린 사연들뿐이다. 자기 일을 좋아하다가 병을 얻은 사람, 그 곁을 지켜주는 사람, 스러져 가면서도 남은 이를 걱정하는 사람, 이루지 못한 꿈에 한없이 애달픈 사람, 자신에게 상처를 준 사람을 제대로 처리하지 못해 쩔쩔매는 사람, 꿈을 의탁한 사람에게 상처받고 젊은 시절의, 누군가에게 꿈을 의탁하기 전의 자신을 찾는 사람, 인생을 후회하는 사람, 살아온 생을 돌아보며 쓸쓸해하는 사람, 자신의 잘못으로 누군가에게 상처를 주고 자기 안에 틀어박힌 사람, 그 모든 것을 품은 사람이 있다. 그리고 그들은 한 편을 소설을 통해 다시 살겠다고, 다시 시작하겠다고, 새로운 한 걸음을 내딛겠다고, 지금의 삶을 받아들이겠다고, 화해하겠다고, 사과하겠다고 결심한다.

매운맛을 잔뜩 기대하고 들어간 가게에서 새로운 메뉴를 시켰는데 아주 고소한 빵을 먹었을 때와 같은 어리둥절함과 신선함 같은 감정일까. 음, 뜻밖이기는 한데 나쁘지 않네. 사실은 좀 뭉클하네. 이 작가, 그동안 쌩한 표정으로 마구 칼을 날려댄 것도 쇼였나. 아니면 이 사람도 나이가 들었나. 미나토 가나에가 순해지는 것도 나쁘진 않군. 더 풍요롭고 다채로워진 느낌이니까. 고소하고 풍요로운 맛을 품은 작품을 곱씹으며 중얼거린다.

풍요로움에 빛을 더하는 것이 이야기의 무대가 되는 홋카이도이다. 작품 속 화자들은 홋카이도를 여행 중이다. 그들을 통해 라벤더 꽃밭과 감자밭, 메밀밭의 꽃, 투명한 호수들, 높다란 산맥, 광활한 바다, 일출을 감상한다. 작가의 장기인 칼날 같은 묘사가 이 작품에서는 손에 잡힐 것만 같은 풍경 묘사로 변해 있다. 코로나로 3년째 발이 꽁꽁 묶여 있는 우리에게 여행 욕구를 불러일으키는 작품이기도 하다. '나도 이곳에 가고 싶다. 나도 이곳에서 그와 같은 생각을 하고 싶다!' 작품과 함께 저 드넓은 대지를 거닌다. 상쾌함이 머릿속을, 가슴속을 가득 채운다.

또 작가의 과거 이력을 아는 사람이라면 작가가 자신의 인생 경험을 이 작품 속에 고스란히 반영했음을 알 수 있다. 어릴 때부터 공상을 좋아하고 초중학교 때 도서관에서 에도가와 란포 같은 추리 작가의 작품을 읽은 것, 둘째 아이를 가지려고 노력했으나 가지지 못한 것. 낮에는 주부로, 밤에는 글을 쓴 것 등 작가가 살면서 해온 일들을 주인공 저마다의 인생에 녹여놓았으니 인터넷에 소개된 작가 소개를 보고 이 속에서 그 요소를 찾는 것도 작은 재미가 될 것이다.

그게 아니더라도 주인공의 놓인 처지에 따라 달라지는 결말에 자신을 대입해보며 찬성하거나 반대하는 재미도 쏠쏠하다. 또 '에미'의 이야기에 자신이 직접 결말을 적어보는 것은 어떨까?

에미는 햄 씨의 만류를 뿌리치고 열차에 몸을 싣는다. 반드시 성공해 인기 작가가 되겠다고. 인생 처음으로 품은 꿈이었다. 그러나 현실은 달랐다. 마쓰키 류세이는 짐승이었고 덫은 잔인하고 단단했다. 에미는 이제 돌아갈 곳이 없다. 그러나 잃어버린 고향과 햄 씨를 생각하며 훌쩍대는 에미는 이미 죽었다. 열차를 타는 순간 순진한 에미는 사라졌다. 어떻게든 이 궁지에서 탈출해 인기 작가가 되어야 한다. 어떻게든. 그러기 위해서는 일단 마쓰키 류세이라는 악마를 처리하고…….

어라? 순해진 작가 대신 내가 독해져버렸네.
자, 이제 여러분은 어떻게 끝을 맺으시렵니까?

# 이야기의 끝

1판 1쇄 발행 2022년 7월 8일

저       자 미나토 가나에
옮 긴 이 민경욱
발 행 인 유재옥

본 부 장 조병권
편 집 1 팀 김준균 김혜연 박소연
편 집 2 팀 정영길 조찬희 박치우 정지원
편 집 3 팀 오준영 곽혜민 이해빈
디 자 인 김보라 박민솔
표지디자인 곰곰사무소
라 이 츠 한주원 이승희
디 지 털 박상섭 최서윤 김지연
발 행 처 (주)소미미디어
발 행 등 록 제2015-000008호
주       소 서울시 마포구 토정로 222, 403호(신수동, 한국출판콘텐츠센터)
판       매 (주)소미미디어
제 작 처 코리아피앤피
영       업 박종욱
마 케 팅 한민지 최정연 한소리 최원석
물       류 허석용 백철기
전       화 편집부 (070)4260-1393, (070)4405-6528 기획실 (02)567-3388
         판매 및 마케팅 (070)4165-6888, Fax (02)322-7665

ISBN 979-11-384-1185-1  03830